THE PRINCE OF FROGTOWN

美国南方纪事三部曲

蛙镇王子

［美］瑞克·布拉格 著　王聪 王盈洁 译

The Prince of Frogtown by Rick Bragg
Copyright © 2008 by Rick Bragg
Simplified Chinese Copyright © 2023 by SDX Joint Publishing Company.
All Rights Reserved.
本作品简体中文版权由生活·读书·新知三联书店所有。
未经许可，不得翻印。

图书在版编目（CIP）数据

蛙镇王子 /（美）瑞克·布拉格著；王聪，王盈洁译. —北京：生活·读书·新知三联书店, 2023.2
书名原文：The Prince of Frogtown
ISBN 978-7-108-07551-2

Ⅰ．①蛙…　Ⅱ．①瑞…②王…③王…　Ⅲ．①回忆录－美国－现代　Ⅳ．① I712.55

中国版本图书馆 CIP 数据核字 (2022) 第 249697 号

责任编辑	李静韬
装帧设计	薛　宇
责任印制	李思佳
出版发行	生活·讀書·新知 三联书店
	（北京市东城区美术馆东街 22 号　100010）
网　　址	www.sdxjpc.com
图　　字	01-2018-7546
经　　销	新华书店
印　　刷	鸿博昊天科技有限公司
版　　次	2023 年 2 月北京第 1 版
	2023 年 2 月北京第 1 次印刷
开　　本	889 毫米 × 1194 毫米　1/32　印张 10.5
字　　数	216 千字
印　　数	0,001－5,000 册
定　　价	59.00 元

（印装查询：01064002715；邮购查询：01084010542）

献给兰迪·亨德森

目 录

致 谢

序 ◆ 1

 男孩（第一章前的故事）◆ 17

第一章 一股浓烟 ◆ 25

 男孩（第二章前的故事）◆ 46

第二章 厂村 ◆ 51

 男孩（第三章前的故事）◆ 74

第三章 鲍勃 ◆ 79

 男孩（第四章前的故事）◆ 93

第四章 无畏 ◆ 98

 男孩（第五章前的故事）◆ 114

第五章 私酒贩子的节奏 ◆ 118

 男孩（第六章前的故事）◆ 131

第六章 飞马珍妮 ◆ 136

 男孩（第七章前的故事）◆ 151

第七章　我美丽的奥瓦琳 ◆ 155

　　男孩（第八章前的故事）◆ 158

第八章　绞刑 ◆ 164

　　男孩（第九章前的故事）◆ 174

第九章　点燃世界 ◆ 177

　　男孩（第十章前的故事）◆ 195

第十章　你应该做的事情 ◆ 200

　　男孩（第十一章前的故事）◆ 205

第十一章　那时至少要一百美元 ◆ 209

　　男孩（第十二章前的故事）◆ 224

第十二章　罗斯 ◆ 227

　　男孩（第十三章前的故事）◆ 252

第十三章　达拉斯 ◆ 255

　　男孩（第十四章前的故事）◆ 265

第十四章　兜风 ◆ 269

　　男孩（第十五章前的故事）◆ 286

第十五章　一个朋友 ◆ 292

　　男孩（第十六章前的故事）◆ 300

第十六章　阿门 ◆ 304

　　男孩（第十七章前的故事）◆ 307

第十七章　循环 ◆ 312

　　男孩（结尾的故事）◆ 322

致 谢

在我开始感谢那些使这本书得以完成的人之前,我必须首先向我的母亲和兄弟们道歉,因为他们不得不忍受我问起那些难以重温的往事。我现在可以将那些往事尘封起来了。

还有,虽然为时已晚,但我必须说,由于我对我父亲的感情纠结,我与他的亲人,尤其是我的祖母,不相来往如此之久,对此我非常抱歉。别人告诉我,她的爱毫无保留,她爱我的母亲,爱我们这些男孩。我这人从来都不值得她爱,但她就是那样的人。

★ ★ ★

要说自己无法向所有使得本书面世的人致谢,那是老生常谈,但事实正是如此。

首先,我要感谢那些讲故事的人,他们慷慨的讲述赋予我父亲一副更具人情味、更复杂的面孔。杰克、卡洛斯、雪莉、比利和比尔·乔，还有许许多多其他的人——如果没有你们的故事，我永远都不会真正了解他。

其他人则搭建了我家庭故事上演的舞台。吉米·汉密尔顿对我讲了我听过的关于我祖父的最精彩的故事。霍默·巴恩韦尔绘声绘色地描述了他少年时代的杰克逊维尔。我父亲的妹妹鲁比·英格兰让我知道，我母亲在婚礼那天多么漂亮。韦恩·格拉斯对我讲过私贩威士忌的一个最精彩的传奇。

就像我过去写的关于我家的每本书一样，我必须感谢我的姨妈璜尼塔、琼和埃塔娜，以及我的姨夫埃德和约翰，他们再一次为往事增添了色彩、戏剧性和内容。在我这一辈子里，你们的故事让我周围的世界充满鲜活的画面。

在我能开始把他们的回忆拼在一起之前，我需要知道一些更遥远的历史。这本书就像我一生中曾经试着去写的那些故事一样，是为了试图探究美国的蓝领阶层，确切地说，是探究阿巴拉契亚山山脚下的厂里人和山里人的往事。要不是那些真正的历史学家翔实记载了那段历史，第二章里那些关于我们来自何处的故事单凭我是写不出来的。

我要从韦恩·弗林特开始说起。在《贫穷而骄傲》以及其他关于我们所在的这个州贫穷乡村民众的著作里，他让我了解了我的故土，揭示了一代代人在这片土地上挥洒过的汗水和鲜血。通过阅读他的作品，我开始对家乡父老们在内战前后和内战期间的那些年里那种令人撕心裂肺的对立有了更深的理解。他对战后贫困的详尽研究——从充满沮丧的信件到证据确凿的统计数据——为这段阴暗的历史添了有血有肉的人性。我听说过亚拉巴马的士兵光着脚行军进入战场，听说过在家的女人们哭着要面包……我从未真实地看见这些情景，直到我从他的书中读到这些描述。

我在一些不寻常的地方找到了更多历史遗珠。一本由第一国民银行在我少年时代编写的《杰克逊维尔史》，让我们得以一瞥当年镇上的年轻人上战场时做过的事和说过的话。

哈代·杰克逊的著作让我更深入地了解我们这个州早在克里克人时代的历史。他以及许多其他历史学家的著作赋予此前在这片土地上生活过的原住民鲜活的色彩，使我比以往任何时候都更了解我的族人。

单单是那段杰克逊维尔棉纺织厂的历史，就已经被数不清的信息源所印证。诺克斯·艾德让我全面了解曾在这里规划、构建未来的人们。彼得·豪厄尔曾经试图自拆除机的铁球下保护工厂，他提供了海量的信息，这毫不夸张。这家工厂及其创始人最官方的历史，来自一份由大卫·B.施耐德所写的关于其历史人物及事件定位的申请报告（汇集了来自当地的历史学家杰克·布泽尔等人的资料），这份报告让我了解纱厂的起源、创始人以及更多的信息。来自村庄里的唐纳德·加尔蒙、奥德尔·奈特和其他许多人亲笔写下的生活记录，提供了更多对20世纪上半叶当地生活的深刻见解。

我还要感谢《安尼斯顿星报》和《杰克逊维尔时报》那些用一页又一页褪色的纸张记录了我们的历史的记者，他们中大多数人早已离世。在他们以及现在还活着的知情者的帮助下，我得以深入了解谋杀怀特赛德警长的那场悲剧。

这里，我还要感谢那些在我收集第一手回忆、出版物以及关于棉纺织厂村和周围城镇的历史记载时为我跑腿和动脑筋的人——这些内容大部分都会在另一本即将出版的书里占据一席之地,而其中的一小部分则会在本书中出现。他们是:杰瑞·"嘘"·米切尔、格雷格·加里森、洛瑞·所罗门、梅根·尼科尔斯、珍·艾伦、詹姆斯·金、泰勒·希尔、瑞安·克拉克、贝丝·林德和柯里·博尔格。

正如我写过的每本书一样,我必须感谢我的编辑乔丹·帕夫林,他将这份不完美的手稿变成了一部令我引以为豪的作品。我从不在意能否有个好编辑,但在这本书的成稿过程中,要是没有一个好编辑的话,我非淹死不可。我要再一次感谢我的经纪人阿曼达·厄本,他让我在一个从未幻想过的高度开启我的写作人生。

我从来不是那种需要一个完美的写作地点——一棵柳树旁或一间海滨小屋里——才能完成写作的作家。我可以在一个倒过来放的油桶上写作,质量跟平常别无二致。但是此次亚拉巴马大学为我提供了一个写作的地点,从那里往外能看到大片的橡树林和绿色的草坪,能听得见悦耳的风铃声。我现在被宠坏了。

也许最重要的是,我要感谢读者们,他们在我的族人的故事中找到了价值,还有,更为重要的是还找到了他们自己的人生价值。

最后,我要感谢那个男孩,他原谅了我所有失误、搞砸和遗忘了的事情,还原谅了我有些时候就是缺乏常识这个简单的事实。

找六个快乐的牛仔为我抬棺材
找六个漂亮的女孩为我提棺罩
把成束的玫瑰放满我的棺材
让玫瑰去隔绝那落下的土块

——《拉雷多的街头》[1]

---

1 《拉雷多的街头》(*Streets of Laredo*)是一首著名的美国传统民谣,内容为一位垂死的牛仔向另一位牛仔讲述他的故事。本书中的注释均为译注,后文不再说明。

序

溪　流

在这样好的溪水中，玩上无数次的"拍肚板"和"扔秤砣"，什么小小的不痛快，都会在转瞬之间荡涤干净。在我的孩提时代，天堂并不在那高不可及的天穹之外，而是在齐腰的一条溪水之中。那是童年的一个绿洲，其中充满半截牛仔裤，破烂球鞋，和沾满冷凝水珠的葡萄味、橙味瓶装汽水的记忆，还有这溪水。我还记得自己被太阳灼伤的皮肤碰到冰凉的溪水时的那股爽劲儿，还有包在用过一次的锡箔纸中黏糊糊的番茄和奶黄酱三明治的味道。我在那里平生第一次见到水蛇，还有第一个我真正为之心动的女孩。作为一个笃信基督的人的后代，我有时在琢磨，这里会不会就是我的伊甸园，那条水蛇会不会就是《圣经》里提到的那条诱惑亚当、夏娃的蛇。如果真是这样的话，我可没比伊甸园中的第一个可怜的家伙（亚当）坚持得长久些。只有像伊甸园，或者像女孩那么强有力的尤物，才有可能将我从那一大群被太阳灼伤的小男孩中，从那个整天玩着加倍赌注、水果棒棒糖、摔炮、印第安刑[1]、骑马战[2]和一边傻笑一边傻唱着的世界中拉出来。也许我们早该在那里，挂上一块"女孩免入"的牌子，然后在那里待上一辈子。在那里，你可以终日身穿一件红背心改制的斗篷，隔着铁丝网，与凶狠的公牛"搏斗"，或者用柳树上折下的"剑"与伙伴进行殊死决斗。我不知道自己现在成了什么样的男人，但我知道我做孩子非常在行。就在那个地方，我透过一块被水磨亮的玻璃块，直视亚拉巴马的骄阳，坚信自己手中拿着的是一块来自运宝沉船的祖母绿宝石，而不只是"山露"汽水瓶的一块碎片，顿时，撞击胸膛的心脏一阵悸动，激动不已。

　　这溪水起源于离我祖母房子一公里处的皮德蒙特高速公路边上的岩石中间，清冽的水从一处泉眼汩汩冒出。夏天，溪水两岸的空气中弥漫着椰味防晒霜和煤球助燃剂的气味，那里有个公园，用白色碎石铺成的停车场上满是教堂的大客车、遛着贵宾犬的人和那些只有周末到此的"地狱天使"[3]摩托族——他们也许生来就会飞车，但此时的他们只得拉扯着脚蹬白色摇摆靴、涤棉紧身裤卷到膝盖的肥胖婆娘一同到此。那

1　流行于青少年之间的恶作剧游戏，紧紧抓住游戏者的手臂来回扭动皮肤，使对方产生剧痛。
2　一种团体游戏，一个人骑在队友肩上，目标是己方团队努力撞倒或分离对方团队。
3　"地狱天使"（Hells Angels）是 1948 年在美国加州成立的一个男性摩托车迷团伙，成员通常骑哈雷摩托车，因有组织的暴力犯罪行为而臭名昭著。

是个很棒的公园，但是一个男孩，一个真正的男孩，在这种长老会教徒云集、那么多女人挤在一起的地方，是不会有什么真正的乐趣的。

但是，假如你沿着溪水蜿蜒西行一公里，穿过一个昏暗阴森、蛛网密布、怪物出没并且仅能容得下一个小孩的大阴沟，在一片歪歪扭扭的、被雷电烧焦的雪松和稠密阴暗的松树林的另一面，就再也看不到野餐和烧烤的人。溪水从那里穿越四道铁丝网，穿过一片遍布奇形怪状的黑莓灌木丛和一大片散放着锈蚀的卷草机残骸的草地，然后冲向一段高大的红土堤岸，在那里拐了一个急弯。深及膝盖的冰凉、清澈的溪水就在这里汇集，成了一个游泳坑。我们用树干、石块和沙袋在下游处筑了个围堰，让坑中的水变得更深。

这里是我们的伊甸园。来个助跑，我就能越过它，狂跳的心脏像引擎里的活塞，双臂甩开，争取最大跳跃跨度，最终着陆时，双脚就像装了缓冲弹簧一样安全落地。在这里，我学会挨了拳头不落泪、避开岩石、磨刀、骂脏话和吐唾沫。在这里，我们剃着短发的头上顶着破旧的牛仔帽和沾有油渍的"（亚拉）巴马"球帽，溪底碎石从我们的脚趾间滑过。我们做着开科尔维特跑车的白日梦，琢磨我们会不会都死在越南，以及越南究竟在哪里，正儿八经地推测万万不能冲着带电的铁丝网撒尿的原因。

那里是我记忆中内心最后一次得到平静安宁的地方。在那里，我静静躺着，任水流淌，让太阳将我慢慢烤暖，沉沉睡去。我的脚上和腿上涂满了光溜溜的指甲油，用来闷死那些前一天在我身上"搭车"的沙蚤。我有时会被马蝇咬得痛醒,有时会被大晴天里远处传来的闷雷声和总能预感风暴来临的母亲惊慌的呼喊声慢慢带出梦境。有几次,我带了书去,但当你的小哥们儿时不时地冲你扔隔日的干牛屎和绿松果时,你是很难读进书去的。再说,与那时我们疯玩的那股劲头相比,《棚车少年》[1]系列的节奏显得有点过于缓慢,我对《哈迪男孩》[2]系列也提不起一点兴趣。

我的母亲曾试图以她唯一会的方式为我打开通往外界的大门。每星期五上午,A&P超市都有减价百科全书出售,她就会买上一卷带回家。但是,减价促销活动结束得太早,我对世界的了解在字母K的地方戛然而止——Kyōto(京都)、Kyūshū(九州)和 Kyzyl Kum(克孜勒库姆沙漠)。身在这条溪水中,我才不会在乎那些条文之后的世界知识。只有那西沉的落日才能迫使我结束在这条尽善尽美的溪水中度过尽善尽美的一天,然后沉浸在《荒野大镖客》[3]的火爆场面之中,啃热热的玉米馍,喝凉凉的酸奶。最后,在我床边窗前的一架时常短路的电扇时断时续的嗡嗡声中,我默念一段少年入睡前的祈祷,想一会儿"假如我在睡梦中死去"时自己该做什么。此时,在外面的某个地方,我的父亲正驾着一辆一百美

---

[1] 《棚车少年》(*Boxcar Children*)是美国经典的儿童文学系列作品,原作者 Gertrude Chandler Warner 是一位学校教师和儿童文学作者,1924 年初版,后于 1942 年被缩写、修订后重新发行。
[2] 《哈迪男孩》(*Hardy Boys*)是系列青少年探秘故事。该系列的角色是由美国作家 Edward Stratemeyer 创建,故事则由一群代笔作者以集体化名 Franklin W. Dixon 撰写。
[3] 《荒野大镖客》(*Gunsmoke*)是美国一部经典西部作品,于 1952 年起以广播剧的方式由 CBS 播出,后被改编成电视剧,于 1955 年和 1975 年间播出。

元买来的破车，一次又一次地闯祸，但是我们当时已经摆脱他，彻彻底底摆脱他了。

然而，有时，当我在有关这个地方的记忆中漫游，我能找出有关另一天的一些零星记忆。因为我那时还太小，所以，那一天的事情我是听来的，但感觉就像我真的记得那件事。那时，我的父亲仍然和我们住在一起，他的皮鞋锃亮、裤缝笔挺，他身上总散发着象牙牌香皂和帆船牌香水的气味，同时隐隐约约地带有一种人为附加上去的自尊。以下我讲的既不是我知道的有关我父亲最美好的往事，也不是最糟心的回忆，但它值得一提，只是因为那个时候他还不坏。

★ ★ ★

那时，我已不再是个刚会走路的幼儿，但也还没到上学的年龄。我记得最清楚的是那天的天气。那是春末的一天，黑莓花开过了。这里的夏天从不按日历运转，到了5月底，暑气就像一块永远干不透的擦碗布，笼罩在阿巴拉契亚山脉的山峦之间。到了阵亡将士纪念日[1]，苍蝇发现了纱门上的每一个洞眼，草坪也剪过六次了。但是，有些年份，在整整四个月的持续高温到来之前，山谷间会吹来一股凉爽、宜人的清风，加上灿烂的阳光，给人们带来最后一段晴朗亮丽、和风徐徐的好天气。老一辈人称其为"黑莓冬天"。

1　阵亡将士纪念日（Memorial Day）又译国殇纪念日，是每年5月的最后一个星期一，人们会悼念在历次战争中阵亡的美军官兵。

那是一种令人昏昏欲睡的好天气，更是探亲访友的好时候。在1960年代初期，我们家族的人经常聚在一起。上午过半时分，我祖母艾娃房前的燧石车道上停满了50年代型号的雪佛兰和通用皮卡，车斗里满是链锯、锈蚀的铁镐和铁铲、伐木的铁链和凹凸不平的工具箱。那时在美国南方找工作不难，都是些有医疗保险和可靠退休金的不错的蓝领工作。夜半时分，烟囱仍冒着烟，给停在外面的车笼罩上一层黑黑的、"美丽的、生机勃勃的"烟尘。如果一个男人无法养家糊口，那是他自己该死的错。

和每一个星期天一样，那天炸鸡的热油烟从窗口和纱门泄漏，姨妈和表姐们拧开腌黄瓜罐，将黄芥末酱拌入大块大块的土豆沙拉。从黑白电视机里传出的圣歌声和生铁煎锅里滋啦啦的油烟味弥漫在空中。"现在，教友们，有请来自佛罗里达州彭萨科拉、鞋里还带着海滩上沙子的'佛罗里达小伙'唱诗班[1]……"我的祖母艾娃——那个一直未能真正从她认为值得看上第二眼的男人去世的悲痛中恢复的祖母——会随着音乐暗自点头，恍然入梦。

院子里一片狼藉，满是三轮车，红土和春草上到处都是脸蛋粉嘟嘟的孩子们：有的在哭，有的在笑，有的在尖叫，有的在打闹，有的淌着血。玩具娃娃的头在地上乱滚，草地上散落着尿布。孩子们啃着青杏，有时会把上面小块的泥土也吃进肚里。童车在相撞，翻倒在野葱和蚁封之间。但是，

---

1 指佛罗里达男孩四重唱（The Florida Boys Quartet），是一个创立于1946年的男声四重唱组合，主要演唱南方福音歌曲。

没有哪个孩子真的伤了,哪怕是被蜂蜇了,也不会嚷嚷半天。爹爹们捉起那些受伤的孩子,在他们的耳边安慰几句,再抖搂几下,就算把他们"修复"了。

大一点的男孩则走到附近的野地,漫无目标地用"雏菊"BB枪[1]袭扰无数的飞鸟,然后一边笑,一边从背后互相射击。我的哥哥山姆,早在七岁时,就已经不屑于这种小儿把戏。他会潜入电线下面高高的茅草,用他的气枪将停在电线上的乌鸦打下来,然后将死鸦的翅膀展开,钉在仓房的侧墙上。他这人,平时看到一条死狗都会伤心难过,但杀起乌鸦来狠劲十足。

我的母亲那时应该还很漂亮,一头金发就像刚收上来的玉米的颜色。我的父亲皮肤黝黑,长着一双蓝色的眸子,在我们家乡卡尔洪那一带一直是最英俊的美男子。我曾经认为,他们是天生的一对,两人肤色一浅一深,相得益彰。时钟的指针渐渐走向正午,阳光将我世界里的阴暗全部驱散之时,父亲神志完全清醒,像根枪管笔直地站在我的叔伯堂表亲戚和其他汉子旁边。从他的眼里,以及夹着烟的微微颤动的手上,能看出昨夜留下的一丝醉意。而一旦他像急急脱掉一身绷得紧紧的星期天的正经衣服那样摆脱妻儿之后,就没有什么一小口烈酒医不好的心病。

男人们在苦楝子树下聚在一起。他们穿着加厚棉布做的裤子,上身穿着他们称为"体育衫"的衬衫。他们中没有谁

---

[1] "雏菊"BB枪(Daisy BB gun)是气枪名厂雏菊制造公司(Daisy Manufacturing Company)在1888年推出的经久不衰的一款仿真玩具枪。

进入过上流社会、上过一天大学,但他们都是些能修自己的车、补自家的水管、自己砌砖建房的能工巧匠。他们代表着南方新老两代人的混合体——他们在棉花加工厂、水管作坊和炼钢厂里领工资,但还相信将死蛇挂在树枝上能求到雨水。他们就像他们卷起的钢板和浇筑的混凝土那样坚实牢靠。不在知己的哥们儿中间,他们就不会喝酒、不会讲粗话。领了工资,回家头一件事就是悉数交给老婆。他们中有些人一边聊,一边用闪亮的宝牌打火机点上紧紧、细细的自卷烟,有些人将一条条嚼烟条塞进嘴里,直到腮帮子鼓出一个大包。他们中的有些人皈依基督教,有些人则"望教却步",另一些人则对此未置可否。但是,即使是那些笃信宗教的人,也出于对他人的尊重,从不在他人面前传经布道。如果你每天上班,挣养家糊口的钱,你离得到主的拯救已经不远了。所以,他们说的都是非宗教的话题——燃油喷射器的奥妙、怎样给1964年款的雪佛兰科维尔车装刹车闸片,或者给狗打寄生虫药的最佳方法。他们信任通用汽车、百力通引擎、工匠牌五金、波蓝牌机械、强鹿牌农业机械、万国卡车、树牌折叠刀、泽布科渔具、雷明顿步枪和金刚狼工装靴,他们的小卡车的保险杠上除了"华莱士"[1]的标签,什么都不贴。

那时,我的父亲就是他们中的一个。他有工作时是修复车身和保险杠的。他喝酒,但他曾在朝鲜战争中将一个人的

---

1 指乔治·华莱士(George Wallace, 1919—1998),曾三次出任亚拉巴马州州长,四次参选美国总统均没有成功。华莱士因反对废除种族隔离,曾阻挡在亚拉巴马大学校门外,不让黑人学生入校而臭名昭著。1972年参与民主党总统候选人党内初选时遇刺,之后半身不遂。

头按在水中,直到那人淹死,如果这件事还不够让他在家里喝上一口,世上就没有喝酒的理由了。事实上,他们中没有谁真的了解他。他在头脑清醒时(这是我们的词典中对"不喝酒"的委婉说法)是个沉默寡言的人。他为数不多的几个朋友说他只有在冲突中、打斗中和冒险时才自在。他们说他应该加入马戏团,以走钢丝为生。

我想,如果要将那一天出事的责任推到谁的身上的话,我们可以推到牲畜身上。我母亲让我和那帮淘气鬼一起在前院的泥地上玩,结果我在碰碰车上擦破了皮。我正要开始哭时,我的父亲伸出手来,拉上我走向草地,走向草地那一边的溪水。他的小男孩在其他男人面前哭,让他觉得很丢人。

"玛格丽特,我这就带小子到溪边看牛去。"他说。我立刻不哭了,就好像简单的脑子里有个开关。

"我喜欢去看牛,爹爹。"我说。

"我知道,小子。"他说。

那就是我。

小子。

我不认为他叫过我"儿子",他只叫"小子",但那也无所谓:只要口气用得对,那是能像尼龙绳一样将你和某个人紧紧地联系起来的词语中的一个。

我那时已经长大,不能再让大人抱了,但我还是像一个布娃娃那样吊在他的胳膊上。他个头不大,比我高大的母亲还矮些,但是异常强壮。我从体育衫敞开的领口,可以看到他那被太阳晒红的胸口上的蓝鸟刺青。我妈讨厌那刺青,但是小男孩则会被吸引。那时候,在我的眼里,如果你有刺青,你肯定是名海军陆战队员;如果你戴耳环,你肯定是个海盗。"

在我们的前面,铁丝网的那一边,有一头铁锈色夹白色、和皮卡一般大小的赫里福德公牛监管着自己的领地,那儿离我们后来在里面游泳的坑不远。

祖母艾娃从她终日坐着的座椅中注意到了我们。她的大喊大骂像蜇了他一下,他不禁扭头向她望去。

她腿短脚小,又是个"外八字腿",跑上好一阵,才在铁丝网前赶上了我们。他拉了一下我的一只胳膊,将我拉近了些。就在此时,她抓住我的另一只胳膊,差点让我脱臼。"把孩子给我!"她一边说,一边在草地中站稳脚跟,准备将我撕成两半——哪怕只能救出她抓住的那一半。

"我只是带他看牛,巴昂德姆太太。"他说。

"把他给我!"她边喊边拉。

"我又没伤他。"他说。

艾娃平素读《圣经》,每月给奥拉·罗伯茨[1]寄捐款,换取一张保证她灵魂不死的证书,但这个老太太骂起人来毫不留情。那天,她当着他的面,又骂开了。

"不许你带他!"她喊道。

她当时的样子就像在和罗马军团的首领相持,也许在她心里的确是那么想的。

他松了手,艾娃将我拽走了。他呆站在铁丝网前,就像被那玩意儿钩住了似的。在前院里,人们吃惊地看着这一幕。他真想伤害那个小男孩吗?无法想象。其实,他只不过被甩

---

[1] 奥拉·罗伯茨(Oral Roberts, 1918—2009)是一位美国基督教灵恩派电视传道人。

在我们身后的阳光之中，为他前一天晚上的所作所为付出代价。当时他一边迈着摇摇晃晃的醉步走进祖母家的前院，一边嚷嚷着要将我们所有人都扔到那可爱的溪水中淹死。

★ ★ ★

我不知道为什么她在那么多醉汉的胡言乱语中，偏偏记住了那句疯话。仅仅为了和儿子一起遛遛，就当众出了大丑，我觉得他挺可怜的。但是你得体谅那些老太太，她们被醉鬼们折腾得够呛。那时候是酒鬼当道，其余的人遭殃。一个浑身酒气的浑球，穿着前一晚喝得烂醉时穿的、像块破抹布似的衣服，到了白天却若无其事，像脱掉脏衣服一样。我过去经常纳闷，如果一个醉鬼看到自己在大庭广众之下那副熊样，这个世界上还会有醉鬼吗？

艾娃逼他去看自己的丑态。此举未能拯救他，但他从此自暴自弃、不再掩饰，原来那个整洁精神的小伙，开始走向颓废，内在的醉鬼形象越来越明显。这是一切的开始和结束，希望的终结，以及我们与他共处的毫无希望的日子的开始。

我从未梦见过我的父亲，但我们在一起的最后一年发生的很多事情就像梦境。从那时起，我留下了一些模糊的记忆——他的手臂卡住我的脖子，将我紧咬的牙齿扳开，将像沙子的东西强灌到我嘴里时，整个房子都好像变成血红色的情景。就在那一年，我意识到电视上的传教牧师有关地狱的大喊大叫都是无稽之谈，恶魔就住在亚拉巴马，在酒罐中游荡。结果，酒把他的英俊相貌毁了，工资全扔到酒杯里，将那些旧车全撞坏了,得罪了田纳西谷地电气公司,最后,他们将免费的黑暗给了我们。我的母亲整天过着担惊受怕的日子,我的哥哥对当时的情形比我清楚,对父亲恨之入骨。有几个晚上,我很喜欢洒在地毯上的啤酒散发的香味和我们开车时胎面磨秃的轮胎在柏油路上发出的嘶嘶声,还有他带上我,在一帮醉鬼中消磨时光。每当我想起那些事,心中总会生出一种愧疚。"他最喜欢你了。"我大哥告诉我。但我真的没想独享他的宠爱。

那就是我三十刚出头时写的那部作品里的那个人。我将他写成一个悲剧人物,一个彻头彻尾的反面角色。当他醉酒时,他会用拳头和舌头攻击我母亲。他将我们赶出家门,一赶就是数月乃至数年,只有当他想起我们,才会再将我们接回去。在他昏暗的人生的对比下,母亲的情操更显得熠熠生辉。她一直咬牙忍受他的虐待,直至忍无可忍。她在棉花地里浪费自己的青春美貌,每天摘取四五十公斤像空气一样轻的这种农作物。她在熨衣板旁度过三十岁生日,将别人的衣服熨烫平整,排队领取政府的救济金。我的父亲只不过是我用来捶打、锻造她无私奉献的故事的一柄铁锤而已。当然,我想得到更多的东西。我希望他是另一个人,但是,从他那里,我已经得到我需要的东西。

本来,在我自己过了那一段满不在乎、自私自利的生活之后,再去谴责这样一个满不在乎的人会显得有些虚伪,但是我还是这样做了。我在家族树上的分叉处锯下一枝,将自己变成一个只有一半家族渊源的人。我过去只认家族中一条血脉上的人——我母系的那条。在我祖母变得衰老,直到最后死去的过程中,我都离她远远的。维尔玛·布拉格活了一百多岁,在年老、失明后的许多年里,主事多年的她仍被族人所钟爱。我过去太犟头倔脑,不愿成为他们中的一员——她那个庞大家族中的一员。对此,我真的很后悔。

维尔玛去世后,她最小的女儿鲁比将一只装有我父亲最后物件的小红匣子交给了我母亲,那些是1975年冬他死去时留下的遗物。我的母亲不知该怎样处置匣子,就将它给了我。在匣子里,有一只皱巴巴的空钱包、一根搭扣领带和一对泛黄的、不配对的骰子。

我把骰子掷到桌子上。

七。

我又掷了一次。

七。

我不信鬼,但我相信有被做过手脚的骰子。我在那儿坐了很久,手里咔嗒咔嗒地把玩着那两个骰子,触摸他触摸过的东西。我不知道应该有何感受,但我的感觉不好。那只是些人生遗骸,不带血肉的遗骸。我将骰子和其余的杂碎扔进书桌的抽屉,想尽数忘掉——点22口径步枪的子弹、放置八年之久的阿司匹林和来自我再也不会踏足的国家的钱币,这些钱与金属垫圈一样,一钱不值。

在他生命的最后几个星期里,他又最后一次想起了我,还送给了我一箱子书。多年来,我将这些书从一座城市使劲拖到另一座城市,究竟为了什么,我自己也不清楚。每换一次住址,它们就似乎变得越来越不重要。随着我年龄的增长,我的脾气变得越来越坏、情绪越来越悲观、脑子越来越不好使,大多数的书不是弄丢了,就是没带上。我将最后几本书丢在新奥尔良的人行道旁,上面还竖了块"免费自取"的牌子。到我四十四岁生日时,他的事基本上已经只是我在签名售书仪式上可以用冠冕堂皇又老生常谈的话解答的一个问题。

多年来,关心我的人们一直在告诫我,回避心中这种令人不安的消逝感并非明智之举。我认识的最富文采的作家之一——威利·莫里斯本人信鬼神之说。大约在他去世前一年的一个晚上,他在杰克逊郊外的一家餐馆里喝了一瓶威士忌之后,跌跌撞撞地走出门去,一边走向他的汽车,一边告诉我,我只有将我父亲的事写下来,这辈子才会得到安宁。其他的人也都这样说过,但没有谁说得比他精辟。"小子,"他说,"这辈子呀,你走到哪儿,他就会跟到哪儿。"

但感觉上似乎并不是那么回事。在我的生活中,我挥过镐头、开过翻斗车、使过链锯,用拳头和一些人干过架,让一些女人失望过,也写下过无数的文字。为了谋生,我从非洲走到阿拉伯国家,又走到中亚,赶在大象销声匿迹之前与它们见了一面。我在新奥尔良时春风得意,在洛杉矶时虎落平阳,在迈阿密遭飞石击打,在纽约被人骂得狗血淋头,在去克什米尔的客运车上病倒,在伦敦的街巷中迷路,在哈佛大学里争强好斗,在吉姆考克酒店大出洋相。我曾在"说书市场"被催泪瓦斯熏过,被萨拉索塔简易活动房园区里一个神奇的侏儒迷住过,在圣·查尔斯旅店里被毒蜘蛛咬过隐私处。在同一年里,我在亚拉巴马减刑假释审议会上为小弟陈情,无功而返,然后在一个为联邦最高法院的大法官主办的晚餐会上作餐后演讲。我至少有过三次环球飞行,还曾驾着一辆敞篷跑车,倒栽在亚拉巴马21号公路路边,警车的蓝灯在我的挡风玻璃前闪动,我的嘴里都是青草、烂泥,我心里还在想:好家伙,这真酷。

那个小个子男人,他没有夺走过我的任何东西。

他对我来说,只值三章的笔墨,他也就只值那些。好几个月过去了,我根本就没去想他。

然后,大约在三年以前,我的世界起了翻天覆地的变动。

我有了一个自己的小男孩。

我没有存心去找一个女人。在我这不太光彩的一辈子里,我从未追过哪个拖着孩子的女人,而且很烦那些似乎一心想要孩子的女人。膝下无子对我来说并不是件伤心事,也不觉得我的生活中缺了什么。我不想要孩子,就像我不想要毛茸茸的睡衣、洗碗机、吸尘器、领带、合意的车、百货店的信用卡、复合维生素、跑步穿的短裤、雨伞、金鱼、老气的正装鞋、滑雪板和大多数的猫。

但我一见到她,就把这一切全忘了。

我喜欢女人,但极少陷入其他男人那种失魂落魄、直到令人恶心的痴迷状态。以往,我在恋爱上的注意力,就像热石板上的一只跳蚤。但我遇到了她,结果,我们在皮博迪酒店的神坛前结了婚。"我是个有孩子的人。"她告诉我。我敢肯定,我是听到那句话的,一定听到了。但当我恢复神志,发现自己正在驾车,身边坐着个十岁的小男孩。他出于某种我可能永远无法真正理解的原因,认准了天上的月亮是我挂上去的。

我猜想,和这么个孩子在一起,我总忍不住想起我的父亲。但是,如果将查尔斯·布拉格在我人生最初六年那段出没无常的日子加上他和我一起度过的所有时光，也就只有几个月时间，连一整年都不到。我对他的记忆是残破不全的，因为我们离开他的时间太早，话说回来，应该说，离开得还不够早。于是，就在这个新出现的男孩拉我的衣角时，我就开始寻找查尔斯的踪迹了。

★ ★ ★

在本书中，我将结束家族故事，其中有关我父亲的内容只占用了几页，但他也存在于整本书的字里行间。在我的第一本书中，我试图表达对母亲的敬意，因为她在他造成的赤贫中抚育了我。在我的第二本书中，我从泥浆中重新塑造了我的外祖父——一个民间英雄，他保护我的母亲免受我父亲的伤害，但在我出生之前就过世了，将我们全家又交给了我父亲。在最后一本书中，我没有重写我的父亲，也没有粉饰他。我这辈子认识很多监狱中的人，他们将永世为自己一生中罪大恶极的时刻付出代价。那是当他们抓到妻子不忠的时刻，用拇指按下本该用来射杀老鼠和蛇的枪击锤的时刻，或者在一些钓鱼营的酒吧喝到烂醉时，仅凭想象中别人露出的一个逗趣表情或可疑的笑容，就拔出来自廉价杂货店的刀子的时刻。因为那种时刻，你永远不必原谅这种男人。你可以为此监禁他们，处死他们，并永世诅咒他们的名字。但那种时刻，并不代表他们的全部。

男 孩

(第一章前的故事)

躺在医院病床边的椅子上是睡不好觉的,但还是会做梦。

我在孟菲斯的一家书店看到了那个女人。她有一种让人想为她写歌的美,红色的头发带着蓬松的发卷,垂到双肩上,翡翠色的眼睛闪着光芒,嘴唇是最具暗示性的粉红色。她个子高挑,身形优美。

"你愿意嫁给我吗?"我问道,语气生硬得像从山坡上翻滚下来的一块混凝土块。

"不。"她说。

她在一所大学任教,当她听到这么一句蠢话,就知道这人是个傻瓜。

我看着她走开,这个场景在我脑海里重复了很多年。

但我锲而不舍,我们有了一段很精彩、热烈的浪漫经历。我给她写的情书让我自己作呕,她给我写的信也是同样。我甚至保留了一封，以便我老了或者独自一人时能重读。

但她必须问她的小男孩，她能否再婚，因为他是她的全世界。

"当然，"她儿子说，"我们上哪儿去度蜜月？"

2005年夏天，我在四十六岁那年进入了一生中最接近父亲的一个角色，因为我爱上了一个带着孩子的女人。我猜这种事常常发生。

但是一个追求带着孩子的女人的男人，就像一只追上汽车的狗。从那以后，我无数次傻傻地盯着那个男孩，并喃喃道："儿子，如果你的妈妈只是相夫教子，我的生活该会变得多么容易。"

养育一个男孩的想法让我有点兴趣。我能想象我们在深蓝色的、能带来好运的大海中坐着船，谈论生活的场景。但是真正带个孩子完全是另一回事，现实是，你会在《音速小子》游戏上度过精力尚算充沛的最后几年时间，拼命去按一个巨大的红色按钮，然后看着孩子用汽水和烧烤酱弄脏你的卡车内部，他一边尖叫、抱怨、啜嘴，一边猛按收音机上的每个按钮，直到你只能听到静电噪音和恶魔般的尖啸。至少我在想，幸亏只有一个孩子。她和我在一起时，她的两个年长的男孩都差不多成年了。最大的那个孩子只把我称为"那个家伙"，而中间的那个孩子，我至今仍然认为他来自另一个星系。

但为了那个女人，我会容忍这个小男孩。我相信我们是在一个合适的年龄相遇的。他有家教，过了用尿布的年纪，但仍然太年幼，不能借我的车用或问我与性有关的问题。当然，如果他问了，我会被迫撒谎。我没有期望太多。我想要的只是一个勇敢、干净的男孩，他会倒垃圾，善待他的母亲，偶尔给那条他们带过来的大狗洗澡。那狗闻上去好像已经死了。如果这个男孩动作协调，有良好的口腔卫生，能接住扔给他的橄榄球，会写完家庭作业，并且不在房子里赤身裸体地跑来跑去，就谢天谢地了。

我应该对"家教"再降低些期望值。

他拒绝用正确的方式拿叉子，将我从一个一直自认为是真正的男子汉变成一个整天引用繁文缛节的书呆子。我惊奇地看着他在盘子里追逐一粒绿豌豆，又往白色的桌布上扔了一大块土豆泥，如果我不用将他送到仪态学校来威胁他，所有这些都会再被他舀起来，吃得一干二净。他冲澡的时候好像穿过瀑布，身上几乎都没有打湿，然后向被他困扰的母亲大喊："我的裤子在哪里？"如果她没有回应，他就会赤身裸体到处走。每次洗澡后，她都得检查他，因为他会不用肥皂，或者不洗头，或者只洗头的前部或后部——希望那是她选择检查的部位。我曾经也是一个男孩，但是我洗完澡后看起来并不油腻。他还会拿用过的纸巾来"装饰"车后座，或者将餐厅外带的饼干屑撒落在家门口的地毯垫上，好像我需要它们来指引回家的路似的。

"珍惜这段时光吧，"那个将这个史前穴居人带进现代世界的女人对我说，"因为那个小男孩会在你眼前消失。"

"什么时候？"我充满希望地问道。

我第一次看到他吃煎饼的样子时差点逃跑。他把糖浆涂抹到了整个桌面上——还包括他的上半身，然后，这种行为像瘟疫那样蔓延了一整天。

在一家餐馆，他设法往他的腋下放意大利面酱。"你沾到了一些酱……"我指着他说道。

他把它舔掉了。我认为这是正常人无法做到的。

在另一家餐馆,他在桌边大声地擤着鼻子,以至于玻璃水杯都颤抖起来。

如果他不喜欢某种东西的味道,就会直接把它吐出来。

"他是你的孩子。"我对那个女人说。

"他并没有什么异常。"这位女士告诉我。但我从她的眼神中看到了怀疑。

我希望一个如此烦人的男孩,至少应该是一个强悍、坚毅的人,但他是一个上钢琴课和天才学校的孩子,一个曾经因为肚子痛赶到医院,而X光片显示他只是吃了太多肉桂甜糕饼和福乐鸡[1]的孩子。

他会大喊大叫,让他的母亲来踩蜘蛛。

他受了点轻伤,或者如果他累了,就会落泪。

一切都似乎有些矫情,这个男孩会变得柔弱,娇生惯养,惹人讨厌。我想如果他看上去、听上去或至少假装更像我一点,或者像我记忆中自己做过的那个男孩,对我来说可能会更容易接受些。但在外出旅行途中,他得带着自己的枕头和毯子——他叫后者"毯毯"。他说,有了它们,他才能感觉到"舒服"。

"男孩子,"我说,"都没有'毯毯'。"

"不,他们有的。"他说。

"不,他们……"我放弃了,走开了。

我想,他太被娇纵、太不中用,无法享受或忍受像我这

---

[1] 福乐鸡(Chick-fil-A)是美国最大的鸡肉快餐店。

样的男人的陪伴。他是一个敏感、充满爱心、温柔的男孩,用不着别人提醒就会出声祷告,并深爱着他的妈妈。而且,令我惊恐的是,他黏着我,让我无法挣脱。

晚上,在一成不变播放着《动物星球》节目的电视机前,他把我当作枕头,无论我怎样摩擦、扭动或者推脱,他总会靠回来。当他在我的肩膀上打瞌睡、一团好像有毒的亮绿色泡泡糖从他嘴里掉出一半时,我会感到烦躁,而这个女人见此情景则会微笑。他像只小鸭子一样尾随我,在餐馆和商店里紧紧黏着我,并期待我拥抱他。尽管他是那么让人讨厌,我还是苦着脸拥抱了他,好像我把手臂环绕在一个被人用过的活动厕所上。他甚至希望我晚上哄他入睡,当我照办时,我琢磨我身上究竟发生了什么,想知道这个几乎被去除性别特征,排着长队去买五彩玉米片、黏稠的果汁,出高价去看该死的《企鹅长征》的人究竟是谁。

他没有跟我们去度蜜月,但我们感到内疚,于是第二周就把他接回沃尔顿堡。墨西哥湾的海浪汹涌,男孩吞下了一桶的海水,其中大部分都从他的鼻子里流了出来。他会在海水中摸索、寻找我的手,但我仍然觉得这个想法似乎不对。"你只要站得近些,这样如果你往下沉,我可以抓住你。"我说。然后一个大浪打来,将他击倒,卷着他在水底滚动,我不得不一把将他抓起,他一边咳嗽,一边吐水。我们蹚向浅水区的那一小会儿,我让他握住我的手,但是当他的双脚一着地,我就把手甩开了,因为我不是那种人。

"他还是个小男孩。"女人说。

"他是个男孩。"我说。

"他不是幼时的你，"她说，"你不能把他变得像你一样。"

我只想让他做好准备，但也不知道为了什么而准备。

我肯定是打了一阵瞌睡。一声尖锐的警报让我醒了过来，我的心脏在胸口抽搐，我期望看到一队医生冲进来让她复苏。相反，只有一个穿着整齐工作服的普通中年妇女拖着脚走进来，把扁了的静脉注射器换掉，然后按停了警报器，再拖着脚走了出去。我等待着心跳平缓下来，刚好发现母亲正看着我。她现在七十岁了。她喜欢引用一首诗，讲述了一位老太太不请自来，到她家生活，那是一个她只能在镜子里看到的满脸皱纹的年老女人。我看着她透过止痛药带来的黑暗和迷雾，试图搞清楚我是谁。她如果不戴那副轻如羽毛的索菲亚·罗兰式的眼镜，她什么都看不到，但她的听力很好。她想听的东西绝对听得清清楚楚，而不想听的则一个音节都听不到。

不久之后就是另一个儿子轮班。我问她疼得怎么样了，她告诉我不是太糟糕。

"好吧，"我在心里骂了自己一句，"你应该为该死的自己感到羞耻。"

在2006年夏天，我的陪床方法并不怎么样。我整整三个晚上坐在她的床边，看着她呼吸。她讨厌去看医生，一生都如此，而那一次几乎送了命。她让胆囊问题这种简单的病发展成了坏疽，但我们小镇医院里一位医术精湛的外科医生救了她。我在黑暗中抱怨，但从未告诉她真相——当我在她的手术室外面等待时，我的一生中从未如此害怕。我的意思是，那个傻老太太难道不知道，她一旦走了，就什么都没有了吗？

但那不是真的，我想，不再是真的了。

"你想要点什么？"我问道。

"你可以把那个男孩带来看我。"她说。

我的男孩。

"我喜欢那个男孩。"她说。

"我知道，妈妈。"

她不断给他递烤饼，看着他在地板上看书。有些女人只要在小男孩身边，心就融化了。她一点也不在意他看起来不像我们，或不是以通常的方式来到她身边。他看起来像我父亲那边的人，有深色的头发，眉清目秀。如果他像我父亲，那可太奇怪了。

"他被宠坏了，"我说，"你也是帮凶。"

她表示不满，宠溺一个男孩是她的特权。

"他不是特别坚强。"我说。

"他不需要。"她说。

那个女人以同样的口气，说过同样的话。当百叶窗染上金色的光辉时，我又清醒地坐了几个小时。我的哥哥和嫂嫂敲了敲门进来，半遮半掩地带着一个袋子，从里面传来可疑的像香肠夹饼的气味。

"她怎么样？"他问道。

"仍然觉得痛，"我说，"但是，她什么都能忍受。"

他笑了笑。

很久以前，我们兄弟两人也不是那么坚强。但她是，否则我们早就消失了。我走进温暖的早晨，走向我的卡车，开车穿过勾勒我们的故事已有一百年的这个城镇，经过快餐店和战前建造的大楼,家族里或富有或贫穷的堂兄弟都在那里等待着同样的花街游行。我瞥了一眼电话,知道是该给家里报个平安的时候了。

我想,这就跟马戏团里的熊一样。你在笼子里踱着步,直到他们放你出去表演杂技。你谈论学费、硬木地板、牙套,有时还会谈谈代数,看看在变得狂暴并吃掉观众之前,你可以在那个摇摇晃晃的球上平衡多久。有时候你能逃出去,但在你到家变得慵懒、善待自己之前,永远不会跑到比埃克森加油站更远的地方。你现在是一头温驯的熊。他们不久之后就会让你骑一辆红色三轮车,戴一顶傻里傻气的帽子出丑。

我带着一点恐惧拨出了号码。这个女人经常对我生气。我按自己的方式做人,就会让她生气。

那个男孩则永远不会。

我走进门,这个男孩看上去从没对我失望过。

第一章

一股浓烟

天哪,我真希望能亲眼看到他当年的样子。他们说,1955 年的他风流倜傥、容貌英俊。他身穿白色棕榈滩牌西装,系一根樱桃红领带,斜靠在他那辆黑白相间的 1949 年款福特"水星"车上的模样,就像是在去某个特别地方的途中迷了路,然后在路边停下问路的人。他总是偷来一朵红色的花别到西装翻领上——总是偷一朵红色的,你说怪不怪——然后用一条人造革仿鳄鱼皮皮带系紧裤子。他的牙齿特别好,简直不像真的,他的犬齿长长的,出奇地白,他把卷曲的红褐色头发高高梳起,颇像"杀手"杰瑞·李[1]。当他用玫瑰牌发油将头发往后梳时,头发又变成了黑色。他打架

---

[1] 指杰瑞·李·刘易斯(Jerry Lee Lewis, 1935—2022),美国音乐家、创作歌手、钢琴家,因"杀手"的绰号被听众熟知,是摇滚乐的开拓者之一。

时，先出右拳吸引对方，然后用左拳狠狠出击，那时几缕头发会滑落下来，在他那双闪着蓝色火焰的眼睛前甩来甩去。他上学只上到六年级，但那时作为一名海军陆战队员，能从政府领不少钱，并且每周末都会从梅肯的基地开车回家，心中只惦记一件事。他喜欢在广场上扮个帅哥，看着女孩子们从他面前飘然而过，但他不会冲她们吹口哨，因为他有了意中人。"他笑得很调皮。"我的妈妈说。他好像正在从人生的口袋里偷钱，又好像他仅仅凭着到处闲逛，呼吸两下空气就能顺利逃脱某些麻烦事一样。他只不过是一个普通纱厂工人家的孩子，但在她眼里，他与她认识的其他人——宗教集会上的先知、纸浆厂的苦力和无照修车匠之流——截然不同，他们之间的差距就像斯坦伯格百货公司里的蜡人模特与玉米田里的稻草人那么大。到了该走的时候，他会轻松地滑到方向盘后面，转动钥匙。那股帅劲，就像一个天使——不过是那种堕落天使。大引擎一打上火，他便立刻消失在一大团蓝黑色的令人头昏的油烟之中。

"他的车特别耗机油，"我母亲说，"烧那么多机油，弄得整个镇上他到哪儿，那团油烟就跟到哪儿。烧得那么快，根本存不住油。但他非但不去把车修好，还把车开到高速公路上的那家加油站。你知道的，就是原来扬家开加油站那个地方。他会把车停在装着别人换机油时倒掉的废机油大桶前，将废油舀出来装进自己的油桶，再加进自己的车里，然后继续不停地开。人们过去都笑话他，说'布拉格家的那个浑小子又腾云驾雾地过来了'。"

"不过，他们不该这样笑话他，"她说，"那些人太刻薄了。"

这些话听上去一定有点老掉牙了。

但她有四十年没有为他辩解了。

"说起来,那车可真漂亮。"

她还记得他被烟雾包围的那个样子。

但有时,在非常罕见的情况下,她会记起他跪在自己面前的样子。

"大约在我们开始相爱后四个月的光景,我俩在日耳曼泉公园,他在溪岸边趴下喝溪水。(那时你可以直接喝那里的溪水,又甜又凉。)他喝完水,转过身来看着我。'嫁给我,好吗?'他说。我笑话他,把他惹火了,他还轻轻骂了几声。但我的意思是:有谁会一边趴在地上喝水,一边向另一个人求婚呢?'你在开玩笑,是吧?'我问他。他又骂上了。他说:'见鬼,我是认真的,你到底嫁不嫁给我?'但我又咯咯笑了起来,根本停不下来。"

她一直都想把那么多的往事忘掉,此时试图回忆这事似乎有些离奇。但她眼前仍然浮现他为了一点点体面撑起身子,做出跪地姿势的画面。刹那间,他便单膝跪在了她的面前,就像故事书中的情节。

"我是认真的,妈的。"他说。

他的脸涨得通红。

"你到底是嫁,还是不嫁?"

★ ★ ★

他不是那种成家立业型的男人。

年长的男人笑话他，拿他手中的那只油桶取乐，而女人们则喜欢他那张脸。就连那些非常担心自己会显得娘娘腔，所以在进了西尔斯商场后，为了不被人看见在女人内裤区周围活动而故意绕大圈回避的男人，也都承认查尔斯·布拉格是个帅哥。他长着电影明星般棱角分明的下巴，下巴上有一道白色的伤痕，像是某次打架后留下的印记。这是一天晚上，他喝醉酒后一头撞在方向盘上留下的伤疤，但这使他看上去既神秘又危险。他带有印第安人的血统，高高的颧骨带着一股傲气，他的脸被烈日晒成深红色，耳朵和喉结过大，但双手却像女人般纤小精细，不过坚硬程度赛过钢丝钳，就像他老爸的手。他说起话来土腔十足，但穿戴却像个城里人，就像那时所有来自厂村的男孩一样，是个风格混搭的乡巴佬，黑色便士乐福鞋上有银色硬币在闪烁。他一支接一支抽着波迈香烟[1]，在左后边的裤兜藏一把薄薄的带着黄色刀柄的尖刀，以便随时可以亮出来。每周末，他还会在背后藏一把短枪筒手枪，但他和她在一起时从不带枪。他驯养斗狗用的斗犬，在斗鸡赌博中下赌注，喜欢吃香草冰淇淋。我猜想，他在还不知道恶少是何物时，就成了一个恶少。

"如果你把他逼急了，他会动刀伤你。"我父亲的表哥卡洛斯·斯拉特说。他的父亲在1932年圣诞节时，从一个来自墨西哥的苹果箱上看到"卡洛斯"的标签，便用来为自己的儿子取名。"但总的来说，他是个不错的小伙。"他的哥哥们

---

[1] 波迈香烟（Pall Mall）由美国雷诺兹（R. J. Reynolds）烟草公司出品，是英美烟草公司（British American Tobacco）旗下的著名香烟品牌。

喜欢恶作剧,把他大头冲下吊起来,然后抖一抖,骰子和一小瓶烈酒就会被抖搂出来。五十二张扑克牌也会散落在地上,如果他藏了其中一张,那就是五十一张。当然,他在大洋彼岸干的一件难以启齿的事,会给他的一生留下印记,但他就像藏匿自己身上的刺青一样将那件事藏了起来。从战场上回家后,他从衣兜中取梳子的动作都像拔枪。经常有人看到他懒洋洋地斜靠在拉迪加烧烤餐厅的桌边,摆出一副帅样,但对那些注意他的女孩又会装作没看见。

"有一次在街上他和我擦肩而过,没有打招呼,然后他就转过身来,一路尾随我。"我母亲说。她从橱窗的反光中看见他的一举一动,但没有转过身让他难堪。她只是冲他微微一笑,继续向前走。她在小餐厅时,他也会经常出现。他坐在那里,一边抽烟,一边喝着不加糖的黑咖啡,从一本平装西部小说的上方不时偷看她几眼。

当然,他的名声不是太好,但她对此一无所知,那就和他没有不好的名声一样。"查尔斯身边从不缺女孩,"他的好友杰克·安德鲁斯对我说,"还都是些正经女孩,每周都去教堂的那种。但他一见到你妈妈,就堕入爱河了。他在脑中描绘了一幅自己人生的画面,她和他就生活在画面中,他一辈子不曾将这画面从脑海中抹掉。"

我几乎不能准确地描述她当时的音容笑貌。我猜想所有的男孩都像我一样对此不在行。我说过她长得像个电影明星,但她比那种美——那种粗俗、浓妆艳抹的美——还要漂亮。那时,她的脸上带有一种平和、圣洁的宁静。也许,考虑到我父亲人生中经历过的坎坷,那种宁静正是他当时发现的最可爱的特质。

她是山里来的姑娘，非常年轻时就来到城里，干些照看别人的婴儿或给他们拖地板的杂活。就在此时，我父亲出现了，全身上下打扮得体体面面，加上叼着香烟的帅样。这个身上带着山民的血统、驾照上印有工厂镇地址的小伙，摆出一副不凡的模样。他穿着那身白色西服，身手敏捷，机智聪明，但又没有聪明到能够被人看出，其实他根本用不着摆酷玩帅地炫技就能吸引她。"哦，他当时的确在招摇过市，"她说，"而我只是喜欢他那一口好牙。"

★ ★ ★

我的父亲除了他出生的这个小镇之外，就从来没有在其他地方真正住过。他当兵那阵子，曾驻扎在海外和佐治亚州，在弗吉尼亚州坐过一阵子牢，后来在得克萨斯州干过一段修复车身的工作，但他一生的大部分时间是在这个位于亚拉巴马州东北部的杰克逊维尔的城界内度过的。这是一个可爱的小镇。五十年前，他追求她时，这里美得就像一张现场拍下的明信片。城中的主要街道两侧全是建有高大白色立柱的大房子和树龄高达三百年的老橡树。劳工阶层被排挤在路人视线之外的山坡下。城中的主要干线 21 号老高速公路以约翰·佩勒姆[1]的名字命名，他是一个年轻英俊的（邦联叛军）

---

[1] 约翰·佩勒姆（John Pelham，1838—1863）是美国内战期间邦联军的一名炮兵军官，因其军事才能和英勇的精神被称为"英勇的佩勒姆"。

炮兵军官,在内战的凯利要塞战斗中被敌军的一颗炮弹炸下坐骑。南军总司令李将军在接到这位被他称为"我英勇的佩勒姆"的小伙子战死的噩耗时,曾经潸然泪下。但当年,我老爸的心里对这个名人没有丝毫敬畏。1955年时,他开着那辆轰隆轰隆的福特"水星"老爷车,在佩勒姆街上一个又一个停车标志之间飙车——其实并没有任何人跟他飙车,他只是空前地郁闷、无聊。他借助后视镜整理一下自己的头发,看了看车上的侧镜,确认城中唯一的一辆警车并不在附近,然后将橡皮轮胎的擦痕全都留在那条神圣的叛军名人之路上。

那时这条路只有南北向的两条车道。路西是纱厂工人聚居的厂村,那里全是一模一样的住房,每座房子前都有一棵经公司批准种下的树,面向一条条用公司的煤炭电厂里运来的煤灰、灰土和煤渣铺成的,以字母顺序命名的柏油路。从山里迁来的圣灵降临教派(Pentecostal)教徒就住在这里。纱厂里的工人进城必须爬坡,厂村里的酒鬼们常开玩笑说,如果警察在他们彻底清醒前就放他们出来,他们就能顺着A街一路滚下去,直接滚到自己的床上。这里,大货车会造成交通堵塞,首尾相接,达七八百米长,它们将整郡整郡的棉花运进来,将迪克西黏土公司堆积成山的红土运出去。路东是小镇的高级去处,但路西必须向路东鞠躬,为它提供动力,保持其顺利运行。

路东边围绕着一圈由山茱萸、杜鹃和野杏组成的绿化带。这里是大学教授、商贾和专业人士、业主和打着领带的人们、在当地名声显赫的第一浸信会和公理圣教会信徒的居所。漂亮的街道用柏油和干净的白色砾石铺筑而成。"东边的人喝酒不比我们少,"卡洛斯说,"但他们藏掖得比我们好。"同样在东面，但在一段有意安排的距离之外，是一个名叫伊斯特伍德（Eastwood）的地方，大多数当地人称其为"需要救济"（Needmore）[1]。那是由精心打理的很多栋小房子组成的黑人社区。到了周末，世界顶级的棒球手来到这里，按照不同的肤色进行一场又一场史诗般的比赛。赛场外，取得特许经营权的小贩正在大油锅里炸鱼，热气升腾。炸鱼被放在一片白面包上出售，中间放上一大摊番茄酱，那摊番茄酱真像被子弹打出的血一般鲜红。

北边是一所大学，是一处由砖砌建筑组成的美丽景观，碧树浓荫，完美无瑕。那原本是一所师范学院，但已拓展到其他领域，学院的美式足球队颇有名气。学院的吉祥物是一只斗鸡。每当军乐队奏起《南方热土》，来自路东和路西的人们都会不约而同地起立欢呼。

广场是当地的中心——其实算不上广场，只是一个圆形场子而已。广场的一边是市政厅，建筑不算内战前的典范，只是一座用天然岩石筑起的黄色堡垒。对于我的家人来说，这儿只不过是监狱的代名词。我们对那里的了解，就像有些人对他们的教会或者共济会那样的秘密团体的内幕般了如指掌。那儿以前是一所老式监狱，设有铁栅栏门和钢丝床，一周七天吃的都是用白腰豆烧的牢饭。但是最让被关在这里的人受不了的，是铁窗之外永不停息的汽车噪声——闲极无聊的年轻人会开着车在广场上转个不停。

---

[1] Needmore 是城镇名称 Eastwood 的谐音。

在那些哈德逊[1]、帕卡德[2]和雪佛兰车组成的轨道上,我父亲坠入爱河。他背叛了一个好朋友,硬是作为第三者挤进了我母亲的心房。但整个过程中,他并没有干什么偷偷摸摸的勾当。

在那家可爱而老旧的"公主剧场"变幻的霓虹灯映照下,他向我母亲发起攻势,当时她正在和他最好的一个朋友约会。我们家族的男人都不是那种孬种,不会因为哪个女人以手上戴的同班戒指、订婚戒指或者结婚戒指的形式与他人有什么联系,就认为无法得手。但是就从朋友背后捅刀这个角度来说,这件事堪称非同凡响、邪恶透顶并且登峰造极。

我们相信,那是一个星期六。那些未成年的野小子无精打采地徜徉在台球厅外,厅内,在"二战"中荣立战功的退伍军人霍默·巴恩韦尔监管着所有的球台。"我根本不会玩台球。"他会对小伙子们这样说,但他却从那些声称会玩的人那里赢走了不少钱。剧场外的告示牌上显示约翰尼·麦克·布朗[3]的电影是那天的主要节目,但半夜那场电影是《狼少年》。白天在霍伊特·费尔的木材加工厂里工作的沃尔特·罗林斯警官,这会儿正开着他那辆已经褪色的黑色警车在广场上转圈。原来的警长怀蒂·怀特赛德在数月前在纱厂厂村里被一个名叫罗伯特·邓特蒙的醉汉开枪打死。离奇的是,事发前

---

1 哈德逊汽车全名是哈德逊大黄蜂,英文是 Hudson Hornet,是密歇根州底特律的哈德逊汽车公司在 1951 年至 1954 年间生产的一款经典老爷车。
2 帕卡德(Packard)是由密歇根州底特律的帕卡德汽车公司打造的美国豪华汽车品牌。第一辆帕卡德汽车于 1899 年生产,最后一款底特律制造的概念车于 1956 年生产。帕卡德 1954 年与斯图贝克公司合并,最终于 1958 年倒闭。
3 约翰尼·麦克·布朗(Johnny Mack Brown, 1904—1974)是一位美国大学橄榄球运动员和电影演员,主要活跃在西部片中。

几天，这两人还约好一同出去钓鱼来着。此时，他的遗孀玛丽正在台球厅告示牌下面的售票亭中卖票。洛林·韦斯特在卖刚出炉的爆米花。

广场的另一边，布泽兄弟手持嗡嗡作响的理发推子，给人剃板寸头。他们的推子离头皮如此近，居然没弄出血来，简直是个奇迹。埃德·约翰逊在IGA超市[1]为人们变现薪水支票，阿尔弗雷德·罗巴克将满怀希望的和亲属亡故不久的顾客迎进自己的家具店：前堂出售沙发，后堂推销棺材。在韦斯特塞德药店的汽水柜台边，小男孩数着便士。边上的冰淇淋店里，剃着平头、系着细领带的大学生们和南方娇艳的女孩们一边吃着撒满山胡桃、开心果和碧根果的蛋筒冰淇淋，一边调情。在拉迪加烧烤餐厅，一个名叫乔治的希腊人正在翻动火炉上的大块牛排和硕大的汉堡肉饼。一头红发的路易丝·特雷德韦在她家开的车站餐馆门前招呼着刚从长途汽车上下车的乘客，他们来自安尼斯顿。老头们坐在马西斯出租马车松松垮垮的塑胶椅上摆龙门阵。一只黑猫从里德家鞋店的橱窗里向外张望。这里有时晚上会发生枪战、令人心痛的事和撞车事故，但大多数晚上就像这样节奏缓慢，你能将整个市景从空中轻轻划出来，挂在墙上。

当时与我母亲相好的那个小伙，是和我父亲一样的帅哥，高个子，黑头发，有双绿眼睛。当这个小伙告诉自己的哥们儿查尔斯，他打算正式邀请那个来自巴昂德姆家族的女孩外

---

[1] IGA超市全称是Independent Grocers Alliance（独立杂货商联盟），是一个以特许经营方式运营的连锁超市，总部位于美国芝加哥。

出时,他们正在四处闲逛,消磨时光。但不巧的是,他刚为自己那辆引以为豪的1948年款的福特车上了一层更加亮眼的战舰灰色的漆。随便哪个傻瓜都知道,车在新上的漆还没干透前就开动,三乡五里公路上的每一粒尘土都会紧紧地粘在车前盖上。可是他仍然急着要去。他敢肯定,如果他此时不约她出来,不定哪个嘴上抹了蜜的家伙就会捷足先登。

"就是那个漂亮妞吗?"我父亲问。

我父亲其实太知道小伙所说的这个女孩了。他不久前就做了介绍,当时我父亲还问,他是否能从他驻扎的很远很远并且可能有危险的地方给她写信——他只不过是希望能读到来自家乡的温柔话语而已。

那小伙说,正是那位,她可太漂亮了。

我父亲愿意为哥们儿助一臂之力。

"你开我的车去吧。"他说。

那小伙显然不想急于用一辆可能将我母亲熏死的车约她,他此时已别无选择。他说声"谢了,哥们儿",伸手就来拿车钥匙。我父亲将钥匙在他眼前晃了晃,但没有放开。

"你可介意……"他说,"我和你们一块儿去?"

当那小伙去接我母亲时,我父亲就坐在后座上。他西装笔挺,翻领上插着一朵康乃馨。那时天很冷,室外所有花盆和花栏里的花都成了枯枝败叶。她心里总在纳闷,他是爬到哪个温室,或是从哪家的卧室窗前偷来的花。他从不买花,买花违背了他的人生信条。

她上车时,他只是点了下头,说了一声"你好"。那个小伙踩了一下油门,他们就在一团气味难闻的黑烟中出发了。

汽车的排挡总是错位,每当引擎开始哼哼,我父亲就会从后座向前挤过去,冲着小伙大喊"踩离合器"。他挤在小伙和我母亲之间,上下左右地捣鼓起排挡杆,随即传来刺耳的金属摩擦声。然后,他返回后座,直到那小伙需要再次换挡时,又故技重演。

他们还没有开出一公里,他就开始冲着两人的背影说起了话。

"我估摸着,你是全城最美的妞儿。"我父亲说。

我母亲,还有那小伙听到此言,都不知说什么好。

"我估摸着,你是我见过的最美的妞儿。"他又说。

她只好尴尬地盯着挡风玻璃,感到脸上发烧。

"整个世界上最美的妞儿。"他又加了一句。

威士忌能让人口无遮拦,但他的气息中没有一丝一毫的酒精味。

然后,他向前靠了靠,拍了拍那小伙的肩膀。

"我要将她从你这儿夺走。"他说。

他的口气中没有丝毫开玩笑的意思。

那小伙本可以为了她和他开打的,但这个世界上有的是被打得鼻青脸肿,一瘸一拐回家,到头来还无法得到女孩晚安吻的勇敢小伙。我母亲说那小伙本人也是个用拳头说话的愣小子,"像蝎子一般狠毒"。但那年头我父亲的名声,以及他家族的名声避免了许多暴力冲突。要和一个在自家人之间都经常拔刀相向的家里出来的人开打,至少还要权衡一下利害得失。可是那小伙气得牙根痒痒,开着那辆冒着黑烟的破车一路回到自己的家门口,攥着我母亲的手,将她拉了出来。他打开自己那辆油漆未干的福特车车门让我母亲上车,然后怒气冲天地驾车而去。每当飞扬的尘土和落叶擦过车身,他都会皱一下眉头。我父亲被扔在一旁的人行道上,在尚未散尽的油烟中,现出一丝恶魔般的奸笑。

那小伙对她道晚安并告别时,她眼前浮现的却是我父亲在恶魔般奸笑时露出的一排洁白完美的牙齿。

下一个周末,我父亲约她出去,再下个周末也约了。如果任何其他小伙对她表示出兴趣的话,他便会登门拜访。结果,追求者渐渐少了。他一直告诉我母亲,她实在太美了,像电影明星丽塔·海华丝[1]。他说这些恭维话时,声音就像从一口深井的井底发出。你能用心感受到,而不只是用耳朵听到。你能感觉到他的整个胸腔都在随着那个深沉的声音产生共振,就像一辆小车装了一台过大的引擎,那嗓音就像能将那个英俊小生给震碎似的。总之,那是一种能让你信服的嗓音。

他俩是在那辆破旧不堪的车里相识的,只是漫无目的地兜风。两人一旦去看了电影,如果放映厅里什么也没发生,那么一两个月之内都不会有什么进展。她有点为坐在那样的车里感到难为情,但也就那么一点而已。她有美貌,那是嫁入更高社会阶层的资本,但事实上,她和一个更富有的小伙相处,和那些可能鄙视她,或者更糟,鄙视她家人的相处,会很不自在。

他的一家人在纱厂村里颇具传奇色彩。布拉格家的男人们喝着用玉米做的威士忌,玩扑克、掷骰子赌博,平时用拳

---

[1] 丽塔·海华丝(Rita Hayworth, 1918—1987),是美国著名女演员和舞蹈家,1940年代极富盛名。

头和尖刀解决争议。有时他们只是表现得有点与众不同。他们在纱厂勤奋工作,从不拒绝他人的求助,把一车车从菜园和杀猪时收获的食物送给别人,只要求别人少管他们的闲事,至少在玻璃破碎声和女人的哭喊声传出之前别来。他们家的女人们长期被折磨,但都被爱情冲昏了头脑,至死不渝。如果她们不是那样,她们的男人个个都会把牢底坐穿。

"他们都是些体面人,"卡洛斯说,"只是有些坏毛病。"

我母亲的爹自己酿威士忌,他喝酒后大笑、喝酒后唱歌,但从不在女儿面前沾一滴酒,也从未让酒精将自己从一个好人变成另外一个人。她打心底里希望,天地良心,为什么这样的情况不能再发生一遍呢?

她记得他第一次带自己去见他的父母时闻到的一股柑橘的芳香。"他当时刚去了一次佛罗里达,他们的屋里堆满我从未见过的最大的葡萄柚、蜜橘和柠檬。"她说。她知道最好别问这些水果是怎么来的。一个平时路过玫瑰花丛或窗台花栏时都要行窃的家伙,你能指望他在穿越路边千顷柑橘种植园时坐怀不乱吗?

他的父母像他一样个子矮小,他们来到家门口迎接她。她注意到自己是屋里最高的人,有点不好意思。他的父亲鲍比[1],穿着一身熨烫笔挺的衣服,僵硬得像全身上下只有尖角和平面,活像一个纸做的娃娃,脖子上面安着一颗小小的、圆圆的、头发全白了的头颅。他穿着一件浆过的白衬衣,纽扣一直系到领口。他脚蹬一双一尘不染的黑色翼状鞋尖的皮鞋,

---

[1] 鲍比是鲍勃的昵称。

走起路来，那条崭新笔挺的工装裤会发出像两片合成木板互相摩擦时产生的声音。

维尔玛就像她丈夫那样个子小，长着一张我母亲见过的最慈祥的脸。她当时头发已经灰白。这个有点驼背的小个子女人每天在纱厂干八小时，给人家清理房间，帮别人带孩子——还要在所有空闲时间里让她这个在吃饱喝足以后常常行为不轨、喜好打架斗殴的丈夫免遭警察、牌友、酒友、儿子们和他自己的伤害。我父亲是她的宝贝儿子，是她一生的骄傲。他管她叫妈妈，管他爹叫鲍勃。

我母亲注意到了他们之间的紧张气氛——膝盖挨着膝盖，毕恭毕敬地坐在那里。她仔细一看，发现鲍勃醉得不轻。他好像上了火，要找碴和维尔玛吵架，还没有清醒到对她说声"对不起"。

"他喝起酒来，脸就变得通红。当时他的脸就是通红通红的。"我母亲说。

"怎么啦，鲍勃？"我父亲问。

"她在家里藏了个男人。"他说。

维尔玛翻了翻白眼。

"她没在家里藏什么男人，鲍勃。"我父亲说。

"我告诉你，她藏了。"鲍勃说。

我父亲被置于这样一个尴尬的局面中：在他试图取悦自己新女友的当口，他的父亲却处在幻觉之中。我母亲只是坐在那里，眼定定地看着自己的膝盖，轻声说了声："我的天哪，那些柠檬的味道……"

"我都能听到那个男人的声音，该死的。"鲍勃说。

"……可真香啊。"我母亲接着说。

就在此时,我父亲跳了起来。

"得了,鲍勃,我们把他找出来。"

他从一个房间跑到另一个房间,打开衣橱寻找。

"不在这儿。"他喊道。

他来到了厨房,猛地打开冰箱门。

"我想他是在这儿,鲍勃。"他说。

他的父亲坐在那里,脸色显得更红。

我母亲想笑,但她只是有礼貌地坐在那里。

对她来说,这一切就像马戏班的表演,里面有侏儒和所有的戏班子成员。

有一件事让她有点不放心,那就是他母亲看她的目光。"我当时想,她不喜欢我,因为她只是一动不动地坐在那儿,用一种悲哀的眼光看着我。"我母亲说。他们离开时,维尔玛尽量向上够到她的脖子,热烈地拥抱了一下。多年后,她会告诉我母亲当时她想说的话,但当着屋子里男人们的面,她没敢吱声。

她当时想告诉我母亲,快快逃离这个家。

但在当时,我母亲好像并没有什么好怕的。

"那时,我从未见过他喝酒,"我母亲说,"他喝咖啡。我甚至不记得见过他喝啤酒。我听说所有当过兵的人都在社交场合喝酒,但我们一坐几个小时,他抿着咖啡,抽着香烟,活像一个绅士。"

他曾告诉我母亲,他的前途不错,可能在海军陆战队里干一辈子,或者在一家修车铺里和他的兄弟们一块干。但他告诉她,他宁愿挨饿也不想去纱厂干。在那个地方,工人成天吸入棉纱粉尘,大型机械让人们伤残,夺去他们的手指、手,乃至手臂。他从小到大见到过太多终年咳嗽、身体残疾和精神崩溃的人,将他们兄弟姐妹的棺材从窗户抬进抬出的情景——因为他们的房子太小、太窄,棺材无法穿过大厅和前门。他是个天不怕地不怕的主儿,但想象自己被那样抬出,那一直是困扰他的梦魇。不过,他告诉她不必担心,他会给她和他们的孩子提供比这强得多的生活。他攥着她的手郑重地告诉她:他是个靠得住的人。

他对她的母亲很好,但她的母亲对他那副耍帅的打扮并不喜欢。他对她的父亲尊重有加,她父亲几乎就是这片厂区里的民间英雄。他是个身材很高的清瘦的人,酿私酒,但主要以抡锤打工为生,一辈子没有在光明正大的打架中输给过哪一个或两个人。我父亲在周末帮她父亲接活儿、打工,和他一起铺房顶,并用得到的报酬为她买了一件被女人们称为"针织套装"的时髦外衣。在他还没来得及将它送给她之前,我的外祖父将她拉到一旁,"那个小子觉得他干了件大事,等他把衣服送给你时,你得装出一副很自豪的样子"。她答应了,说她会的。其实他的嘱咐是多此一举。那是她平生第一件不是家中自制的或是她为之拖地板的阔太太穿过后送给她的衣服。

他还向她做了其他保证,信誓旦旦,生死相许。

他送她一枚象征玉米种子的银币,作为他们将要积攒的钱中的第一块。

他还送给她一个用雪松木做的嫁妆柜,用来珍藏他们的未来。

"等我们有了自己的房子吧。"他对她说。

当他听说在阿巴拉契亚山脚下长大的她,由于家境贫穷没有玩过布娃娃,就到杰克逊维尔的一个商店,请那位以精巧针线著称的老妇人为自己的新娘定制了一个芭蕾舞女娃娃——我妈称它"跳舞娃娃"。那个娃娃花了他二十五美元,几乎是一个海军陆战队员半个月的薪水。

他一直在给她献花。

"但他没为那些花过一分钱。"她说。

每当他俩在一起拍照,他总要尽可能站得高些,这样看上去就几乎和她一般高,但此举从未奏效。他的脚小得能穿她的鞋,有时他还真穿,穿着她那双平底鞋在家中拖来拖去,引得她笑出声来。

他俩好得如胶似漆,到了再好下去她老爸就会宰了他的程度。他每星期天晚上都得离开,回到在梅肯的基地,以便星期一早晨报到。每个星期天,他都和她在一起,一直到非走不可才动身。然后,他开着隆隆作响的车驶向沉沉的夜幕,在蜿蜒的公路上疾驶,与即将初升的太阳赛跑。

那辆老破车跑得太慢,减少了他和她相处的时间。于是,他攒了一笔钱,买了辆能跑的车。那是辆1954年产的哈德逊。那车前盖上装有一个镀铬的装饰,当他在高速公路上开车时,它就像一只展开双翅的银鹰在车前飞翔。车的四轮都是白圈轮胎,外加四个工厂原装的、与之相配的轮轴盖,装备"大六"六缸引擎和三个变速挡,后轮装有挡泥板,车的侧面有六个镀铬的小字母组成的"黄蜂"字样。星期天,他们会驾车出游,一边听着收音机,一边谈着他们将来的小子们。他们肯定都是小子,他想,他们必定都是小子。他们决定第一个小子用他祖父的名字"塞缪尔"。他们的亲戚开玩笑说,那小子可能在来到这个世界时,得掸掸身上的尘土,然后自己走回家,才能配得上这个响当当的名字[1]。

子夜过后,他会从衣柜中取出军装,与她吻别,然后消失在 D 街和亚历山德里亚路的拐角处。在那里,他会炫耀一下车技,在地上留下一道道轮胎的擦痕。

但每到深夜,在万籁俱寂的军营里,他就会给她写信。

"亲爱的马克……"他写道。他就这样称呼她,用一个古怪的简称。

"你好吗?"

"我很好。"

有时,他会赶在信寄到之前回来。但不管怎样,她每周六都会跑着去开信箱,一次不落。

他没写过什么特别的东西,至少她不记得。

他每次在结尾处的署名对她来说才是至关重要的。

晚安!
做些好梦……
我想你。
甜心……

她每封信都要读上十几遍,然后按照正确的顺序保存在一个硬纸盒中。第四个月的一封信有点与众不同。他在信尾写道:"看看邮票下面。"

---

1 塞缪尔(Samuel)与《圣经》中以色列士师和先知撒母耳同名,《圣经》记载他膏立扫罗和大卫为王。

她小心翼翼地揭开邮票。下面有他用很小的字写的三行：

我

爱

你

她跑去打开那个保存信的硬纸盒，将每封信上的邮票一一揭下。

他每次都将这三行字写在邮票下面。

★ ★ ★

春天时节，人们都盯着他俩看。

那个单膝跪地的小伙好像马上要缩成一小团。

那个身材高挑、比丽塔·海华丝还要漂亮的金发女郎，一边咯咯地笑，一边颤抖。

"你可当真？"她说。

"当真，对天发誓。"他说。

"那好，"她说，"我嫁给你。"

他们驱车前往查塔努加南面的一个小镇，去找了一个治安法官[1]为他们主持婚礼。住在林戈尔德的他妹妹鲁比和妹夫赫尔曼在车中等待他俩。

---

[1] 治安法官（justice of the peace，JP），从其司法管辖区的公民中任命，处理签发证书等一般司法事务，通常不需要接受正式的法律教育。

"你妈妈当时可真漂亮。"鲁比说。

她向鲁比借了一件粉红色的毛衣,脚穿一双白色皮鞋。

他穿了一条李维斯牛仔裤、一件蓝色长袖衬衫,脚穿一双镶有珍稀十美分硬币装饰的黑色便士乐福鞋。

她很紧张,念誓词时都有些结巴。

他也很紧张,该说的话还没说完,就急着吻她。

他们奔出来时欢天喜地,但她突然意识到自己刚做的事。

"查尔斯,"她在院子中对他说,"我忘了说'我愿意'了。"

他抓住她的手将她拽进屋里,但她当时太害羞了。

她从未有机会把那句话说出来。

为了帮我写作,她又一次重温此事。她不太在乎讲述这段往事,因为这是她一生中最幸福的时光。但当她继续讲下去,她故事中的那个男人变得没有心气和贲张的血脉了,仿佛她是在引用她读过的哪本书的内容。倾听她的讲述时,我的想象中出现了一个橱架上的布娃娃,在心脏和内脏的部位有一个缝了一半的洞。我想她仍然有些顾虑,生怕如果将温度和情感倾注在这个故事中的男人身上,她就无法阻止当年那个小伙再次变成活生生的真人。但是,即便作为一个不称职的男人,他仍是无法在任何人的心中沉寂太久的鲜活男人。至少有那么一小会儿,这个男人几乎违背了我妈的意愿,活生生地出现在我的眼前。

男 孩

(第二章前的故事)

我在塞西尔的咖啡馆给男孩买了杯甜茶,冲着烧烤架后的雪莉挥了挥手,然后带着他游览我的故乡小镇。我们看了看豪宅和纪念碑——这个镇经过粉饰的外表。然后,在A街的尽头,我向他展示了这个镇已经停跳的沉寂的心脏。

"那儿真的闹鬼吗?"男孩问。

我瞥了一眼那一堵堵红砖砌的高墙。

"一个地方能闹鬼多少次,它就闹了多少次。"

五年前,纱厂的机器停转了。响起上百年轰鸣声的这个厂村一下陷入一种可憎的寂静,随即一团团棉絮从静谧、凝固的空气中降落,像一堆堆脏雪散落在布满伤痕的硬木地板上。最后一批离开这里的人说,他们曾听到里面有动静,好像几代先人还在这些巨大厂房里活动,它们曾经通过一个伤口又一个伤口、一声咳嗽又一声咳嗽吞噬他们的生命。

那天早上,我对男孩说,我会带他去看我父亲家族的人工作和生活的地方。我上小卡车时,将他旅途上用的小毯子扔到后面他够不到的地方。

　　"今天你用不着这个。"我说。

　　说真话,我是不想让人看到这条孩子用的毯子,或者一个需要这条毯子的男孩。我们开车经过已经变得空荡荡的厂村和纱厂,硕大的伐木铁链将工厂大门锁了起来。纱厂关门时,铁链将两百个失去薪水和医疗保险的工人锁在门外。"工厂开工时并不可怕,"有人告诉我,"停工时才叫可怕。"我希望这个男孩看到这一点,但这就好像向他展示月球的背面一样令他费解。

　　这是我们相处的第一年。那个女人还希望我能有所长进,所以拉我去教堂。她让我穿上西服,坐在稳重矜持、没人大叫大嚷的大教堂里的长凳上。孩子们点燃蜡烛,唱着赞美诗。仪式过后,我们到前厅吃甜点。这个男孩就是在这座教堂里长大的,他的祖父和祖母都是这座教堂的司仪,他的母亲在那里教主日学。他参加教堂组织的夏令营,在浸礼湖里畅游。他说他喜欢教堂——世上有哪个男孩会说这种话呢?

　　男孩的学校也是个温馨的去处,那里的老师都知道他母亲的名字,说他是个可爱的孩子,很乖,在演示活动中为大家分发草莓冰淇淋。他不坐校车上学,他母亲开车送他上下学,用一些适当的奖励鼓励他上学,对于一个十岁的孩子,糖是最上瘾的东西。如果他真有什么悲哀的事——应该不会——他会用根汁"啤酒"借"酒"浇愁。

　　在家里也是这样。吃晚饭时,他母亲明明知道他喜欢来上一大杯"胡椒博士"汽水、一堆炸鸡球和混有砸碎了的m&m's巧克力豆的圣代冰淇淋,但还要问"你喜欢吃什么"。家是他心目中的神殿,到处都是从幼儿园里带回家的手工作品和艺术课上创作的涂鸦。他的朋友会结伴到家里来玩游戏,他的卧室里堆满各种玩具。临睡前,他要做祈祷,然后他母亲会轻轻抚摸他的后背,将他送入甜美的梦乡。她只有在确信他已入睡后才会离开。他母亲不让他看电视新闻,不让他接触水深火热的世界。他的牙箍在烛光灯的映照下闪着光,他自己则做着有关冰淇淋的美梦。他从未有过一颗虫牙,从他的牙缝中也没出来过一句骂人的话。

我的牙呢,托社会福利系统的福,我满口的牙里充满铅和水银。我原本可以将它们都换成金牙,但我现在开始喜欢嘴里的那种味道了。

我想让这个男孩看一看纱厂,让他知道他是多么幸运。

我们来到一道深沟前。在雨季,这道深沟也许是一条溪流。沟底散落着一些啤酒瓶,除了蛇、虫,没有什么其他东西能在那儿兴旺起来。

在我父亲那个年代,小男孩们用铁丝和铁管做的蛇夹将它们抓住,然后放在腌菜罐中活煮。现在这里野草丛生,但在1942年,这里可是一道宽沟。

"我爸小时候能从这上面跳过去。"我说。

那男孩看了看那条沟。

"所有的人都说,他是跳得最远的。"我说。

男孩向嘴里塞了一片无糖口香糖,玩弄起手中的游戏机,那是他最钟爱的东西。他不是无礼,只不过是由于受到过分的保护,有些脱离现实。

"你知道他们怎么叫这条溪水?"我问道。

"叫什么?"他说,只是出于礼貌。

"屎溪。"我说。

他大笑起来。如果晚餐桌上的每个人都是教堂的执事,你平时是不会听到什么脏话的。

就那么一小会儿,我得到了他的关注。

我带他去看了厂村里的教堂。

"在那里,他们会说一些听不懂的话,被圣灵所杀。"我说。

他的眼睛瞪大了。

"他们其实没真死。"我说。

我们经过一片荒草。

"那里是罗伯特·邓特蒙杀死警长的地方。"

"为什么?"男孩问。

"他们说是为了一条水管的事。"

我们向右转到 D 街,正是这儿,117 号。

这里的人管这儿叫"蛙镇"。我父亲曾是"蛙镇王子"。

"他们常在这儿打架。"我说。既像是对我自己说,又像是对男孩说。

"谁?"他问道。

"我爸和他的兄弟们。"我说。

"为什么?"他问。

我摇了摇头。

"他们喜欢。"我说。

"为什么?"

"他们没少喝酒。"我说。

但这个男孩从来没有闻到过哪个人嘴里喷出的酒气，或者见过点燃酒精的诡异蓝火。像以往一样，当我想起那团邪火，我眼前又会浮现出他们的样子——我父亲家里的那些人。我曾经也是个男孩，但我永远不会忘记他们身上带的那股杀气，他们在厨房桌子前狂笑和骂娘、嘴里叼着烟的样子。他们举着廉价玻璃杯，杯中晃荡着自家酿的私酒。我现在还在纳闷他们怎么没有把自己送上西天。我还是个男孩时，坚信他们这些人就是男人应有的榜样，帅气、无畏，他们是手中拿着卸轮胎用的十字扳手而不是宝剑的黑衣骑士。无论日落还是日出，他们都在干杯，摔碎过千百个酒杯。"我一生中没见过那样的男人，"我母亲会说，"也永远不会见到那样的男人。"同样，他们所在的一方水土造就了他们，他们是被磨炼出来的，就像被一块磨刀石磨出的利器那样。

那个男孩问我能不能租部电影看。

"当然可以。"我说。

第二章

厂 村

我第一次看到"祭品"时还是一个小男孩。那是一只没有胳膊的空袖管。那时我挺富有的，骑在廉价店里木马的马背上追赶想象中的印第安人，口袋里装满生日时收到的沉甸甸的五分硬币。这匹木马死死地固定在A&P店外的混凝土地面上，但是在我的想象中，我每往里面塞一枚五分硬币，都会离那些印第安人更近些。就在此时，那个独臂男子从我身边走过。那天是工作日，我打着赤脚在城里游逛。那一定是个发工资的日子，一定是在夏天。我跟着那人走进店门时，觉得脚下的塑胶地板凉凉的。我充满好奇，直勾勾地盯着那个人看。他很瘦，裤子显得空荡荡的，他的脸庞瘦削、满布皱纹，神色悲伤。他显得那么悲苦，好像我们俩中的哪个人定要落泪似的。他穿着一件格子长袖衬衫，一只袖子空荡荡地吊在那里，没有用别针固定起来。他每走一步，那只空袖管就微微晃动，就好像他在指望那只失去的臂膀会随时回到那只袖管中似的。但他的脸上的表情则不同，他的脸告诉我失去了的就永远失去了。那是我们那里的人相信的奇迹的力量也无法改变的事情，没有谁能通过祈祷将失去的手臂要回来。如果真的灵验，我们早就听说了。那年，我早已被我的兄长和十来个生性凶顽的表姐调教成一个不去盯着别人看、也不会被那人的残疾吓哭的男孩。但是那根袖管、那瘪瘪的布料的甩动让人太难过了。我只是站在那里，眼睛灼热，双脚在店里那种不自然的温度下变得冰冷。"是因为打仗吗？"我问我妈。但她叫我小声些，说那不关我们的事。于是，我又问了一遍。她摇了摇头，只说了一句"是纱厂"。

此人名叫查尔斯·哈迪，一直是我们镇上最好的吉他手。一天晚上，在镇里的会议厅里，一个在外巡游，为乡村音乐做宣传的推销商听了他的演奏后对他说："天哪，你弹得太好了，根本用不着靠工资讨生活。"他怂恿哈迪跟他一块乘公共汽车到纳什维尔[1]去碰碰运气，因为他有一双"魔手"。但是他哪怕只有一天不去纱厂上班，就会被解雇。他也知道，如果他私自投奔音乐城，他老婆非把他骂死不成。于是，他将梦想擦拭干净，放进琴箱，并告诉自己将来总有机会开车到田纳西州，在那些纳什维尔的行家面前一展自己的才华。不料有一天，他在"奇迹"纱厂的车间里，由于前一天晚上喝多了，一不注意，摔倒在剪裁厚叠涤棉布的机器的铡刀口。机器将他肘关节以下的部分全部绞烂，还差点将他整个卷进去，他像与一只野兽拼命一样与机器撕打起

---

[1] 美国田纳西州纳什维尔市被誉为"美国乡村音乐之都"，而音乐街（Music Row）则是纳什维尔音乐产业的核心。这里汇聚了数百家唱片公司、发行商、录音室，"猫王"埃尔维斯·普雷斯利、多莉·帕顿等传奇人物都曾在此录制音乐。

来。最后，他用一根断了的扫帚把将机器卡住，然后关掉了它。

一个明白人告诉过我，所有你想知道的有关纱厂厂村里的事，全都藏在那一根空袖管里。

但是，我小时候常常纳闷，为什么会有人愿意去一个下班前有可能将他身上某一部分留下的地方上班。我妈妈告诉我，那只是因为它是一份可以谋生的工作，"人们得到一份工作还很开心呢"。我在有关流血、止血绷带和低工资的抱怨声中一直听人这么说。在像里斯堡、蓝山、皮德蒙特那样的十几个位于阿巴拉契亚山脚下的小镇里，那只臂膀是向工厂的监工、机器进献的"祭品"。在我还未了解那个世界之前，在我还不理解为什么世上会有你憎恶的东西、有你要向上帝感恩的东西，还有两者兼而有之的东西之前，我母亲就将我们从我父系家族的手里领走，斩断了我们与杰克逊维尔的纱厂厂村之间的所有关系。

我血统中的一半在这里，是在一排排转动的金属部件之间铸就的。像那些目睹自己的生活从山里迁徙到厂村的人一样，我来自同属一个阶层的两个族群。他们曾为这两个族群都无法拥有的天堂流血牺牲，然后目睹这个天堂将两者混合起来，养育出一群人，而这些人的最大价值在于，他们可以被随意牺牲。在这个山区，从与印第安原住民的战争到内战，一直到漠视生命的工业化过程，就是一部讲述我父亲家族的人的历史，也是那些与纱厂有关的人的历史。

★ ★ ★

这里的一切都是由幻境伪装成的自然。那些山峦圆圆的山顶极少以清晰明朗的面目展现在世人面前。夏天，山峦的轮廓被湿热和黄色的云雾笼罩，影影绰绰，冬日则被清冷灰暗的雾气遮蔽，若隐若现。尽管常年云遮雾绕，但它一直是一道很美的风景线。这里，毒藤绕树而生，哪怕轻轻一碰都会让你浑身起疱。树上硕大的柿子，黄得让人垂涎欲滴，但你哪怕早一天将它摘下来吃，都会满嘴苦涩。春、秋季节，龙卷风从这里席卷而过。冬日里的秃树上停满成千上万只报丧般嘶叫的乌鸦，夏日的草地被成熟的野草莓点缀得一片艳红。有毒的水蛇粗得像卷起的报纸，在颜色如同英国红茶一般的河水中游荡。牛蛙像击打低音鼓那样鼓动着空气，黑得像暗夜的美洲黑豹趴在古树的枝杈上，观察着四周的动静。

德·索托[1]曾骑马经过这片土地，寻求宝藏。他屠杀这里的原住民，每到一个村庄都要打听在哪儿能找到黄金。"往西边走。"人们总是这样告诉他，目的就是让他快快离开，从他们的地界上消失，直到他在密西西比河畔失望地死去。

但是白人还在不断涌来，有些为了木材，有些为了去低洼的沼地，有些为了埋藏在山里的煤或矿石。到了19世纪的第一个十年，佐治亚州以西到密西西比乔克托人[2]领地以东的地域被称作"亚拉巴马边疆区"。住在那里的人中也有一些心

---

[1] 埃尔南多·德·索托（Hernando de Soto，1495—1542），是文艺复兴时期的一名西班牙探险家，曾领导第一支西班牙和欧洲远征队伍深入今天美国东南部地区进行探险，所到地区位于今密西西比河以西。

[2] 乔克托人（Choctaw）是一个美国原住民族群，最初生活在现在的美国东南部。16世纪埃尔南多·德·索托带领的早期西班牙探险者首度与乔克托族接触，这是后者与欧洲人的首次重大接触。

怀建立帝国的梦想的,但大多数人则是漫无目的的居民。

他们瘦骨嶙峋,手上布满老茧,他们穿的衣服,就像饲料麻袋系在两根交叉的扫帚把上似的。他们大多有红色和棕红色头发,白皙的皮肤被夏日的骄阳灼烧成红色,蓝色的眼中浮现出经受的苦难和重重的疑虑。他们生来就是艰辛劳作的命,他们所处的阶层是由来自苏格兰、爱尔兰、英格兰救济院的穷人和日益拥挤的美国东部贫民世代传承、拼接起来的。他们中的大多数人从未上过学,但他们口口相传饥荒、漏水的客船、自私的地主和债主的监牢的故事,引用他们从未读过的《圣经》里的段落,从出生开始就接受这样的教育——天下富人的心的真正颜色都是漆黑的。

入夜,他们会打起爱尔兰鼓、吹起爱尔兰哨笛、敲起阿巴拉契亚扬琴,在屋里的泥地上跳舞,用抑扬顿挫和伤感的嗓音唱起失落的家园、失去的爱情和失败的战争。他们曾为几块银币充当英皇、富翁和贵族的炮灰,在脚下这片红土地上还未站稳脚跟,就又为安迪·杰克逊[1]和土地投机商加入对印第安人发动的战争。没有哪个人告诉他们,即便是把所有印第安人赶走了,在联邦的土地拍卖中,他们仍然负担不起那时的土地价格。

贵族们在背地里称他们为"啃土族",也就是在奴隶制时代没有财产的自由人,价值还不如奴隶。但他们坚信那时四分五裂、漏洞百出的民主制度,为招摇撞骗、迎合大众的政客投票。然后,当阶级剥削迫使他们去偷殷实人家的猪、牛或钱包,他们就会大跳踢腿舞。他们很少留下影像资料,流

---

[1] 指美国第七任总统安德鲁·杰克逊。

传后世的书信和日记也很罕见。但只要你仔细观察纱厂厂村人们的脸，就不难从那里找到那些人的影子。

如果你再深入地看，还能看到那些之前生活在那片土地上的人的幽灵。

> 我伤害白人，做了所有我能做到的。
>
> ——克里克族的红鹰酋长[1]
>
> （摘自《亚拉巴马州内情》，哈维·H. 杰克逊三世）

那些人被称为"红棍帮"，这个名头源于他们作战时使用的棍棒上涂的颜色。他们携带铁制的印第安战斧和毛瑟枪，身穿软鹿皮，外面披一件随风飘扬的大氅或教士穿的长衫，头发用头巾紧裹。女人长着高贵的颧骨，勾勒出像煤一般黑亮的双眼，她们将富有光泽的黑色长发随意地披散至腰际。他们同属一个和白人共存了一代人的部落联盟。他们不是游牧部落，他们建造木屋，指望着在里面住一辈子。二十年间，他们不断与白人签订条约，用土地换来的是谎言。当英国战舰为后来的 1812 年战争扬帆出海，直奔美国的时候，"红棍帮"也向合众国宣战了。

一段充满血腥的历史在伯恩特科恩[2]和霍利格朗德[3]两地

---

1 指威廉·韦瑟福德（William Weatherford，约 1781—1824），有"红鹰"（Red Eagle）之称，是上克里克镇的一个酋长，在克里克战争期间（1813—1814）领导过多次抵抗下克里克镇和美国联盟军的行动。
2 伯恩特科恩（Burnt Corn）位于亚拉巴马州，原意为"烧焦的玉米"。
3 霍利格朗德（Holy Ground）位于密西西比州，原意为"圣地"。

展开。克里克印第安人将他们杀死的白人定居者扔在冒烟的肮脏小屋里和泥径上,而白人的民兵则整村整村地杀人。被几起大屠杀激怒的部落首领"红鹰",率七百个印第安武士包围了位于亚拉巴马河上的白人定居点米姆斯堡,杀死了三百四十名民兵、妇女和儿童。在北方,报纸连续报道了这些骇人听闻的情节,一场种族灭绝的战争就此开始。

在田纳西,杰克逊组建了一支军队,向南杀进当时的南部边陲,一路招兵买马。当他接近敌军领地的边缘地带时,在一个名叫德雷顿的贸易客栈稍事休整。那是位于阿巴拉契亚山脚下的一个有青山绿水的美丽去处。一些战士说等把印第安人赶尽杀绝,解甲归田时,他们愿意回到此地务农。

杰克逊从那里向南杀入克里克人领地的中心地带,一边进军一边作战,将最后一群"红棍帮"逼退到塔拉普萨一个叫作"马掌湾"的地方。1814年3月27日,他率领两千六百名白人士兵、五百名切罗基印第安武士和一百名亲白人的下克里克友军,向一千个"红棍帮"印第安武士发起进攻。他的印第安同盟军率先游过河去,偷走了"红棍帮"的独木舟供白人士兵渡河用,然后将村庄付之一炬,将其中的男女老少活活烧死。在村庄燃烧之时,杰克逊下令,挥师向扼守在通往印第安据点的陆路通道的工事发起正面进攻。以下是国家公园管理局对此后发生的战斗的描述:

那是一场屠杀。白人士兵和他们的印第安同盟军能杀多少"红棍帮"就杀多少。他们放火焚烧守卫半岛的武士藏身的一堆圆木,每当"红棍帮"从工事后面出现,就立即开枪射杀。这场血腥的杀戮一直持续到天黑。第二天早上,又有十六个躲在河岸边的克里克武士被打死。最后,共有五百五十七个克里克武士战死,另外还有大约二百五十到三百名武士淹死或在试图渡河时被射杀。

一英里的河水都被血染红。

一个种族近乎灭绝,"红鹰"酋长骑马闯入杰克逊的营帐。

"你怎么这么大胆?"杰克逊说。

"杰克逊将军,我可不怕你,""红鹰"答道,"要杀要剐随你的便。我到此地是来求你为躲在树林里,正在挨饿的妇女、儿童送些食物。我现在打够了。"

(摘自《了解亚拉巴马州:一堂基础历史课》,小弗兰克·劳伦斯·奥斯利、约翰·克雷格·斯图尔特和戈登·T. 查普尔)

杰克逊凭借这场战役的胜利坐上了总统的宝座。他撕毁了与南方印第安部落签订的为其保留土地的条约,下令将他们赶出家园——甚至包括许多曾经与他结盟的下克里克和切罗基部落。许多被逐出家园的印第安人在前往俄克拉何马州印第安人保留地的"血泪之路"途中,在饥寒交迫中死去。

1832年,一位名叫拉迪加的老酋长在与华盛顿签署的《卡西塔条约》中割让了下克里克人的最后一块领地。他本人得到的则是一纸地产的地契。他的地产包括当年杰克逊在南方战役的旧营地——风景如画的德雷顿。1833年,拉迪加将地产以两千美元的价格卖给了一个土地投机商,怅然离去。

小小的商贸客栈德雷顿后来成为南部边陲的文化和商业中心。1834年，为了纪念那位向南扩展疆域的伟人，感恩的民众将这个小村庄的名字改为杰克逊维尔。

但是，即使在马掌湾战役和"血泪之路"之后，被打败的印第安人仍有许多留了下来，一点一滴的印第安殷红的血渗入这片土地的血统，以及那些头上插着鸡毛、在松林中狂喊飞奔的小男孩的想象之中。如果你问厂村里的老人是否有印第安的血统，他们会告诉你，他们有八分之一或者十六分之一的印第安血统，会给你看一些褪了色的照片，上面都是些颧骨高高、长着鹰钩鼻子、头发黑得像漆的太祖父、太祖母，他们会用骄傲的口吻对你说"她几乎就是纯种的印第安人"或"我相信他是纯种的印第安人"。我一直以为家族血脉中流的是切罗基的血。但我父亲的家人说不太像。至少从他们那条血脉来说，更像是来自遥远山区的一个叫"平胡克"的居民点的克里克人。尽管没有其他佐证，那条血脉却写在我父亲的脸上，尽管在郡里的档案里，他是一个有着一双碧眼的白人，但是印第安人在战斗中的吼叫与内战时叛军的嘶吼是何等相似。

> 我向您保证。我平生从来没有听到像这样的哀求面包的哭喊声。如果您能做些什么，看在上帝的分上，那就快点吧……这不是人为的恐慌，而是真真实实的饥饿正在折磨着百姓。
>
> ——内战期间，杰克逊维尔一位身份显赫的公民W.B.库珀写信给州长刘易斯·E.帕森斯，为在城里到处

乞讨食物的妇女求助

(摘自历史学家韦恩·弗林特的《贫困但骄傲》)

接下来的那场战争，也就是富人们发动的战争，让他们饥肠辘辘。杰克逊维尔的居民在脱离联邦的想法上存在分歧，但在不断富足起来的庄园主阶层的鼓动下，大多数人倾向脱离联邦。在战前的狂热气氛中，甚至连县名都被改了，为的只是抹去用反奴隶制的参议员托马斯·哈特·本顿的名字命名给这个县带来的耻辱。结果这个县被更名为卡尔霍恩，以纪念南卡罗来纳州参议员约翰·卡尔霍恩[1]。此人曾在首都华盛顿威胁并要棒打一个反对各州行使州权力来决定自身命运的同事。[2]

开战后不久，亚拉巴马第十军团聚集在杰克逊维尔砖砌法院的台阶上。镇上的妇女将一面手工缝制的战旗献给指挥官，他们将举着这面战旗投入战斗。"那是用蓝色缎子做的。"一个名叫卡罗琳·伍德沃德的妇女在她的日记中这样写道。她的日记被收入第一国民银行委托重印的关于杰克逊维尔的历史书中。"旗帜一面印有一株结有十五个棉桃的棉花秆。最上面的枝头上是一顶王冠。"选择棉桃是因为他们相信小镇的命运是与棉花休戚相关的，那是他们为之效忠的主权象征。雇农们在欢呼声中开拔。这在南方历史上是真正怪异的一幕，他们为维护一种并不向他们敞开大门的制度去送命。这一点

---

1 约翰·卡尔霍恩（John Calhoun，1782—1850），曾任美国副总统，并任参议院议员、国务卿等，是南卡罗来纳州人。
2 卡尔霍恩在担任副总统时，主张各州有权宣布其认为违宪的任何联邦法律无效，与总统安德鲁·杰克逊有严重分歧。

很难向北方人解释清楚。很难解释在一个半世纪之后,南方的穷汉们为什么仍然在锈迹斑斑的皮卡上插南方邦联的战旗。很难解释为什么对于一些人来说,那场战争是他们拥有的珍贵遗产,而开战的目的并不重要。

战争和痢疾夺走了原本在田间劳作的男人的生命,结果是粮食欠收和农庄倒闭。州政府将倒闭的农庄廉价拍卖,有时价格低到只够偿还拖欠的几美元税款。到了1864年,战争打了四年,邦联士兵的家人都在挨饿,许多赤着脚、打着一场绝望战争的南方士兵开始开小差。

随着世纪的更替,上流阶层仍然执意以和平方式继续与北方对抗。镇广场上的邦联士兵雕像是在战后四十五年时建造的,由邦联之女联合会的约翰·H.福尼将军支部出资。上面的铭文是这样写的:

> 时过境迁,人们常常随着时光的变迁而改变,但原则大义,是永远不能改变的。但愿这些人的后代不会以他们的名义向世人发出忏悔。"他们坚信他们站在正义的一方。"但愿这座雕像将我们对这些阵亡者为之战斗的正义性之坚信不疑传承给我们的子孙后代。

对于那些身无分文又丧失土地的农民、失去工作的工人和四处流浪的新近获得自由的黑人来说,那场战争从未真正停止。从李将军的投降到新世纪来临的这一时期,他们必须忍受严重的贫困,这迫使他们依赖政府的玉米、救济副食和食盐艰难度日。直到他们最后认命,承认自己最多是个按日计酬的临时工，没有财产，更没有前途。他们向蒙哥马利州政府写信乞求玉米种子。随着生活在贫困中的白人、黑人争夺所剩无几的资源，种族仇恨日益加深。过去总将这种仇恨归罪于肤色，其实它就是不同的族群为谋求自身不被贬到社会最底层而作的绝望争斗的副产品。

当时流行一个词"一季驴"，意思是雇农买不起预期寿命超过一季庄稼的驴。这些饥肠辘辘、老眼昏花、东倒西歪的驴，摇摇晃晃地拉着犁走过一道道田垄，一家人都指望它们在犁出家中最要紧的一块地之前不要倒下。而当它们真的倒下，绝望的农民会吆喝着，逼它们站起来，用铁链抽打它们，在它们的身子下面点火逼迫它们起身，或者干脆猛拉它们的缰绳，那是人和垂死牲畜之间的较量，直到皮制的缰绳断在人们的手中。

差不多就在那一段时间，我父亲的父亲从山里冒了出来，就像哪本凄凉的童话故事里描述的情节。20世纪初，山里的居民点平胡克就像一座停摆的时钟，没有任何文明的迹象。农民、伐木工人和采摘棉花的人与生活在高山之上、密林深处的人相比文明、温和些。山民们都住在又脏又挤、只有一间屋的房子或只有一块斜顶的窝棚里，周围都是穿着破衣烂衫的人家。他们都将子弹上膛的手枪别在沾满油污的工装裤前，将折弯的钉子装进霰弹枪。他们一年进城一两次，买些糖、酵母、面粉和私酒，用驴运进山里。他们一贫如洗但独立自足。这是一个由混血儿、穷白人、在私人地界里偷渔偷猎者、养猪的农民、没有父亲的孩子、被政府通缉的男人和没人要的女人组成的特殊群体。

他们中间有一个名叫弗朗姬·布拉格的女人,她将山中倒掉的树拖到那间没有窗子的木屋前的空地上,燃起一个巨大的、噼啪作响的大火堆,用以吓走山里的豹子。她身边没有男人,只有传言说她曾有一个相好的。弗朗姬靠种地养家糊口,抚养自己的孩子:鲍比、亚瑟、乔和小女孩艾多拉。"她祖上肯定有一个印第安人。"卡洛斯·斯拉特说。所有的孩子都有一头黑色或深红色的头发。艾多拉是卡洛斯的母亲,他的舅舅鲍比是我的祖父。

弗朗姬拥有的少数几样珍贵物件"总是被她放在贴身的口袋里"。卡洛斯说:"包括一个装阿司匹林、布尔·达勒姆[1]烟草和口香糖的小盒……她生鲍比舅舅时才十三岁。"他们平时都以山中的各种野菜糊口,直到鲍比长大成人。毫无疑问,他救了他们全家人。"鲍比舅舅是养家糊口的人。"卡洛斯说。鲍比还是个小孩子时,就给一个农民打工,承担起照顾他母亲和弟弟妹妹的责任。他从未上过学,在应该玩弹子游戏的年龄就在为别人挣钱出力了。

正在此时,当鲍比还是个小孩时,红砖墙开始向上延伸,火车将能把整个人都吞进去的庞大机器运了进来。救星来了。虽然他们后来为之付出的代价极为惨重,但当时对他们来说,那的确是救星。

    假如一匹马死了,我会损失两百美元。但我随时都

---

1 布尔·达勒姆(Bull Durham)是美国第一个全国知名的卷烟品牌,出产自北卡罗来纳州中北部的达勒姆市。

可以得到更多的苦力。

——摘自詹姆斯·E. 亨利（James Everell Henry）家族史。此人是一个来自北方的木业大亨，是杰克逊维尔棉花加工厂的主要投资者之一；以上是他在一名伐木工人因事故死亡后的评论

在杰克逊维尔周围的群山中，拯救人们的是北方佬的钱，还有一个富人的敏感。1887年，在遥远的佛蒙特州的圣约翰斯伯里，艾尔莫·T. 伊德（Elmore T. Ide）的长子，英俊迷人的乔治·皮博迪·伊德准备担任他父亲的面粉加工厂的总经理。但是从粉碎机轮中散发出来的谷物粉尘让年轻的伊德产生了严重的过敏反应。"这件事造成了一个严重的问题。"他的侄子诺克斯·伊德在他的回忆录中写道。家族决定让乔治将自己拥有的面粉厂股权卖给公司，然后和做过外交官的叔叔亨利·C. 伊德一起，先乘火车，再坐汽船，最后坐马车来到南方。他们是冲着一个名叫杰克逊维尔的地方用之不竭的自然资源来的。"乔治从此春风得意，在'当地人'中享有盛名，尤其是女人们，许多女人都看上了他……一个英俊潇洒、坐在两匹拉车的良马后面驾车的男人。"他的侄子诺克斯写道。这就是史书中那些具有远见卓识的人，掌管着一个地方的人们的命运，在榨干他们的血汗之后，再把他们抛弃。在他们身后，永远有更多的人填补被抛弃者腾出的空位。

从一开始，这个庞然大物的规模就超过了一般工业所需规模。用了一百五十万块红砖建起的棉花加工厂像是从地里

长出来的,而不仅仅是建在地面上。从某种意义上讲,也的确如此。制砖用的红黏土是从施工现场挖的,然后就在现场的烧砖炉里被烧制成又硬又脆的红砖。红砖覆盖着巨大的用硬木支起的梁柱框架。这些硬木都是由砍伐下来的古树加工而成。那是很多人见过的最大的人工建筑,共有三层巨大的车间,回音环绕,高高的天花板有一艘战舰那么长,宽得无法将一枚美元硬币从一头扔到另一头。即使在子夜时分,厂房的窗口也依然灯火通明。厂子的电力是靠一台烧煤的发电机提供的,在一个还使用煤油灯的小镇上,这就像巫术一般神奇。

当厂门大开,工人们将整火车皮的棉花输送到那些巨大的、碾磨用的机器里时,加工厂似乎着了邪魔,开动起来。那些预计能用一百多年的硬木地板在成吨成吨的钢铁的震动下颤抖着,发出吱呀声。无数团小棉絮从机器里飞了出来,就像成团的飞虫在巨大的令人窒息的大车间里飞舞。分离机将一个两百二十公斤的棉卷撕开、扯碎,这只是工序的第一步。整个车间装有一万一千台纺纱机,全都用铁路道钉一般的铁螺钉紧紧地固定在地板上。它们的工作量相当于一百万个妇女在一百万架手工纺纱机上的工作量,但噪音大、振幅大,危险系数高。这些机器能纺纱线,但必须有人给它们添料和消除故障,当棉纱线断了或乱了,还得清理纱锭。为此,公司需要胆大的人将手伸进正在飞转的机械中。假如一不小心,哪怕只是一秒钟,你就倒霉了。多年来,机器和人混为一体,并不是从什么荒诞的哲学角度这么说的,而是真正意义上的人机混合。机器夺走了他们的手指、手和手臂,让他们的肺里充满棉尘,直到他们成为对方的一部分:金属、棉花、血肉和筋骨。

公司知道到哪儿找肯来这里干活的男男女女，而且知道用什么当钓饵。

在工厂的边上，一个村落正在形成，那是一个由小巧、结实、体面的小房子组成的社区，每一座房子都像出自同一个模子。街名以英文字母顺序命名，好像住在这里的平常百姓并不需要什么额外的东西。厂村里共有一百三十六座房子，成了城中之城。这些房子用廉价而又结实的防水材料建成，房顶用木瓦铺成。它们是由乔治·P.伊德的新娘玛格丽特·罗莎·博登设计的。她是一个真正的南方姑娘。她坚持要按照他们在杰克逊维尔那幢优雅的、内战前建造的黄杨木居所的样式，建造这些小房子的屋顶。她对此的解释是，这样能让所有的工人共享这份美丽。

而在红墙内的厂房则是个地狱般的世界。女工在车间里被机器卷住头发、撕破衣服之后，急匆匆回家，又惊恐又羞愧。一个男子在输电线上工作时，工头居然拒绝停工待修，结果此人浑身冒烟地死在工厂的墙上。打着赤脚的孩子们在那里像奴隶一般工作，却几乎得不到任何报酬。因为他们的手指纤细、灵巧，能够拨弄很小的部件而不被机器卷进去，厂主特别看重他们。就在人们辛勤劳作时，一个系着领结的人（在南方系领结是一种权力的象征）夹着一个当啷作响的铁盒，在车间里来回走动。男女工人们可以让他在那个时间按工时支付报酬，然后就可以吃饭了。系领结的人发的不是钱，而是一种用廉价金属制成的小片，因为在铁盒中当啷作响，所以人们称它"当啷片"。"当啷片"可以用来换三明治和凉凉的可口可乐。人们就在机器边享受自己的劳动成果，然后返回岗位，仍是一样的穷人，只是肚子不饿了。一个成年的男子，刨去饭钱、房租和其他各类开销，工资单上最后剩下的数字通常是零。所以，有时很难说，哪里是剥削的尽头，哪里是救赎的开始。

工厂的老板们坚持要有家有室的男子。一个从工厂领过四五次薪水的人一定是一个被工厂套住的人，从不抱怨。那种有一大群脸上脏脏的孩子绕着腿跑来跑去的人心里明白，如果自己说出"工会"二字，就会立刻被逐出厂村。所以即使出了血淋淋的工伤事故，他们也只能无动于衷，专心给他们的主子卖命。

第一批工人是在1905年走出山区的，那以后的每一年，越来越多穿着褪色工装裤的男人、穿着自制印花布连衣裙的女人走出山林，手中抱着孩子，牵着打着赤脚的大一点的孩子的手。他们在厂门口排着队，等待受伤的人或反抗的人为他们腾出一席之地。他们拿到厂村的房门钥匙，在公司开的杂货店里赊账，然后在公司的教堂里祈祷。他们沉默无语。如果他们不安分，老板们有办法让他们永远不会忘记自己是谁。厂里曾有一个名叫W.I.格林利夫的总管买了一辆长卡车，在后车厢里放了一张床，为的是他怀孕的妻子在临产时，他能够驱车北上，这样他的孩子就不会降生在南方的土地上了。

我不知道鲍勃·弗格森警官拘捕约翰的详细理由。我猜想是一次喝私酒喝得太多的缘故。不管是什么原因，我知道最后这一冲突变成了星期六深夜在A街21号和22号之间的人行道上发生的一场激烈枪战。我记得约翰有几处受伤,可能在手、手臂和肩膀上。我不记得弗格森先生被击中几次。我后来的确听说他在被送到医院之前流血过多,差点送命。

——A 街 21 号的卡尔·史密斯出具的
一份描述工人约翰·巴恩韦尔和杰克逊维尔警方
之间发生争斗的书面证词

他们在上班时忍气吞声,当令人憎恨的下班汽笛响过,他们会互相发泄怒火。但在这个充满暴力和苦难的社区里,生活着一些可贵的好心人。他们会拿着一个褐色的纸袋,每家每户征集一小把面粉,把装满面粉的纸袋送到那些主要劳动力病倒在家,或被枪击,或被机器弄伤的人家中。厂里呛人的粉尘夺去了很多人的生命。一些人从来没有弄明白,他们为什么要离开云雾缭绕的深山,来到这个鬼地方受罪,他们到死还在后悔。每天,他们完成规定的指标,在工时卡上打了孔,回到家中,躺进用根茎和浆果染色的被褥里沉沉睡去。他们既不是城里人也不是乡下人,而是游离于两者之间的一群人。

每个班次,女人们会出来两次。她们来到一个混凝土平台处,那里已有一长串年长的孩子,怀里抱着婴儿在等着她们。女人们给婴儿喂奶,不是喂到饱为止,而是喂到工厂的汽笛声响起。然后她们得立刻将幼儿交还给那些年长的孩子,鱼贯而行,回到厂房。女人们要走上八公里到十六公里找黑莓丛和李子树,用来制作果冻和果酱。她们还得从罐头里取蜜桃。

那些除了在漫无边际的松林里生活之外没有任何其他经历的人,现在被硬挤进一个单一而又局限的狭小空间里。霰弹枪和猎鹿步枪在床底下慢慢生锈。漂亮的用来猎浣熊和野兔的纯种猎犬被锁链拴在狭小的前院,等待着一场永远不会再来的狩猎。当男人感到处处受限时,会以非同寻常的方式做出反应。当时,一个男人喝醉了酒,然后骑着自己的马或驴闯进城里某家餐馆是司空见惯的事。"当时发生了许多令人匪夷所思的事。"霍默·巴恩韦尔说。他在厂村里长大,是第一代工人的后代,后来成了研究他们的历史学家。他引用了1938年有人炸掉宗教讲经凉亭的事;还有一个名叫乔·皮尔斯的人,在"铁头"格里芬的铁匠铺里喝醉了酒,然后去拔"贱人"勒特雷尔牙齿的荒唐事——"等他完事时,他居然把该拔的牙都拔了。"霍默说。

那些温和的杰克逊维尔居民从远处观察这群人,心里既有敬畏,也带有几分恐惧。

由于接触不到科学和逻辑等相关的书籍,这些山里人相信一些怪事,相信那些在其他地方不被人接受的先兆和警示。他们在早晨计划他们的一天:"把杯子倒过来",他们会将煮过的咖啡渣倒进碟子中,仔细研究咖啡渣形成的图案:泪珠状寓意悲哀;条纹状寓意路途,表明你会远行,或者某人要到你这里来;星星点点指的是下雨。他们在扑克牌中寻找未来:梅花 J 预示一个褐色眼睛的美男子将要登门;红桃 K 预示一个睿智、肤色白皙的老者将要影响你的生活;黑桃 A 的寓意是死亡。他们相信成群的飞虫预示着暴风雨,还相信如果站在阴暗的十字路口中间齐声吟诵,就可以治愈针眼。他们吟诵的是:

针眼,针眼

快快离开我的眼
谁要刚好从此过
让他染上这针眼

  他们认为将斧头带入室内会引来血光之灾，如一不小心把它带回家中，唯一能够解救的办法是原地转三圈，然后倒着退出房间。他们相信被一只甲鱼咬住手指时，不到天上打雷，甲鱼是不会松口的。他们相信"车鞭蛇"会将自己的身体弯成一个圆圈，就像车轮一般，并且会在路上滚动着追赶他们，直到追上为止，然后会将他们鞭打至死。他们相信会因杀死一只鸽子遭到上帝的惩罚，因为鸽子是这个罪恶深重的世界被洪水淹没后的希望的象征[1]。他们相信一种用细得不能再细的腿爬行的叫"长脚爷"的蜘蛛会带来好运，他们见到这种蜘蛛就会齐声吟诵唱：

长脚爷啊，长脚爷，
你的母牛在哪里？

  一直唱到蜘蛛抬起一只细长的腿，指向一个方向。
  他们把蜻蜓叫成"蛇医"，相信看到蜻蜓意味着蛇就在附近。他们相信在一个空脸盆上做洗手状就能治愈瘆子。老妇人能够靠念咒将爬虫从地里引出来。他们相信女人不能将一把刀交给男人，因为那会让他们之间的爱情被一刀斩断。

---

[1] 参见《圣经·创世记》6—9 章关于挪亚方舟的记载。

厂村里有自己的巫婆。那是一个老妇人，能从被烧伤的孩子的伤口里吸出火来。那些相信她的头脑简单的孩子会在被"治愈"后回到两条马路之外的家里，爬上餐桌的椅子，等待可以果腹的饭食。巫师将香脂烟草的烟吹进正在号啕的婴儿的耳朵，将《圣经》的碎片按在即将死去的人的胸口。

如果你没有信仰，就得相信自己的运气。人们什么事都能下赌注：斗鸡、玩扑克牌，甚至是某人向电线上的鸟扔一块煤块或空酒瓶后鸟飞走的方向。在工作班次的间休时，他们会在浴室里投钱币，在铁路转弯处扳道岔的地方围成一圈扔骰子。正是在那里，1920年代，一个名叫查理·图恩的倒霉蛋下了一个怪得不能再怪的赌注。"查理·图恩需要扔出一个四，他说：'如果输之前我不扔出两个二，我就离开这个地方，你们就再也见不到我了。'"霍默说。他不记得查理·图恩到底扔出个什么数字，反正不是一对二。"他站起身，将外衣往肩上一搭，走了。后来再也没有谁见过他。他有个儿子名叫卢瑟。因为他老爸的这件事，所以我们都管卢瑟叫'两个二'。"

他们不仅为城里人带来他们的生活习俗，还带来了他们的牲畜。每家每户的后院都有一个牛棚。你家的牛没奶了，邻居会给你一些他家的奶帮助你度日。居住区有过很大的公共养猪场和小块的菜地，大多种些西红柿、菜瓜、四季豆、甜椒、黄瓜、甜玉米、芥兰、芜菁和南瓜。家养的鸡满街跑。没人偷鸡，因为那么薄的墙挡不住炸鸡的美味。同样，这里没有私底下的争吵，没有什么背叛能够被掩盖。哪个男人冲着自己的老婆吼上几句，左邻右舍都听得一清二楚。

"他们都是些本分、有公德意识的人。"霍默·巴恩韦尔说。

"但是,"他说,"几乎人人身上都带着手枪。"

警察在执行法院拘押令时,很可能遭到石块攻击或被缴械。山野蛮汉会干掉你——这是再自然不过的事了——所以警察通常让他们自己解决矛盾冲突。如果警察真的要来,他们会开着枪杀进来。

唐纳德·加尔蒙今年七十二岁,从小在厂村里长大。"每当你早上起床,穿上鞋,你心中很肯定,在太阳下山之前你一定会和什么人打上一架,"加尔蒙说,"有人会打你,或你会打人。我不愿意讲这话,但这个地方的确是我去过的最凶险的去处之一。"

霍默·巴恩韦尔的父亲约翰·巴恩韦尔虽然被警察开枪打中过五次,但在1916年仍然被征兵入伍。他曾在法国作战,穿越过著名的"无人地带"。在战壕里,芥子毒气损坏了他的肺。他回家后重新工作,在棉花加工厂里咳嗽和喘息。一场世界大战并没有给这里带来什么变化,人们还是只有那么几个选择:要么是工厂,要么是繁重又不稳定的农活,要么就是彻底放弃。

随着时间的推移,他们试图组织工会来改善自己的境遇。穷人们点燃代表富人的纸人,然后分成两派,在罢工封锁线的两侧用手枪、尖刀和斧头柄大打出手。但是,工厂的老板会将所有的门都关上,不让任何人在杂货店里赊账,和罢工者们打起了持久战。在公司拥有你住房的情况下,你是很难参加罢工的。

的确,富人们只用些零钱就能买下这些穷人,但穷人们的心依旧眷恋着高高的大山。当工厂将第一代工人们的血汗榨干之后，新的招工广告贴满了城外山坡上的仓房和围栏桩。

  急招工人
  有家室的男人
  薪水高
  工作环境好
  住房条件好
  已通电
  免费煤炭

  鲍比·布拉格骑着驴从这些招工广告边经过，对这些承诺和谎言视而不见。他不认字。当时他还是个年轻人，仍然在"一战"后的萧条经济中打短工度日。最后，全年都有钱挣和现成住房的诱惑还是打动了他。他骑着驴来到城里，试图"登上这一班"——这是当时的说法，就像是上船或上火车时说的话——如果没登上，你就被落在后头了。

  "你不喝酒吧？"工厂老板问他。

  "只在圣诞节喝点。"鲍比回答说。

男 孩

(第三章前的故事)

"瑞克,"男孩问道,"你是怎样抡拳打人的?"他问这话时,我们本来只是在散步而已。

"你从来没有抡拳打过人?"我问道。

"没有。"他说。

我一时不知说什么好。

"你能给我做个示范吗?"他问。

我猜想我本应告诉他,很少有正当理由抡拳打人,最好还是被人打了左边脸,再把右边脸伸过去让人再打[1]。我应该引用甘地和金的范例。我应该告诉他,性格温顺的人会继承地球[2]及其所有的一切。

---

1 出自《圣经·新约·马太福音》第5章第39节:"有人打你的右脸,连左脸也转过来由他打。"
2 出自《圣经·新约·马太福音》第5章第5节:"温柔的人有福了!因为他们必承受地土。"

"先把手攥成一个拳头。"我说。

我轻轻地碰了碰我的鼻梁。

"你就冲这儿打,就一次,狠狠地打,就完了。"我说。

"为什么?"

"因为那儿被打会疼得要命,"我说,"他们的泪水会出来,他们会哭。"

"然后呢?"

"然后他们会跑到妈妈那里,"我说,"告你的黑状。"

"如果他们不逃走怎么办?"

"你如果第一次就狠狠地揍了他一下,他就看不清你了,对吧?"

他说,他想应该是那样。

"那好,那就再揍他一拳。"

这个男孩是以一个和天使摔跤的人的名字命名的[1],但至今还生活在一个没有冲突、没有不安后果的世界里。我希望我能够告诉他,他这一辈子都将如此走运,但我当时能做的,就是教他如何把另一个小男孩的鼻子打出血来。

"重复一遍我说的话。"我说。

"快速出击。"

"打到他哭。"

"回家。"

这是可称为本年度最佳父亲奖得主的一番话。

"如果你抢拳时,他们向后躲闪怎么办?"他问。

---

[1] 参见《圣经·创世记》第32章雅各(Jacob)与天使摔跤的故事。

"你来试试。"我一边说,一边伸出手在他的头上轻轻地敲了敲。

他向后躲闪,但无法动弹。

我正踩在他的脚上。

"噢。"他说。

我告诉他,大多数的小男孩都会从侧面疯狂抡拳,但其实根本打不到什么东西。小时候,我打架输赢各半,但我从中总结出一些经验。我试着向他示范如何阻挡,如何出短拳。"你向前出拳,就像砸钉子一样。"我说。

此时,我的脑海里好像听到我父亲的声音。

"我能不能哭?"他问道。

我心想,根本就不该问这个问题。

"尽量不要。"我说。

一般情况下,我不是一个傻子。我清楚我此时对待孩子的方式的确有点草率,就像我对待所有其他事情的方式一样。理论上,教一个人如何抡拳并不难,但要把任何暴力——哪怕是学校操场上的暴力——发生之前的那种不良感觉说清楚就难了。

所以,我教他能不打架就尽量不打。

"你平时都是这样做的吗?"他问。

"才他妈的不呢。"我说。

这话把他弄糊涂了。

"我逃走过。"我向他解释。那时的情况要么是我知道无法取胜,要么就是不值得为一件小事吃苦头。但每次我逃避打架,之后的感觉都非常不爽。你必须在打架前和逃避后这两种不爽感觉之间决定,哪种更能被自己接受。但这对一个十岁的孩子来说太复杂了。

"儿子,我有次是开着'野马'车逃走的。"

我告诉他,如果他受到他人的伤害倒在地上时,那些从学校、教堂和他心爱的妈妈那里教授给他的行为准则都毫无意义。

"你得动嘴去咬。"我说。

他看上去有些惊讶。

"用手指抠眼珠也行。"我说。

此时,他的母亲走了过来,我知道自己又犯了大忌。为了培养一个温柔的男孩,她宁可把我锁在棚子里。

"他不必知道这些。"她告诉我。

我点点头,希望能逃过这一劫。

这一招从未奏效过。

"他才十岁。"她不满地说。

我说不错,他起步晚了。

"你也就十二。"她说。

不过,在孩子面前,我还是试图调整自己的举止。有一次,他问我如何在一个块头更大的男孩面前保护自己。

"你就踢他的……"我在脑海中搜索浸信会信徒能接受的词。

"踢他的阴囊。"我说。

"什么是阴囊?"他问道。

然后,他走来走去傻笑了一个半小时。

就这样,在他母亲没看见时,我们会在客厅里练拳,在后院里对打。但就像我不可能成为一个肥胖的意大利歌剧演员,他也不可能成为一个斗士。他出拳时还面带微笑,还不时地咯咯傻笑。我知道他可能一辈子都不会出于愤怒去打另一个男人。

"你是怎么学会的?"

我告诉他,这些都在我的血脉之中。

我见过我父亲打架。他用拳打人脸之前,几乎不费什么口舌和工夫骂人。我记得他打起架来总是边打边前进,几乎就是在跳舞。每一次打架后,他都要调教我一番。他轻轻地出拳敲打我的肩膀和肚子,而我拼命挥拳,用力过猛,失去平衡而摔倒。等我到了六岁,他趁我放松警惕,砸了一下我的天灵盖,那是挺重的一击。那还仅仅是一记小小的敲打,但我感觉上像是被木桩打了一下。当我母亲将我抱走,不让他再打时,他说:"孩子就喜欢这个。"我永远不会忘记,像个大男孩那样双手在面前紧握成拳的感觉。

我六岁时,在春园小学的操场上和人打了一架,那是我父亲知道的我打的最后一架。一个男孩挣脱了我卡在他脖子上的手臂,冲我的眼睛打了一拳。老师将我送上黄色校车回家,临行前在我的外衣口袋里放了一张字条。

我父亲读了字条,然后往垃圾桶里一扔。

"谁输了?"他问。

我告诉他,我们还没打完。

"明天把架打完了。"他说。

我试图告诉他那天是周五,我们第二天不上学。结果,我在痛苦、悲哀和紧张中等待着向那个小男孩寻衅打架。

孩子的母亲告诉我,我是一个"返祖"现象,现在的孩子们都用律师、枪和钱来解决他们之间的纠纷。

但你无法永远只做应该做的事。

一个男孩就应该知道怎样攥拳。

当你被困在十二岁的躯壳里不再长大时,你就知道了。

第三章

鲍 勃

从来没有哪个男人侮辱了鲍勃而不被他斗上至少两回。这次，他打算把"帅哥"比尔·莱夫利那张漂亮脸蛋好好"修理"一下。那件事发生在第二次世界大战期间，地点是亚历山德里亚路和D街拐角处一片杂草丛生的空地。厂村里的赌棍们喜欢在此聚会，因为这里高高的茅草能遮挡他们的老婆、偶尔出现的警车和神圣教堂的视线。一个名叫道格·史密斯的人的整个眼眶在那里被打得皮开肉绽。"那里总有人在打架和用刀伤人。"吉米·汉密尔顿和他的朋友霍默·巴恩韦尔都在厂村里长大，那时他们还是孩子。"我记得比尔·莱夫利是个长着一头黑发的帅哥，"吉米说，"他上唇好像留着一撮细长的小胡子，现在我不记得有多长了。"平时，比尔喜欢在鲍勃喝酒时挑逗他一番。那一天，鲍勃来玩扑克牌，喝得醉醺醺的。比尔和鲍勃打了起来，把鲍勃好好地收拾了一顿。

鲍勃像斗败的公鸡，一瘸一拐地走回了家。

"得，十五到二十分钟过后，鲍比又回来了。"吉米说。

鲍勃此时一丝不挂。

"看在上帝的分儿上，鲍勃。"帅哥比尔说。

"我穿着衣服时被你打败了，"鲍勃告诉他，"现在，让大家看看你能不能打败赤条条的我。"

如果谁能告诉我当时比尔·莱夫利心里在想什么，我愿意给他一只金元宝。他看着鲍勃瘦小的、汗津津的赤裸身体，除了被晒红的手臂、脸和脖子，其余的地方全是一片惨白。一个赤身裸体的人怎么抓得住呢？我们现在只知道，当时鲍勃攥起他的小拳头，纵身扑向比尔·莱夫利。我猜那只是为了复仇，因为我无法确定当你将整个身体暴露在外人面前时，是否还能为自己的荣誉而战。

那会是一个多么精彩的故事啊。

如果鲍勃以某种方式打倒那个比他个子更大的男人，高昂着头，屁颠屁颠地凯旋回家，那该多么气派？

而事实正相反，莱夫利又一次把他揍扁了。他从地上捡起一根小松树枝子，抽着鲍比的光屁股，一路追到 D 街。

当鲍勃狼狈地爬上台阶时，维尔玛就在那里——她总是在那里——站在室外的门廊上。她没有躲进屋羞于见人，而是让他一个人爬完最后几级台阶。她用严厉的眼光扫了一下四周，让那些爱管闲事的人知道她是不好惹的主儿，然后跺跺脚，去找治伤的药。"鲍勃，我真应该狠狠敲敲你这该死的脑袋才是。"每到这种时候，她总是这句话。

如果把生活看成一件完成的作品,那么世界上有些人虽不一定那么擅长生活,但是能在某些时候很出彩地为生活抹上一块亮色。鲍勃一喝酒就抽风。他可能永远不会以循道归宗的方式受人尊敬,但是以他看待生活的态度——同时也是他培养儿子看待生活的态度——只要他表现出勇气,能在地上留下自己或对手的血,那么即使最后躺在城里监狱的一张床上,他也可以像鸟儿一般自由。酒瓶在手时,鲍勃会造成与他体型不相称的混乱,然后去找他的天使维尔玛来听他的故事、包扎他的伤口。

他清醒的时候对她很好,但是当他不清醒的时候,就忘了要对她好。她就那样接受了,走上好几公里,用她在那家令人窒息的工厂里赚的辛苦钱,将他从监狱里保释出来。人们记得,他的深红色头发在年轻时就变白了,似乎他就想要那样,因为她喜欢他那一头红发。

确实,他们的故事的本质,就是让你在嘲笑鲍勃的同时为她哭泣,因为她的善良和多年遭受的煎熬。但是依照男人的本性,我们更容易嘲笑鲍勃,而不是为维尔玛难过,这就是为什么女人如此厌恶我们。

听吉米讲这个故事时,我哈哈大笑起来,吉米又擦亮了锡壶神的一个传说。关于鲍勃喝酒的故事能有上百个,算上八卦就更多了。但我的祖父并非一开始就这样。曾几何时,他只不过是一个好居民,只是一个行为规范、梦想适度的普通人而已。

★ ★ ★

鲍比年轻的时候是清醒的,行得正,站得直。他是那种能够从土地中看出希望的人。他能在用双手筛泥土时感受到美好的事物，感受那里面蕴藏的秋葵、西葫芦、西红柿的潜力，并能通过土地兑现。他在棉纺厂轮值工作，也打短工，在他小小的厂村菜园里培育了一片绿洲。

他没法看着另一个男人干活而袖手旁观，而是会马上也操起工具干活。当其他男人坐在那里喝酒或闲聊时，他会睡觉，为第二天的工作养精蓄锐。他身上没有一点傻气，但也只有20世纪初的那种文明程度。他自己制作捕猎陷阱和罗网，背着死松鼠和死兔子，拎着一大串鱼走在大街上。他非常不信任汽车，甚至不愿坐到方向盘后面。如果他需要旅行，就给马套上鞍具。

在二十多岁的时候，他仍然照顾着妈妈弗朗姬以及兄弟姐妹，人们相信他这一辈子从来没有跟她红过脸。那个年代，大多数人因为只有一身内衣而在洗衣服的那天必须待在室内，而鲍勃的两份全职工作给了他一大笔钱，足以实现他的一个梦想：在大多数的月份里省下一两美元放进咖啡罐。他喜欢把此事讲给别人听，告诉别人总有一天，当他买下属于自己的地时，能收多少棉花，会养多少骡子。他为此而活，什么都不能让他分心。如果一个男人在他还年轻的时候拿着一瓶酒接近他，他会告诉他说，不了，谢谢，斯利姆，我们12月[1]再联系。

然后，到了1919年，他在为一个名叫山姆·惠斯特南特的人耕种一块玉米田时，见到了他的天使。当时他停下来喝

---

[1] 美国的年节期间。

了一口凉水，就在他把长柄勺倾斜倒向他嘴唇的一刹那，他看到了她。她的头发像井底一样乌黑，又很长，长得几乎拂过红色的泥土地。他在一片田野边见到她，如入诗境：一个世界上最温柔的女孩，一个无私、可爱、耐心的女孩，她身后一排排绿色的玉米勾勒出她美丽的容颜。

就这样，他又一次做起梦来。

"维尔玛的父母不想让她嫁给鲍比，"维尔玛的外甥女雪莉·布朗说，"他们希望她嫁给一个骑兵军官。"

他们在家里的壁炉架上放了一张精神、利落的年轻军人照片，并认为他们的女儿迟早会与那个男人结婚。他们知道她偷偷溜出去和他幽会。她爬上政府分配给他的战马，他俩骑同一匹马，疾速穿过松树林，她的长发在身后飞扬。当时那个年轻军官一定觉得自己是世界上最幸运的男人，直到他发现，她真正喜欢的其实是胯下的那匹战马。

就是鲍勃在那片田野上心绪荡漾的同一天，她在井边也注意到了他。她那时大约十七岁，对这个男孩的喜欢程度，还不及对他小脑袋上的红头发的喜爱。他的头发是赤褐色的，但比那颜色更深，并且闪闪发亮。

她心想，为什么它看上去和糖浆硬糖的颜色一模一样？那个年代，女人们先给抹了油的煎锅加热，然后倒入一团深红色的高粱糖浆，用来熬制硬糖。在它冷却过程中，她们像拉太妃糖那样拉扯它，直到它发亮。等它凉透了，硬糖就会变得像红宝石一样坚硬。"他个头是矮了些，没错，"她说，"他是我见过的矮个子男人里长得最好看的。"

她告诉母亲埃玛她喜欢上了这个男孩。那句话就像她走进一个派对，将灰尘扬到生日蛋糕上。埃玛伤心欲绝，不准她这样想。这个傻女孩怎么会为了那个矮小的泥腿子放弃一个军官、一个绅士？她的父亲塞缪尔·汉普顿·惠斯特南特告诉她，哪怕做一个悲惨的老处女，直到死，她也别想嫁给一个打短工的。他们紧紧盯着她，防止她逃跑。惠斯特南特一家来自瑞士，他们的先辈参加过独立战争和内战。塞缪尔·惠斯特南特并不富裕，但很有自尊心。他在自己的土地上耕种，并在杰克逊维尔以南的蓝山厂村里开了一家小餐馆。

为了牢牢看住她，他让维尔玛到小餐馆里当女服务员。她年满十九岁时还是单身，到了待嫁的年纪，是一个容颜美丽、备受爱情折磨的女孩。

鲍比只有去那家餐馆用餐才能见她一面。他在那里吃了一千个汉堡包，喝了一浴缸的海量咖啡，只是为了看她为他倒咖啡的模样。如果他胆敢试图握她的手，山姆[1]就会将他赶走。于是他就坐到吧台的凳子上，背挺得笔直，眼睛直直地盯着她的背影，工装裤和衬衫上的定型浆沙沙作响。

一年过去了，又过了一些日子。1920 年 6 月 4 日，在所有人的记忆中，他坐的那张凳子第一次空了。对于一直关注这个禁忌爱情故事的亲朋来说，这个男孩似乎无法再忍受下去了。

到了下午，外面的街道上响起了一阵喇叭声。

山姆瞥了一眼窗外。

一辆雪佛兰停在路边，车门上印着"出租"字样。

---

[1] 塞缪尔的昵称。

鲍勃不会开车，所以他乘着租的车来接她了。

她一把扯下自己的围裙，夺门而出。他们向南一直跑到奥克萨娜教堂，在那里，一位名叫威廉姆斯的牧师宣布他们成为夫妻。

"他从她父母和那个骑兵军官那里把她偷走了。"雪莉说。这是我家族里的一种行事方式。维尔玛本来可能成为一名军官的妻子，但她选择了这个厂村。我的外祖母艾娃嫁给了一个修屋顶和私酿威士忌的人，和他一同住在阴暗的树林里。我的母亲嫁给了那个偷过县监狱钥匙的男人。有些人会说她们择偶不慎，放弃了改善自己境遇的机会，或者摆脱所处阶层的机会。为爱情而结婚的代价何其沉重。

★ ★ ★

工厂的汽笛在清晨4点半的一片漆黑中将鲍比和维尔玛唤醒。汽笛在5点45分时再次鸣响，催促他们出门，然后在6点钟再次响起，示意他们启动机器。在厂村，没有人在床头柜上放时钟，因为没有必要。如果你懈怠了，招工主管会把你的工作交给正在办公室外面排队的新来的人。鲍比和维尔玛从未懈怠。他们带病工作，她怀着孩子时仍然工作。维尔玛在纺纱室工作，鲍比在梳毛室工作。他们呼吸着白色的空气，在一天结束的时候，当机器减速停下，让人牙齿上下相撞的那种剧烈震动最终停止时，他们会手挽着手走回家。

他们尽可能节省每张一美元的钞票和口袋里的零钱，为了他们可以永远告别那令人窒息的闷热和噪声，做些比出卖一双可能残废的手更好的事。那花了比他预期更长的时间，他自己的农场仍旧只是一个梦想。他们在二十多岁和三十岁出头时有了儿子特洛伊和罗伊，还有女儿克拉拉、费尔瑞·梅和鲁比。然后，大萧条的獠牙深深地咬进厂村和山里。当工厂减产并最终关闭时，人们努力守住他们拥有的那点微不足道的东西，但鲍勃的工作速度超过了经济崩溃的速度。"他们不是那种大萧条时期破败的家庭，"雪莉·布朗说，"鲍比杀猪，烧腌猪脚，烧牛肚，炖牛肉，做辣糊，还有炸鸡。"他以半价为人屠宰牲畜，换取其他人不想要的部位，还在别人都放弃的田地上推犁，种下用来糊口的粮食。

他让来串门的人带着一袋袋西红柿、一篮篮秋葵回家。"我想鲍比从来就没有卖过什么东西，"卡洛斯说，"他全都送人了。"

但是维尔玛的一些族人确实受了苦。有人开的店没有顾客光顾，农产品也没了市场，农民的现金短缺。

有些男人在那惨淡的光景中，将家里买菜的钱都拿去喝酒了，但鲍勃不会。他是一个严格控制自己食欲的人。私酒贩子以五十美分的价格出售半品脱的玉米威士忌，鲍勃只允许自己在圣诞节时喝上半品脱，不多不少，每年一次。那酒装在一个薄而透明的瓶子里，足够让人来上两次适度的、醇厚的微醺或一次彻底的、长长的、脑壳生疼的烂醉。私酒贩子把那叫作一点点，因为量太小，那点酒只够鲍勃过个圣诞节。每逢圣诞节前夕，他都会到维尔玛那儿要酒钱。"维尔玛，亲爱的，给我五十美分，我要去买一点点酒。"她就会从咖啡罐里摸索一番，拿出钱给他。

在第二次世界大战爆发前——也许是开战后几年的某个时候，他最后一次要钱。

她坐下来掩住脸。

"怎么了？"他说。

"我们没有钱了。"她说。

"为什么没有了？"他说。

"我都给人了。"她说。

她把钱给了出去，每次一点点，给了那些比他们更需要钱的人，那些正在受苦的人。她的心肠太软、太好，没法拒绝那些真的需要钱的人。她打算通过缝纫衣服、打扫房屋把那些钱赚回来，但圣诞节来得比状况改变要早。没人确切知道给出的钱有多少，可能是五十美元，可能没那么多，但对他们来说，那是一大笔钱。

"我很抱歉，鲍勃。"她说。

他走了出去。

他的余生都是个租地种的人。

要说鲍勃放弃了他的梦想、停止尝试那就不对了，也不公平。他继续努力工作。清醒时，他仍然是个最有礼貌、最体面和最负责任的男人。这是鲍勃最好的地方，他对那些依赖他的人有着坚定的责任感，会因为看到自己黑洞洞的房子或空空如也的冷藏箱而感到羞愧。他家的晚餐一定要有肉，早餐一定要有甜食，哪怕糖浆价格升到蘸一下就要五十美分，他也不管。

但随着年龄的增长，当男人们带着一罐纯净的威士忌来诱惑他时，他越来越愿意跟去了。在某种程度上，这是一种屈服。他现在一大瓶一大瓶地给自己买威士忌，为了喝酒的乐趣而苦干，做些出格的事情。有一次，他把马拴在一辆马车上，只穿着长内衣，一路高喊，驾车穿过厂村。他是鲍比·布拉格，现在每个发薪日都是圣诞节。

  当你独自一人，心情忧郁
  没有人可以倾诉你的烦恼
  记住有我，我是那个爱你的人

  "他喝了酒，然后来到我的外祖母惠斯特南特的家里，"雪莉·布朗说，"那时我还只是个小女孩。我们有一个旧的烧木头的火炉，底下是一个收集灰烬的盘子，他会坐在炉边哭。鲍比姨父嚼鼻烟，会一边对着灰烬吐嚼过的烟一边哭，眼泪会从他的脸颊上滚落，嚼过的鼻烟会从他的下巴上流下来，他会唱歌……"

  当这个世界拒绝了你
  找不到一个真正的朋友
  记住有我，我是那个爱你的人

  他唱得不好，喜欢徘徊在"记住有我——"那个部分，听上去像是哪个人用尼龙绳勒一只猫那样悲哀。"有些人觉得有个酒鬼要来，会跑去关门，但妈妈不会。我们只是非常担心他。"所以他们都坐在那里，待之以礼，等待鲍比用一段接一段的歌修复他那颗破碎的心。

有一次，鲍勃跟跟跄跄回家，在独木桥上踏空了一步，一头栽进了小溪。他非但没有从水里爬出来，反倒仰面躺在那里，对着独木桥边唱边骂。他的两个大儿子，远远的从自己家里隐约听到了他们父亲的声音。

"该死。"罗伊说。

"怎么了？"特洛伊说。

"鲍勃摔到河里了。"罗伊说。

他们出去找他。当他们走在路上时，看到他的小帽子正沿着溪水顺流而下。

★ ★ ★

"铁头"格里芬是鲍比的朋友。他不是杰克逊维尔最凶狠的人，但他可以忍受凡人无法忍耐的痛苦和威士忌，比如被一头成年的齐脖子高的骡子踢一脚——相当于被一辆小型车碾过，而他就被踢过、撞过、咬过。"但没有一匹骡子或马是他不能钉上蹄铁的，"吉米·汉密尔顿说，"他经常喝醉到不能走路，但还能准确地钉上蹄铁。他会喝个半醉，然后在酒劲过去之前……这么说吧，我见过他和骡子一起流血的样子。"

他和霍默会像看戏一样，坐在"铁头"作坊前面那棵印第安雪茄树下。如果你在那里坐得足够长，一定能看到某种有趣的事情。那甚至比充满暴力、咒骂、饮酒和所有男人玩的扑克游戏更为精彩。"我从来都不知道'铁头'有没有洗过澡，因为他看起来总是一个样子。"吉米说。他浑身沾满鼻烟、泥浆、血液、畜粪和风箱里的煤灰，但从来没有威士忌，因为"铁头"绝不会让一滴酒滴错地方。他是杰克逊维尔历史上的传奇人物之一,也许除了一些老旧的警方报告外,他的名字从未在任何文件上出现。鲍勃喜欢在下午晚些时候的凉爽中去拜访"铁头",尤其是当他有一瓶酒要与他人分享的时候。

这一天,"铁头"刚刚使用扭鼻器将一头大骡子放倒在地,让它可以被五花大绑起来钉上蹄铁。扭鼻器的使用就像它的名字那样——铁匠将像大钳子一样的东西贴在动物鼻子上,然后扭转,直到动物屈服。骡子不喜欢这样,一点都不喜欢,它们躺在地上,在痛苦和恐怖中颤抖,直到绳索松开。它就猛地起身,然后疯狂地对着身边的东西乱踢。当鲍比走过来的时候,"铁头"刚把地上的骡子捆好、叉开腿,将钉子钉入它的蹄子里。

"鲍比带来了一些威士忌,"吉米说,"是很特别的一种。"

他叫"铁头"放下手里的活,一起喝一点酒。

"如果有人带了一瓶酒过来,"吉米说,"'铁头'会在锤子挥到一半时把锤子甩掉。"

……于是"铁头"真的把锤子往后一挥,甩掉了,然后坐了下来。

"他们就那样,'铁头'和鲍比,坐在那块大石头上喝起了威士忌。"吉米说。

骡子的主人,一个大个子农民,难以置信地盯着他们看。

他视为珍宝的骡子躺在那儿乱踢,一条腿直立在空中,而铁头则在一旁灌了好几大口威士忌。

他走向那两个男人,命令"铁头"起身把活干完。

"'铁头'必须用眼睛死死盯住那个男人,才能看清对方。"吉米说道。

"铁头"点了点头,摇摇晃晃地起身,趔趔趄趄走向骡子,没有将下一枚铁钉对准,结果完全没有打在蹄子的骨质部分,而是将钉子直接钉入了那头动物脚部的肉里。一时鲜血横飞,骡子嘶叫,那个农夫难以置信地站在那里。他是一个受人尊敬的人,一个土地所有者,而这些酒鬼,这些穷鬼、白人流氓把他的牲畜给弄瘸了。

他决定责怪那个手里没有锤子的鲍勃,便走过去开始骂他。鲍勃把他的瓶子扔在泥土里——当然,瓶子是空的——将攥紧的拳头举到自己的眼前,好像他正打算用昆斯伯里侯爵的规则[1]跟这个大个子农民来一场拳击赛。然后,仿佛有一声只有他能听到的铃声响起,他突然向那个男人扑了过去,两次挥拳,两次都没打中,面朝下摔倒在砾石路上。

在一个这么多人被机器绞得支离破碎,然后消失无踪的厂村里,流传的故事比留下来能够讲述这些故事的人还要多。霍默·巴恩韦尔和吉米·汉密尔顿是在两次世界大战之间出生的,还是小男孩的时候就彼此认识。那时只要有一辆汽车——任何牌子的汽车,从路上开过,都能让他们驻足凝视。鲍勃现在如果还活着的话,得有一百多岁了,所以关于他的奇事奇闻的目击者,只能是那些当时还是小孩的人。他们监视厂村里每一个该死的角落——那是他们的地界——他们看着

---

[1] 昆斯伯里侯爵的规则(Marquis of Queensberry rules)是19世纪在英国伦敦起草的一套拳击规则,也是现代拳击运动规则的基础,因昆斯伯里侯爵九世公开支持而得名。

男人们喝酒、撒谎、咆哮和勉强维持生计。温顺和规矩的人似乎总会淡出人们的视线,这一直让我怀疑《圣经》里"承受地土"那一段。世上只有鲍勃这类人才会得到永生。

我为我身上流着鲍勃的血液自豪。我具备的那一点良善和我对家人负有的哪怕任何一点责任感,至少有一部分归功于他的血脉。但那血缘也是每一次我因为怨恨而争辩、在我完完全全不占理时还要不择手段胡搅蛮缠的根源。规则?该死的,谁会在脚上戴着镣铐时还觉得有趣?温柔?谁愿意和这些人一起承受地土?在我小的时候,有一次,我在棒球场上反复扇一个男孩耳光,试图招惹他朝我挥拳。他想反击,但他没有,也许是因为他害怕,也许是因为不想伤害我。无论是什么原因,他就站在那里挨我的打。我扇他,直到我的手臂累了,直到我最后失意地走开。但我知道换了鲍勃会怎么做:他会换只手继续打。

★ ★ ★

鲍勃和维尔玛的最后一个孩子是 1935 年 1 月 10 日来到这个世界上的。这个男孩以他祖父的名字取名为查尔斯·塞缪尔。他对某些类型的牛奶过敏,所以维尔玛把一种罐装甜牛奶和配方奶粉混合均匀后给他喝,尽管当时在城镇周围的山里,新生儿会仅仅因为脱水就离世。他出生在排队领面包、裁员和停工的周期循环中,被柔软的毯子包裹着,在一个充满爱和威士忌的房子里长大。

男 孩

(第四章前的故事)

我永远不会忘记第一次见到他时的情形。那时他还只是一个矮胖的小孩子,和他的堂兄弟们一起在亚拉巴马州海岸白色的沙滩上玩耍。

"嗨。"我只对他说了这么一句。但我心里想:你就要成为我的孩子了。那么多年过去了,终于,我有了一个儿子。

"嗨。"他说着,只瞄了我一眼,然后回身继续将他的表弟埋进沙里。我看了他一会儿,然后去纪念品商店给他买了一把锹。

如果你要把谁埋了,你得真把他埋起来。

"我们把我的兄弟埋了,那是在彭萨科拉,"我告诉他,"我们把他留在那儿,只剩下脖子,他大喊大叫,我们直到涨潮前才把他挖出来。"

他咧嘴笑着说:"你们才没有呢。"但我这次说的可是真话。

那个女人说,她从来没有真正担心我会成为什么样的继父,但我担心过。

我知道的关于当父亲的一切,几乎都是错误的、扭曲的。

"陪他玩,"她说,"就这些。"

但我并不懂这种男孩。

"他没有什么与众不同,他只是还小"女人说,"你从来没有那么小过,是吗?"

我不喜欢那种口气。我现在才十二岁?我以前过的不是十二岁?见鬼,我听不懂她的话。

"你永远不会,"她说,"你像他那么大的时候,你在敲石头,你的妈妈用装棉花的麻袋拖着你。对他来说,那是个不同的世界。"

这个女人不让她儿子碰任何锋利的东西。她甚至为他把苹果切成小块,以免他接触到削皮刀。

他从来没有点燃鞭炮,然后避开。

他从来没有对着锡罐开过BB枪。

她还在给他放洗澡水,以免他被冻着或烫着。

她坐在浴缸的边上陪他说话,这样他就不会孤单。

"他喜欢我跟他说话。"她说。

"好吧,我希望在他上大学之前,你们就说够了。"我说。

在我读过的书里,生活于塑料防护罩中的男生,也都有比他更多的冒险经历。

这个女人和男孩住在一条不通其他路的街上,郊区人称它为"小湾"。这个男孩只被允许在那条街上骑自行车,不能离开别人视线。我会看着他,绕圈,一直绕圈。

这让我联想到在笼中转轮上奔忙的仓鼠。

我一直相信,做一个男孩的本质,就是不断逃过各种责罚,除了谋杀以外。而且,如果运气好的话,即便你死去了,被贬入红土里。在那里,你仍然可以做一个男孩。最让我困扰不解的,不是他受到拘束,而是他似乎并不介意被拘束。

我出生于一个在被上帝拯救之前和在地上吃完晚餐之后粗口一直不绝于耳的家庭,而他则生活在一个 G 级[1]的世界里,那里还锦上添花地撒满糖果。有一次,在车上,我不小心说了声"该死的"或"下地狱吧",或是其他入门级的粗口,这个男孩听后像蟾蜍一样气鼓鼓的,说他的母亲不会允许我说出如此粗俗的话。

"那么,"我说着,向上下左右看了一圈,"她在这儿吗?"

他后来告了我一状。

他要我在睡前给他讲一个故事,但我总觉得勉为其难。虽然我以讲故事为生,但我清楚我的故事很少有适合少儿的。我讲的大多数睡前故事都涉及不检点的女性,而开头总是"她喝得太他妈的醉了……"我最后告诉他,他已经是个大孩子了,不该再被人哄着睡觉。那女人抓住了我的把柄,火气十足地对我说话。"如果他告诉我,不想让我哄他入睡,如果我因为你连这都要失去的话……"她说道,但没把话说完。我以为她会哭,或者一拳打歪我的鼻子。

---

[1] 美国电影分级制度中,G 指一般观众(General Audiences),是最保守的级别,意味着电影所有年龄皆可观赏,片中不含或仅含很少量的在儿童观赏时会让家长感到被冒犯的内容。

我们就像这样针锋相对,一边是善,一边是恶,都是为了拯救这个男孩不朽的灵魂。

我一向很喜欢速度感,四十岁的时候给自己买了最后一艘"火箭飞船"。它的车身很低,车身光滑,子弹一样的银色,詹姆斯·迪恩[1]就死在一辆这样的车里。我和男孩第一次独处时,把车顶部放下,告诉男孩紧紧扣住安全带,一阵热风过后,我们便离开了那个安全稳妥的中产阶级社区。我让发动机咆哮起来再换挡,当我挂上高挡时,有一种坐在一根拉得紧紧的橡皮筋上被弹出去的感觉。一个不会因为加速而兴奋的男孩,是永远不会成为我的孩子的。当我们在沥青路上飞驰的时候,他奇怪地朝着天空举起双手,好像在祈求神的解救,或者来一次软着陆。

我想把发动机转到一百六十公里的时速,让他体验飞起来的感觉,但是对一个正在向上帝呼救的男孩施以折磨似乎不合情理,于是我放缓了速度。我知道如果我伤害了这个男孩,那女人会杀了我,开一辆小面包车将我的骨头拖来拖去示众,所以我又把速度降了一些。

他看上去好像欲言又止,于是我问他在想什么。

"瑞克,"他说,"为什么我会在这里?"

我刚开始和他的母亲约会。我想直截了当地告诉他,因为我在追你妈妈,孩子。但我没有那么说。

---

[1] 詹姆斯·迪恩(James Dean, 1931—1955)是美国好莱坞黄金时代的演员,因车祸英年早逝,仅主演过三部电影,但因出色演绎颓废叛逆的青年形象而让人印象深刻。

"因为你妈妈是我的朋友,"我说,"所以,我也希望成为你的朋友。"

他对此没有说什么,但是当我们俯冲着离开四车道、飞驰着从公路上下来、咆哮着转弯时,我几乎能闻到他脑袋里齿轮旋转时升腾起来的烟雾味道。

他再一次举起双臂,仿佛在投降。

我告诉那个女人,他举手的那个样子,好像是要把自己献给上帝一样。

"不是那样。"女人说。

"当他乘敞篷车时,"她说,"他喜欢闭上眼睛,假装自己在坐过山车。"

她说:"他举起双臂,是为了展示他多么勇敢。"

第四章

无　畏

　　五岁的查尔斯·布拉格骑着红色三轮车到达山顶,两只塞着软木塞、装满罐装牛奶的皇冠可乐瓶,一边一个插在他小小的蓝色工装裤口袋里。他艰难地踩着踏板上了山顶,必要的时候他推着车走,然后停下来轻蔑地盯着下方高高的、开阔的斜坡。那斜坡被尖利的黑莓灌木丛和嘎吱作响、枝干弯曲的松树分成一片一片。如果微风会低语,它会说:小心呀,孩子,小心,但它的声音穿不透他深红色的卷发。他前后摆动,一次、两次,然后冲了出去,双脚在踏板上狂蹬,试图跟上飞转的前轮。那前轮像飞转的台锯,快到轮辐都看不清楚。他无法将脚一直放在那对急转的踏板上,所以他干脆伸直双腿,顺势下山。他紧咬牙关,握着车把手的手指关节都发白了,每一块石头和每一道车辙都将他从车座上弹起,险些把他甩向树木鱼钩般的凶险的尖刺上。他眼看快要冲到山下,安全着陆,车却突然失控,人被高高地弹到半空,下落失准,向右倾斜着,猛地栽到成千上万根尖刺上——三轮童车失控时从来不会沿着一条直线跑。他没有哭,而是忙着解救自己,但那花了不少时间,因为任何一个曾经被黑莓灌木丛钩住的人都知道,当你刚摆脱一个钩刺,就会被两个新的钩刺钩住。他手臂上的伤口冒出血来,牛奶也漏了出来,流到他的腿上。他有的是时间去想一想刚做的莽撞事。最后,他扶正了他的"战车",从口袋里取出瓶子放在地上,然后又回到山顶,再来一遍。

"他是我心目中的英雄,"他的表妹雪莉·布朗说,"我总是那么胆小,而他总是那么勇敢,我觉得任何事情都难不倒他。他个子矮矮的,很可爱,头发卷卷的。天冷时,他戴一顶小小的飞行员帽,有耳罩的那种。他会把那顶小帽子系在头上,然后踩着一只纸板箱滑下山去,或者手里点燃鞭炮,在最后一刻把它们扔出去。即使在很小的时候,他就独自一人到处走,看看有什么好玩的。维尔玛在棉纺厂的工作十二个小时轮一班,所以他就和我们待在一起,和我这个'胆小猫'一起玩。我猜我那时觉得他是世界上最棒的。"

雪莉的父亲是一个到处漂泊的男人,离家出走了。"他总是穿着一套全新的西装,开着一辆闪亮的大汽车。他会闪电般地来,飞快地离去,快得就像一道美丽明亮的光。我一直都知道它在那儿,但就是永远碰不到、摸不着。"她说道。当她还是一个小女孩时,就来到杰克逊维尔投奔她母亲的家人,也就是惠斯特南特一家,他们住在一间没上漆的房子里。她太需要一个朋友了。

"我来告诉你关于你爸爸的事。"她说,仿佛打破了一个尘封已久的玩具箱上的锁,将里面的东西——退伍的铅制士兵、被狠狠骑过的木马和一个装满有裂纹和斑点的玻璃弹珠的袋子——散落一地。

她告诉我,他们怎么在红色的淤泥里玩,直到维尔玛在有象耳朵那么大叶子的植物边上,在大洗手盆里用八角牌肥皂把他们的皮肤擦红。她还告诉我,他们怎么像走钢索一样走独木桥,然后偷偷溜进屋里看特洛伊和他的未婚妻丁奇在沙发上亲热。他开始上小学时,她稍小一点,还没上学,他们一起爬树,一直爬到她不敢再爬的地方,然后在下树时试图用祈祷求得平安。"电台里的牧师告诉我们,如果你有足够的信心,就可以成就任何事情。我爬到苹果树上,失去了信心。"但他能爬到不能再爬、只有嫩枝的地方,直到树梢因为他的体重而弯曲、摇晃。即便如此,他也没有丝毫恐惧,只是对云朵脆弱、虚幻的变化感到失望。

"维尔玛知道了会抽打他。"雪莉说。

但是你怎么把一个男孩从天空中抽打下来?

她告诉我,他们从维尔玛厨房的大桌子上偷过炸鸡腿,并用"非法馅饼"涂抹在他们的脸上。她告诉我,他是如此凶狠,当他捡起一块石头时,大男孩们都会被吓得纷纷逃走。但他从来没有对她凶过,从来没有拧过她,或者因为她对有他主宰的世界感到害怕而取笑过她,尽管他自己还穿着一双玩偶般大小的鞋。但大多数情况下,当她勇气不足时,他都会站在她身边。尽管没过几年,当他长到男孩羞于和金色头发的小女孩在一起的敏感期时,他们就分开了,但他至今仍然牢牢地占据着她心中的一个角落。

★ ★ ★

有时候好像有两个相互独立的宇宙。

在其中一个宇宙中,三个姐妹,维尔玛、奥德尔和伊娃,穿着样式相似的印花连衣裙,手在身前紧紧攥着钱包,等待前台护士注意到她们这几个大活人。那是1940年代,在卡尔霍恩县的首府安尼斯顿,护士是医生办公室的主管,熟悉这些女人,或者熟悉像她们那一类女人,她知道她们只是些腼腆的乡下人。她将一张医生的约见登记表推过柜台表面,然后转过身去。雪莉和我的父亲,皮肤被擦洗成鲜艳的粉红色,被正式的衣服绑得透不过气,抓住自己母亲的衣角,看着眼前发生的事。

三姐妹就站在那里。维尔玛带着伤痛站在她的机器旁干了好几天活,需要让医生看一下她的脚。而现在,她除了坐下来以外,别无他求。奥德尔和雪莉的母亲伊娃和她一起过来帮她壮胆,这是当时的习惯。你很少在医生办公室看到一个工薪阶层的女人单独在那儿。当她们经历风浪时,她们共同进退。护士背对着她们好几分钟,然后转过头看着她们,带着一股冰冷的优越感。

"你登记了吗?"她说。

三位女士摇了摇头。

"为什么没有?"她说。

三位女士都没有说话。

候诊室里的每只眼睛都严厉地盯住她们的后背。

"怎么了?"护士说。

"我不会。"维尔玛说。

她可以写下她的名字,但读不懂表格。

在另一个宇宙中,有一幢坐落于安尼斯顿市最时尚的格伦伍德街上的白色的大房子。雪莉与她的丈夫查尔斯就住在这栋两层楼的房子里,屋里摆满古董,配有深色木制家具、瓷器、水晶器和无数小摆设。她是一个美丽的女人,而他是一个成功的退休商人。她最近为自己的读书俱乐部举办了一场英式茶会,有时会在俱乐部与女士们共进午餐。现在她身上没有一丝红色污泥。

但她并不假装自己生来就是这些人中的一个。如果她真那么做了,她会失去太多,而且会完完全全失去我父亲。她记得在夏季激烈的暴风雨之后,红土地会如何蒸发热气,而她的外祖父山姆·惠斯特南特会在雪莉和我父亲穿过还滴着水的松林小径之前偷偷溜到他们前面。老山姆会弯下腰,用手舀起一把湿黏土捧在手心,将那温暖的红色的污垢捏成小泥人。他会把他的雕塑品放在小径边孩子们能看到的最显眼的地方。她会走在黑暗的、树叶沙沙作响的林中,与她的小英雄牵着手,这样他的勇气就会像电流一样在他俩之间来回流动。并且,在每个转弯处附近,他们都会找到那些小玩意儿,仿佛雨滴是种子,而这些泥人在每次暴风雨过后沿着黑暗的小径发芽。老山姆有一个老人的特权,那就是对孩子随意说谎,他说他对此一无所知,所以那一定是鬼魂或者精灵们干的。

在这样的树林里,也一定有巫婆,她只会在一种情况下穿过这片树林。

"我和你爸爸在一起，就没有危险。"她说。

※ ※ ※

小男孩查尔斯可能是勇敢的，因为他被口袋里的护身符保佑着，那是有魔法的符咒，还有些胡言乱语，比如他自制的、软骨从皮肤里伸出来的幸运兔脚，半个便携式梳子，一个铅坠和一堆奇形怪状的石头。他随身带着一根一海里长的单丝钓鱼线和一只嵌在一块软木塞中的鲷鱼钩——以备遇到一条很有希望钓到鱼的沟渠时随时可以用，还有一把缺了半块刀片、刀把残破的折叠刀。另外，还有用两块全麦饼干夹着一坨"政府救济"花生酱做成的一团难以名状的三明治的"遗骸"。最后，还有一只鼓鼓囊囊塞满了玻璃弹珠、也只有弹珠的口袋。可以肯定的是，如果他没有像巴兰的驴[1]那样被两个晃动着牛奶的瓶子重压着，他还可以带上更多的宝贝。

维尔玛宠爱着这个孩子，但一等到他能够走路，她就开始"塑造"他。这是一个连给孩子喂奶都要打卡、因为系衬衫扣子误了几分钟工时都要被扣去一大笔工资的地方，容不下整天黏在父母身边、过于依赖父母的孩子。他学会爬后没

---

[1] 巴兰（Balaam）是《圣经·旧约·民数记》中的人物，被摩押王巴勒召去诅咒以色列人。他骑着驴前往摩押途中，上帝的使者三次拦阻他，驴看见上帝的使者因而做出三次异常举动。然而巴兰以为驴在戏弄他而杖打驴，直到上帝使驴开口，巴兰才看见是神在拦阻他。巴兰后来计诱以色列人跪拜摩押人的偶像，违背了神的命令，最终死于以色列人与米甸人的战争中，是《圣经》中假先知的代表。

过几天，有一天就那么站起来径自走了起来。维尔玛很少不让他带着那两瓶浓浓的甜牛奶出门。她喜欢皇冠可乐的瓶子，因为那玻璃比商店里买的烂玻璃瓶更厚实，更不容易在小男孩们常见的打打闹闹中打破。他在家里没有玩伴，所以维尔玛给瓶子装上瓶塞，给了他在汽车时代的每一代母亲都会给孩子的警告——"可别让车撞了"——然后让他穿过松林，去找他的堂兄弟们玩。

雪莉还记得她第一次见到他时的情景，他穿着老式的高帮鞋，大踏步上山，走进院子里。她小时候有点儿婴儿肥，所以有一个叔叔给她起了个绰号"小胖胖"，简称"小胖"。

"你不胖啊。"他困惑地说道。

"我知道。"她说。

"他不应该那么叫你。"他说。

她注意到了他的瓶子。

"你为什么要自己带牛奶？"她问道。

"因为我不能喝普通的奶。"他说。

她没笑。

就在那一时刻，友谊就这样被紧密而持久地封存了。

因为他是那么矮小，又有奶瓶的重负，但凡他有丝毫温顺的表现，就会大难临头，牺牲在其他孩子的残酷手段之下。他会永远没法活着从厂村出来，会被人叫作"蠢蛋"和"妈妈的好儿子"，被打个半死。相反，仿佛是接生婆给他剪脐带时把他的神经给剪了一样，他以同样的方式回应每一次嘲笑和嘘声。他会捡起一块石头扔出去。有些小男孩扔完石头就立刻逃跑，而他则会向他的目标跑去，越来越近，直到他跑到他们跟前,直到他不会扔偏为止。

他陪着雪莉度过了危险的日子。她并没有热衷于此,但她还是去了,因为她喜欢和他在一起,并想知道一个个子这么小的人怎么会如此无所畏惧。他不是一个目光凶狠、行为疯狂的人,而是一脸严肃、充满自信,直到他到达树顶或山顶。她相信那时他沉醉在纯粹的快乐之中,正如他当时所说的那样,"真正做了什么总比嘴巴上说要去做什么强"。

有一天,他带着整整一盒黑猫牌鞭炮出现了——有时候,作为鲍比的儿子有着真正的优势。他们悄悄地走进树林,远到足以让鞭炮声在惠斯特南特奶奶日渐衰退的耳朵中听上去像是无关紧要的"砰"的一响,然后开始用鞭炮炸泥土、蚁封、锡罐,但不去炸青蛙,因为那样太残忍也太愚蠢。"他粗暴,但不凶恶。"雪莉说。但他很快就厌倦了隔开一段距离引爆,开始拿自己冒险,那种玩法相当于一种儿童玩的俄罗斯轮盘赌[1]。他用蓝钻牌厨用火柴点燃了"黑猫"并用手拿着,鞭炮嘶嘶作响,他眼看着引线烧得越来越短,越来越短……

"快扔,快扔,快扔!"雪莉央求他……直到他将它弹开,让鞭炮在半空中爆炸。

在成年人和看管他的人眼里,他很可怜。他会盯着满是雨痕的窗户,等待着,然后纱门会突然被他撞开,用力之猛差点让门铰链从门框上脱开。接着,她得奔跑才能跟上那个

---

[1] 俄罗斯轮盘赌(Russian roulette)指一种赌命游戏,参与者在一把左轮手枪弹仓中放入一枚子弹,关上后旋转弹仓,参与者轮流将枪口对准头部扣动扳机,直到有人中弹或不敢扣动扳机。

第四章 无畏

冲出去的人。

直到今天,他仍然是污水沟撑竿跳无可争议的轻量级冠军。他会找一根尽可能长和重的竿子——只要他能将它举起并挥动。他会抓着它举到自己面前,来回摇摆远端(因为他太矮小,只能勉强举着竿),然后他开始起跑。在他到达沟渠边缘的当口,他会将竿子末端戳入靠近对岸的底部,挺身一跃,然后松开竿,飞起来。"他比其他任何一个小男孩都跳得更远,更高。"雪莉说。她第一次尝试时,撑好竿,飞身升空,然后直直地落入下面蛇虫出没、来路不明的水中。

在他们人生的那一段时光里,一只被废弃的纸箱就是一辆有顶货车、一座城堡、一辆坦克。但大多数时候,他把它们做成了雪橇。在一个没有雪的世界里,他发现用松针铺成的滑道能让人以不错的速度滑行。她记得他俩一起走到山上,爬进箱子里,尽管她觉得那不是个好主意。

"这儿太高了。"她说。

"高吗?不高呀。"他说。

"是吗?"她说。

她决定只在那儿坐一会儿。

从来没有人坐在一只箱子里把腿摔断过。

"这会很好玩。"他说。

"不会的。"她说。

"会的。"他说,然后推了一下。

她的最后几米是横着滑下去的。

他跑下山坡,每跑几步就跳到半空中。

"你滑得很棒。"他说。

他喜欢在轮到他滑时戴上飞行员帽。虽然那只不过是在松针或春天光滑的草地上滑动的一只箱子，但是如果有一秒钟你不相信他是在空中飞行——他不是坐在索普维斯"骆驼"战斗机[1]中掠过云层，机枪子弹射断导线时发出像是吉他弦崩断的声音——那只能说你没看到雪莉亲眼看见的一切。

他带领她执行间谍任务，爬到家具后面，穿过壁橱，藏在厨房的桌子下面。有一天，他们在门廊下面匍匐着，穿过黑暗的房子，往中间房间爬去，从那里传来一些奇怪的声音。那里有一张沙发，而在这间像是大篷车的房子的后面更远处，是一张没用过的移动折叠床，维尔玛在那床上堆满叠好的被子、床单和其他洗干净的衣物。他们肚子朝下匍匐着穿过几个房间，爬上折叠床，他们有些害怕弹簧发出的声响，就一起钻进了那堆衣物。在那里，他们可以看到此时正在沙发上的特洛伊和丁奇。两人第一次看见一场真正发出声音的拥吻。

"你觉得他们为什么那样做？"他低声说。

"不知道。"她发出嘘声。

"上帝，"他低声说，"我永远不会那么做。"

那段时光充满孩子们的后空翻和嬉笑欢闹，是一个从洗衣盆游泳池到肥肉到小烤饼，再到永恒的阳光之间周而复始的循环，直到他们差点害死惠斯特南特奶奶。

这幢老房子是由板条搭起来的，建在山坡上。它被天然

---

[1] 索普维斯"骆驼"（Sopwith Camel）战斗机是英国索普维斯飞机公司在第一次世界大战期间出产的一种单座双翼战斗机，是当时最著名的战斗机机型之一。

的石头做的柱子支撑着，前廊非常高，以至于孩子可以在它底下站直。门廊是一家人生活的中心场所。女人们在那儿坐着摇椅剥豆、切秋葵，卡尔·惠斯特南特叔叔会把他的直背椅靠在房子的墙上，打瞌睡。那里主要是布拉格和惠斯特南特两个家族的人，没有电视，只有一台落满灰尘的收音机，于是他们就讲故事，说别人的闲话。当时第二次世界大战正在太平洋和欧洲肆虐，厂村里的一扇扇窗户上都贴着纸板做的星星，表明这户人家把儿子送去参战了。关于他们命运的消息在街上、教堂里和周报上流传，也传到高高的门廊里：D 街 111 号的路易斯·H. 哈里斯于科雷希多岛沦陷后在菲律宾被俘，并于 1942 年 10 月 1 日在日本一座战俘营里饿死；A 街 36 号的詹姆斯·E. 约翰斯顿在军舰上阵亡；C 街 69 号的奥林·L. 麦柯里和 D 街 98 号的雷内·W. 韦布在战斗中牺牲；C 街 73 号的小乔治·罗宾逊在马科斯岛附近的军火船爆炸中殒命；我父亲的堂兄埃弗里特·斯拉特在"艾奥瓦"号战列舰的炮塔上被炸飞，消失在海浪中。

这些战争噩耗让小孩们感到困惑，他们还太小，还不能理解。

八卦消息也一样不消停。

"嘿，那个可怜的谁谁又怀上孩子了。"

"她谁都不告诉。"

"愿主保佑她的心。"

"不知道她跟谁搞上了。"

"嗯。"

"没人敢站出来承认。"

"嗯。"

"真糟糕，不是吗？"

"糟透了。"

"真丢人。"

"愿主保佑她的心。"

硕大的、拳头大小的冰块，被一把因为生锈和年岁久远而变黑的冰锥从一块将近二十斤的冰上凿下来，在装满冰茶的果冻玻璃杯和梅森玻璃罐里晃动。大人们用冰淇淋桶里附带的那种小勺将嚼烟舀进嘴里，嚼烟会在这个过程中被微风吹起，然后透过木板缝隙散落到门廊下面的幽暗处。如果他们仔细听，能听到小孩打喷嚏的声音。

"我想你知道，可怜的某先生和某太太又闹起来了？"

"主啊，不知道。"

"嗯哼。"

"喝得醉醺醺地回家。"

"是吗。"

"她把'条子'叫来了。"

"她应该那么做。"

"愿主保佑她的心。"

孩子们从那里可以听到大人说话，但看不到多少，因为在那个年代，木匠从来不会说出"就那么将就吧"这类的话，那房子建得密不透风。门廊的木板紧密地连接在一起，孩子们可以藏在底下几个小时都不被人发现。不过那儿有一个木板节孔，胆子最大的孩子会用一只眼睛像看天文望远镜那样贴着它向上偷看。

"我觉得我是在那儿学到为人之道的。"雪莉说。她和我父亲坐在那里偷听了一千个日日夜夜。有一天傍晚,惠斯特南特奶奶坐在椅子上打着瞌睡,亲人们在她身边闲聊。当时她终于原谅了不肯嫁给年轻军官的大女儿。在门廊下,孩子们注意到老太太椅子的位置刚好对着那个节孔。雪莉不记得是谁的主意,他们拿了一根末端有一个小结的弯曲的棍子,把它从洞里探出来,轻轻触碰了一下惠斯特南特奶奶的腿。

惠斯特南特奶奶向下一望,刚好看到棍子有结的尾端退回到洞里。

她的脸霎时变白,呼吸在喉咙里消失。

"主啊,主啊,怜悯我,"她哀号着说,"我被蛇咬了。"

她倒在木板上准备死亡。

她祈祷,祷词在她的唇间翻滚。

"哦,主啊,我虽然行过……"

孩子们从门廊下逃走了。

"我们害怕了,"雪莉说,"她被吓成那样,我们以为她真的会死。"

她的亲戚帮助她起身,扶着她站住,让他们可以检查她身上是否有毒牙的咬痕。经过好一番在她长裙、衬裙和围裙下合乎礼仪的搜索,结果什么都没有发现。

"你不会死。"她的亲戚一个接一个地向她保证。

"我会死的。"惠斯特南特奶奶发誓。

她坚持说自己一定会死,只是得等上一段时间。

男人们寻找起蛇来,而我父亲咧嘴暗笑着也去帮忙。他们的搜索当然没有结果。但是就像他们在这类事上的习俗一样,他们整个夏天都在滥杀无辜——黑蛇、滑鼠蛇、罕见的铜头蝮和小响尾蛇。死蛇挂满围栏栏杆和树枝，让鸟儿们饱餐了一番。但是孩子们睡得很安稳，因为《圣经》里没有说过杀蛇会让人下地狱。

雪莉不记得当她和我父亲在杂草中赤脚奔跑时害怕过蛇。但当她第一次和她母亲的亲人一起生活时，她发现确实有件事让她害怕。杰克逊维尔的孩子们凭着熟练到家的残忍天性，很快就找到对雪莉·瓦瑟尔——这个新来镇上的女孩——伤害最大的事情，并以此来向她挑衅。

有个小女孩是一个牧师的孩子，她爬到滑梯的顶部，往下盯着雪莉，口气中带着虔诚又带着指责。

"我妈妈说你妈妈会下地狱，因为她离婚了。"她告诉雪莉。

"她不会。"雪莉说。

"她会的。"小女孩说。

"嗯……"雪莉的大脑转动起来。"那么……"

小女孩在高高的滑梯上方等着她的答复，一脸胜利的样子。

"嗯，你长得很丑。"雪莉说。

小女孩的嘴巴张开了。

她冲我的父亲看了过去，他正站在那里。

他点了点头。

小女孩嘴唇颤抖着从滑梯上滑下来，然后哭着跑开了。

另一个傲慢的小女孩问雪莉，她为什么跟那么多亲戚一起住在一座没有涂漆的房子里。

"嗯，"雪莉说，"这只是我们多出来的房子。我们家还有另外一座房子。"

"真的吗？"女孩说。

"没错。"雪莉说。

我的父亲是她的同谋,只是在边上看着。

"那儿有一台'电冰箱'。"雪莉说。

"你们才没有呢。"女孩说。

"有的。"雪莉说。

方圆几个街区的每间房子都有一个冰柜,那是一台仰赖于一个名叫兰奇·斯奈德的男人兴致高低和身体状况好坏的设备,他每周出现两次,每次带着一块差不多十公斤的冰块。

但这个新来的女孩,这个雪莉,不仅有一台电冰箱,还有一座避暑别墅。

那个小女孩走开,去传播这个消息。

"我知道主不希望我们这样说,但那种感觉棒极了。"雪莉说。

如果她叫他去做的话,我的父亲会用石头砸他们。

★ ★ ★

他并非完全无所畏惧,没有一个小男孩会无所畏惧。他会梦见棺材从那些小房子的窗户被递进递出,梦见穿着工作服和褪色黑外套的老人抬着、推着棺木。他会梦见会动的机器,躺在床上,他可以听到它们砰砰敲击的声音直穿墙壁。难怪闹鬼的故事吓不倒他。

在那时,每间菜窖、每个壁橱都会闹鬼。每一条土路的尽头都发生过谋杀,悬挂在每根树枝上的每条绳子都绞死过人,而不是吊着一架用破损的轮胎做的秋千。"雪松树里住着一个女巫,如果你走得太近,她就会抓住你。"雪莉说。她会把你拉进她浓密的绿荫里,让鸟儿把你的眼睛啄出来。

我的父亲却蹲在闹鬼的树的根部,挑战女巫,让她现身。

"出来吧。"他喊道。

女巫退回她的松针里,等待别的男孩过来。

在旧墓地里,内战叛军发动的战役中不安分的死者从刻有大写的"亲爱的丈夫"字样的石碑下吹着口哨,在混凝土天使像后面低语。孩子们经过天使像时都要奔跑,但我父亲却在墓地里徘徊,他的弹弓上装着一枚猫眼玻璃弹珠(任何一个傻瓜都知道那种弹珠的魔力)。死者在窸窣作响的树叶中躲起来,把他让过去。

"我想成为他那样的人。"雪莉说。

她告诉了我很多他的故事。然后她告诉我,她多么希望我之前就找她聊聊,哪怕只是一分钟,那样我就不会把他贬为一个凶狠的醉鬼和悲剧性的人物。

但我认为那样不能解决任何问题。在她的年代和我的年代之间,他变了个人。

我告诉她,我也很希望自己以前就能和她聊聊。

男 孩

(第五章前的故事)

这个男孩唯一得到的温柔，是我在一次偶然的情况下给他的。

这个女人和男孩在我们共同生活的第一年的大部分时间里都住在孟菲斯，我从亚拉巴马州下班，他会在门口迎接我。

圣诞节即将来临的一天晚上，他正在沙发上做题，试图弄清楚如果强尼把5/8的苹果送给苏，苏把其中4/5送给吉米，而吉米又把其中2/3送回给强尼，强尼会有多少苹果。我很确定，如果强尼知道自己得把这堆烂账算清楚的话，他绝对不会做苹果生意。

我正在厨房里包装礼物。外面很冷——如果你看一下地图就明白，孟菲斯与五大湖之间的距离和它离墨西哥湾一样该死地近——而厨房传来的气味既温暖又舒适。那是肉豆蔻、肉桂和常青树的味道。一棵大树上挂满了来自三个小男孩的生活的手工饰品。

我喜欢圣诞节,从我哥哥手里拿着一个大手电筒、神情十分严肃地站在那儿把我叫醒的那个时刻就开始了。

"他来过了吗?"我总是这么问,那光线让我目眩。

"来过了。"他说。

我最小的弟弟年纪还太小,经不起玩笑。我们让他一直睡。他对圣诞老人知道多少?

我们必须偷偷溜到树边,经过睡在沙发上的我妈妈。在黎明前偷看是禁止的。

我们这辈子从来没有等待过黎明的到来。

包裹礼物这件简单的事总会将我拉回到往昔,将其他一切都抛之脑后。有时,如果我沉湎其中太久,甚至会唱起歌来。

> 老玩具火车,小玩具轨道
> 小玩具鼓,从麻袋里出来
> 背在一个穿着白色和红色衣服的男人身上
> 小家伙,你不觉得是上床的时间了吗

这可能不那么中听,我的歌声好像出自一个喝醉的天使,但我已经不再喝酒。

我抬起头,看到那个女人在微笑。

她走过来低声说道。

"他在沙发上,咧着嘴笑。"

"为什么?"我说。

"因为他觉得你在唱歌给他听。"

我的父亲认为,把一个男孩,即使是一个五岁的男孩,当作一个弱小无助的人来对待是错误的,所以他很少握我的手。他有时会扛着我们哥俩——山姆和我,就像去游乐场玩。但是当我们走路时,他会按照他的步幅走,然后时不时地转过身来,咧嘴笑着告诉我们,快点吧,孩子们,快点。我记得1960年代中期的一条人行道,记得在我四五岁的时候为了跟上他而快跑。山姆从不显得弱小无助,他一步一步地赶上父亲的步伐。我父亲宁可牺牲自己,心脏病发,也不愿意让山姆知道是他赢了。而我呢,他回来找我,脸都涨红了。

但我的腿比较短。

山姆和我,我们不怎么谈论他。

那次圣诞节晚些时候,我回家看望山姆。那时我手指上的结婚戒指仍是热乎的,随着21号高速公路上的车子经过我们身边,我把它套上又取下。

当时山姆和我正开车去县首府安尼斯顿看一辆二手卡车。你一生中会看一百万辆车,但只会买其中四辆。不管怎样,去看看也很不错。那里可能会有一辆有魅力的卡车。那天我们绕着那辆车走了一圈又一圈,但它只不过是辆普通的卡车。在回家的路上,我们在一个叫"老爸的店"的地方停下来吃烧烤。

"给我讲一件关于爸爸好的往事。"我说。

"我一件也不记得了。"他说。

"总有一件吧。"我说。

"他连菜都不买。"他说。

我们在凄风苦雨中离开那里,所以山姆开得很慢——甚至比平时还慢。他总说我开得太快,但大多数像他那样开车的人都是戴筒状女帽和珍珠饰品的女人。我希望等我们上了年纪,当我的心脏开始衰竭时,不是他开车送我去医院,否则我还没爬进驾驶室时,就要去见上帝了,因为我永远也见不到急诊室。

"总有一次美好的回忆吧。"我说。

经过四个红灯后,又过了很久很久,他点点头。

"有一次……"他说。

"嗯?"

"是那个圣诞节,他送给我一辆红色马车,还给你买了辆三轮玩具车。"他说。

"爸爸没给我买过什么该死的三轮玩具车。"我说。

"他买了。但他后来喝醉了,当他和别人一起离开时,他们在车道上把它碾碎了,"他说,"妈妈把它拿到屋里,藏在衣柜里。我们搬走了,它还在那里。"

第五章

私酒贩子的节奏

那条沟渠将蛙镇分为两个天地,分别被两个强大的精灵所统治,每边一个。其中一个老了,老得像十字架一般,而另一个则像是只在大酒坛里酿了几天时间的酒。两个精灵都有改变人们生活的能力。在沟渠的一边,一群挤满教堂的虔诚信徒重重地跪倒在地,用未知的方言召唤圣灵进入他们抽搐的身体。沟渠的另一边,两个长得太过相似所以只能是一对兄弟的男孩,甩开了一辆黑色雪佛兰的车门,跟跟跄跄地走进 D 街 117 号的院子。杂草丛中,哈利路亚的赞美声在他们周围停了下来。房子里,一个眼神悲伤的小妇人向外看去,害怕来的可能是警察。当你的孩子们不在的时候,你总是担心上门的是警察。但来人只是她的两个大儿子,罗伊和特洛伊步履不稳地回到这个被她祷告的灵气保护着的家中。他们身上穿的仍然是礼拜六晚上就穿上出去鬼混的皱巴巴的衣服,尽管是礼拜天早上，他们仍然带着几分醉意。不过，他们都是好孩子，英俊漂亮的男孩。他们现在离家只有几步远，就几步。她会为他们煎上满满一大盘鸡蛋，倒上黑咖啡，庆幸他们没有坐在撞到树上冒着烟的汽车残骸里，也没有落到警察手里任他们摆布。她有时想走到教堂那边看看，聆听一下那美妙的音乐，但这样做会让她的儿子们和男人长时间无人监管。她的第三个儿子当时十一岁。他能听到从沟渠的另一边传来的钢琴声，甚至听到人们在喊叫，但他可以闻到礼拜天一整天都萦绕在房子里的酒味，甚至会在周围没人的时候偷偷尝一口它的味道，让它感觉起来更加真实。

★ ★ ★

圣灵的行动是看不见摸不着的，但他们可以感受到它就在梁上，感觉它在墙壁里面疾走。它就像一道闪电或一束电火一样真实。

牧师站在一个不起眼的、只有三十厘米高的平台上，声称他不相信自己比在座的信众们更良善。"你们相信圣灵的存在吗？"他问道。他们说相信。然后他宣讲了有关世界末日的内容，讲得很美。

那时他们还是一个新兴的教派，但在之前的五十年里，这个教派已经在这个到处都是被剥削的工厂工人、煤矿工人、来自农村和城市的贫民的国家里迅速扩张。这座教堂属于那些棉纺工人、纸浆工人、短工，以及那些说阿门的样子就像扔一只厚底鞋那样的嚎叫派。研究《圣经》的学者们对这些人嗤之以鼻,称他们歇斯底里、行为夸张,认为这是一种文盲的信仰。但是,在一个机器能把人生吞活剥的地方,信仰必须表达得比血液更加炽热。

教堂没有尖塔,没有彩色玻璃,没有钟楼,但它是亚伯拉罕和以撒的家,是摩西和约书亚的家,是耶和华神的家。人们拿一角钱和五美分的硬币捐什一奉献,长椅上坐满在工装裤外面罩着老旧的黑色西装外套的老人,还有穿着短袖衬衫、戴着夹式领带的年轻人。样貌素净的女人们坐在那儿,唇上不带一抹口红,脸上不涂一点化妆品,袖口或领口也没有一条花哨的蕾丝绲边。她们的头发都很长,因为保罗写道,"女人有长头发,乃是她的荣耀,因为这头发是给她作盖头用的"[1]。她们的头发和长裙总被机器夹住,但《圣经》是那么写的,所以她们顺从教义。有些人去礼拜时因为嫌热把头发别起来,但是在礼拜结束之前,地板上到处都是散乱的发夹。

他们听着牧师将人类的原罪一一列举,列得如此完整,让人感觉除了下地狱之外无路可走。

"他们把教义定得很严,严到一个伙计没法践行。"霍默·巴恩韦尔说。他还是个小男孩时就去过那里。

有些人因为尘肺病而大口喘息,他们不顾气短和胸部的疼痛,唱起了《我灵飞翔》、《跪在十字架前》和《那艘老福音船》。曾有一个名叫科拉·李·加尔蒙的女子以音域宽广而出名。她总是很努力地飙高音,一直飙到"青筋从脖子上暴起来"。

---

[1] 出自《圣经·哥林多前书》第 11 章第 15 节。

然后，礼拜的程序以火车下坡那种不可阻挡的冲力加快速度。牧师描述了一个严厉的上帝，他将罗得的妻子变成了一根盐柱，并谴责以色列的子孙们，因为他们把金耳环给了亚伦，用来塑造假神巴力。"我看这百姓，"上帝对摩西说，"真是硬着颈项的百姓。你且由着我，我要向他们发烈怒。"[1]

当孩子们因这没完没了的礼拜露出痛苦的神情时，牧师开始朗读《使徒行传》第2章：

> 五旬节到了，门徒都聚集在一处。忽然，从天上有响声下来，好像一阵大风吹过，充满了他们所坐的屋子；又有舌头如火焰显现出来，分开落在他们各人头上。他们就都被圣灵充满，按着圣灵所赐的口才说起别国的话来……

信众的眼睛紧闭着。
"你们感受到圣灵了吗？"牧师喊道。
他们的手高高举起。
"你们能感受到圣灵吗？"
他们在完整的福音启示下，一个接着一个回答道："能……"
然后，他们仿佛在一场雷暴中伸手触到一条炙热的晾衣绳，一个接一个地开始抽搐，因某种看不见的力量而痉挛。其他人则大大地张开双臂，圣灵一个接一个地触动他们的灵魂。

---

[1] 出自《圣经·出埃及记》第32章第9节。

有些人只是站在那儿颤抖着。

有些人旋转着身子跳起舞来。

有些人向半空中高高跃起。

有些人在哭。

有些女人猛烈摇起头来，摇得头发散落开来，在空气中打抽，足足有三英尺长。发夹四处乱飞。

圣灵来到他们当中。

他们开始用方言说话。

教会里老一些的人为他们翻译方言，信众们也倾身聆听这个奇迹。它听上去像古希伯来语——也许有那么一点点，有时候它听起来像他们没有听过或想象过的语言。他们冲到教堂的前面，跪成一排，面向祭坛，让牧师将手放在他们身上，并且通过天父，在圣灵的面前，使他们成为完全（之人）。

他们一个接一个地在圣灵里被杀，朝后跌倒，其中一些人晕倒在地板上。这种形式的礼拜可以持续数小时，直到信众们的肚子咕咕叫起来。霍默说："如果一切都进行得很顺利，是不是就没有理由让它停下来呢？"

★ ★ ★

它是那么强势，又那么近，仿佛鸣的锣、响的钹[1]就在沟渠对面一样。

---

[1] 原文化用了《圣经·哥林多前书》第13章第11节：我若能说万人的方言，并天使的话语，却没有爱，我就成了鸣的锣、响的钹一般。

"你要是多带上一些该死的钱，我们就可以多待一会儿。"他们歪歪扭扭地走向房子，罗伊抱怨道。没有人知道那个周末他们在哪里鬼混，但显然他们过得非常开心。罗伊是兄弟两人中更俊俏的，他斜靠在车上平衡身子，又多骂了他哥哥两句。罗伊的眼睛和我父亲的一模一样，是一种明亮的蓝色，头发是黑色的。他在布拉格家族里算是个子高的，而且喝酒后是最凶狠的。他不是一个特别注重仪表的人，平时只是将衣服随便往身上一套，但他却是一个即便站在泥沼中看起来也很优雅的男人。

特洛伊回骂了他一句，但看上去挺开心的。他总是穿着雪白的T恤衫、黑色的裤子和黑色便士乐福鞋。他一边不经意地对他的兄弟说着口不择言的脏话，一边弯下身子，脱下一只鞋，从中倒出几张折叠整齐的钞票。然后，他用一只脚蹦蹦跳跳，冲他兄弟的脸挥舞着那沓钞票。

"你这狗娘养的骗子。"罗伊说。

特洛伊手里仍然拎着他的鞋，单脚跳着，咧着嘴笑，试图不把自己的白袜子弄脏。

他用鼻子闻那钱，就像在闻花朵一样。

"我他妈的杀了你。"罗伊说。

他们总是威胁要杀死别人。

特洛伊摇摇晃晃地旋转着脚尖，大声笑了起来。

短短的几秒钟里，他们就在泥土里扭打起来，他们互相撕扯着衣服，尖声叫骂，然后径直滚到D街的街中央，浑身沾着血和煤渣。

这场骚动先把维尔玛，接着把鲍比从房子里引了出来。

维尔玛恳求他们收手，但他们充耳不闻，完全忽视她。鲍比本人也是醉醺醺的，身上只穿着他的长内衣，他咯咯地笑着，单脚跳了起来，跳起了换位舞步。

我的父亲撞开门闯进院子里，被卷入这场混战，就像晾衣绳上的一条长内衣被龙卷风卷走一样。

他们在扬起的尘土中，用拳头猛击彼此的脑袋，他们的嘴唇被打裂，眼眶被打青，肋骨挫伤。我的父亲比他的两个哥哥个子小，被打倒在地，几乎昏过去。维尔玛弯下腰看我父亲，确保他还有呼吸，然后对那两个儿子喊道："我可要打电话找警察了！"说罢她就走开，去找电话了。

维尔玛有多少次在走向一台借来的电话时，不得不在她儿子们的人身自由和人身安全之间做出选择？我的姨妈璜尼塔记得当时她正开车穿过厂村，看到维尔玛在街上快步走。"她的高跟鞋在路上咔嗒咔嗒地响。"她说。

她停下车，摇下窗户，问维尔玛怎么了。

"孩子们正互相残杀呢。"她说。

在院子里，男孩们现在已经站立不稳，近乎精疲力竭。邻居们从自己的门廊上远远地旁观，但没人前去阻止。一阵尖厉的警笛声从远处飘进院子里。看来维尔玛找到了电话。

警察到达时，街上已经空无一人，117号前一片寂静，兄弟几个都在屋里，他们的血弄脏了维尔玛的洗碗布。鲍比过得十分愉快，有半天不用穿裤子。维尔玛走了回来，鞋子现在发出缓慢的咔嗒声。不过她的儿子们现在很安全，没有什么比这更重要了。

在此之后，她做了一块两三公斤重的烤肉饼、一大堆炸土豆和一大锅斑豆,还有几盘菜瓜和秋葵——没什么特别的,就像每个星期天亲戚们陆陆续续过来吃的那顿晚餐。

那场打斗也没什么特别的,没必要为此大惊小怪。这对兄弟经常在 D 街中间打架。住在隔壁的查尔斯·帕克说:"我就看着他们在那儿打。"

也许就像卡洛斯所说:"你从来不会去问罗伊和特洛伊之间的那场大战,你得细问是哪一场。那种打斗会定期发生。"那只是每个礼拜节奏的一部分,是他们生活节奏的一部分。

大多数人的生活都会转向一种或另一种节奏。在海岸边,他们会转向潮汐的节奏;在工厂小镇,他们会转向流水线的节奏。对于卡洛斯这个汽车修理工和救援车司机来说,生活就转移到高速公路的节奏中,转移到收音机中调度员的声音里。在一周的前几天里,他轻松地慢慢巡行,但到了周五晚上,喝了酒的人一上路,调度员在噼啪作响的噪音中传来的声音就带来了各种可能性。他猛踩油门,从一道沟冲向另一道沟,他的绞车电缆发出嘎嘎声,车顶的黄灯不停旋转。妈妈们在哭喊着,救护车尖啸着离开事故现场,如果结果糟糕,就根本不发出尖啸了。

对于卡洛斯在 D 街的表兄弟来说,这是私酒贩子的节奏。"男孩们和鲍比舅舅都有工作,只有周末才喝酒。星期五他们会好好喝一顿,并且星期天还要喝。当然,有时他们到星期二仍然会喝,这取决于他们有多少酒。当他们清醒的时候,他们是世界上最好、最温和的人。但是当你父亲在家度周末时,整座房子里全都是酒。"

在安静的星期一夜晚,维尔玛的家里充满温暖和平静。

下班后，一大家子人都聚集在她的厨房里，一边吃饭，一边聊天，婴儿坐在他们的膝盖上。但大多数情况下，在那个安静的地方，她就在那里做饭。"噢，天哪，"卡洛斯说，"她做的饭多棒啊。"她做的菜是可以用来做展品的，是大多数人只能在感恩节或圣诞节吃到的菜，于是卡洛斯喜欢在这安静的时刻去看望他的维尔玛舅妈。"无论晚上或白天的任何时候都没关系，即使她不得不起床来招呼你也没关系。当你到了维尔玛舅妈家时，她的第一句话就是问你：'你们几个小家伙都吃过东西没有？'即使你吃过了也没关系，因为无论如何维尔玛都会拿吃的来喂你。"

  铁炉上有一只铸铁加热锅，锅里会有烤猪肉、猪排和炸鸡，七升半罐装的棉豆配咸猪肉、海军豆配带骨火腿、用猪油做的亮闪闪的长豆角，平底锅里装着鸡肉和调料、通心粉配奶酪、玉米面包和猫头烤饼、大堆的土豆泥和红薯，加上煎锅做的油炸绿番茄。她在一个洗衣盆里做了一块肉饼，用手将面包屑、洋葱和香料塞进肉里。锅里热着油炸的苹果和桃子馅饼，在冰柜里会有香蕉布丁。她在一个像西部飞行者渔船那么大的平底锅里做馅饼，她给你的时候不是切下一片，而是一大块，结结实实、快半公斤重的馅饼。

  那不仅仅是食物。它里面充满浓厚的奶油、黄油和猪油馅。她的盘子缺了口，她的餐具是些磨损的、坑坑洼洼的钢叉子，但是当人们大快朵颐之后，这些餐具看上去好像被舔得一干二净，有时的确就是那样。她教会了几代女人做饭，包括我的母亲，她每一次撒盐时都会想起维尔玛。而像卡洛斯这样的家族中的几代男人，任何一个星期一，想起她的晚餐桌时，都会变得眼泪汪汪，因为他们知道再也不会有那样的美味了。

在平静的星期二，多情的罗伊躺在起居室的沙发上，在胸前抱着一个婴儿睡着了。他喝了酒能和一支军队干上一架，边打架边放声大笑，浑身染血，但他清醒时是一个温和的男人。"你是谁家的宝贝？"每当婴儿们睁开眼睛，他总是那么问。"当他状态不错的时候，会去摇放在摇椅上的婴儿，"我母亲说，"他会唱歌，对他们哼唱，他甚至会给他们换尿布——我向你保证，你爸爸从来没有出现在尿布附近。"罗伊当时还没有结婚，也没有自己的孩子。他只是喜欢婴儿，会轻摇特洛伊的孩子并唱歌，哼唱"树干折断，婴儿掉下来"的那段歌词。

他是一个汽车机修工，很优秀的那种，拥有一套已经付清贷款的工具，女人们都追求他。星期二，他有生活所需的一切，没有理由用酒来让自己的生活变得乏味，没有理由躲在威士忌的薄雾中。

在宁静的星期三，特洛伊从工厂下班走回家，去照料他的鸡。在那个年代和那个地方，这份工作和给马匹配种的人一样体面。他打开鸡笼，把手伸向里面那只凶狠的生物。它眸子金黄，喙如猫爪般尖锐，发出警告的颤音，声音低到近乎咆哮。但是，当他伸手捉它的过程中，并没有流血受伤。

他会坐在门廊上，在栏杆上放一杯红钻牌咖啡，抚摸它的喙，对它发出咕咕的声音，仿佛想要那只鸡理解他请求它做出的可怕牺牲。他有一只曾经赢得七次战斗的鸡，这在一项死亡运动中是非凡的战绩。他会用手指穿过它的羽毛寻找寄生虫，会用红药水为它治疗，就像给膝盖擦破皮的孩子抹药，他还会让它从他的手掌上啄玉米吃。他给它们喂各种各样的维生素和赛鸽饲料，让它们变得强壮迅猛，并把用来腌菜的酸橙掺到它们的饮食里，这样能在它们被划伤时给伤口止血。

特罗伊只有在喝醉了后才用它们去赌博。周末，他将它们放在那个坑里，必须喝个酩酊大醉才能看着它们死去。但在星期三，他只是宠着它们，然后走进房子，像任何一个好儿子那样，帮助他的母亲撅断豆角。

每个星期四，鲍勃会帮妻子扫地、洗碗。他们会并排站着，她用水冲洗，他负责擦干。他会给她采上大捧大捧的黑莓，只是为了看她的笑容。他养了一对完美相配的红骨猎犬，并在山间追逐它们几个小时，听它们吠叫。当他清醒的时候，他熟悉那些山脉的沟沟坎坎，并且永远不会迷路。有些晚上，他会给他的马套上马鞍，拉上一两个孩子，然后带着他们轻轻地走过街道。那些把孩子交给我祖父的母亲从未对此抱怨，因为这些日子还只是星期四。

★ ★ ★

他们在山里也烧"东西"。

乔·戈德温在马斯卡丁酿私酒，莫·希在米纳勒尔斯-普林斯酿，小麦克马汉在拉格兰有一个酿私酒的作坊，弗雷德和奥尔顿·德赖登在塔拉普萨酿私酒，尤利斯·帕克则在特拉平溪酿。韦恩·格拉斯认得他们的脸，因为他为这些人运过私酒,而且运酒赚的钱比在棉纺厂工作一辈子赚得还多。他在深深的树林里,将近四升大的罐子装进他的汽车,然后躲过警长和联邦政府的人,把酒运给罗伯特·基尔戈这样的人。此人是一个私酒贩子,在威弗的一所房子里卖威士忌,那里在杰克逊维尔以南大约十分钟车程的地方。他说:"我可以用一辆扁平头引擎的福特车运送五六百升酒,每运一车赚三十五美元。"韦恩在棉纺厂里失去一截手指,但是当他运起酒来,就变得刀枪不入,只因共谋罪服过一次刑。"他们抓不到我运酒,"他说,"所以他们就因为我动了运酒的念头来抓我。"

那是桩生意,而不是艺术。他记得曾为一个老家伙运酒,对方冷静地告诉他:"听着,小伙子,如果你偷我的酒,我会把你的心脏打爆。"他没有像好莱坞电影里的傻瓜一样四处飙车,而是跟着车流前进,和其他人混为一体。当他载着满满一车酒快要开过那个县时,看到警长罗伊·斯尼德正在封锁道路。"我跳过猪圈,跳过一条五股铁丝网,他还朝我开了枪。"

他失去了那一车货,但私酒总能以某种方式通过封锁。

"我记得有一次,大概在圣诞节的时候,一点酒都没有了,"韦恩说,"后来终于在拉格兰找到了一些,那酒是蓝色的。"

星期五这一天,鲍勃会给其中一个儿子一点现金,说:"给我们弄点酒来。"家里的平静就会被一阵打开金属盖子的声音所淹没。男人们——鲍勃、特洛伊和罗伊,还有其他人——都聚在桌旁喝酒。他们的好斗是在俗事中生长出来的野草,他们争论着鸡、狗、马,某首歌的词,一个眼神的意思,女人的心和男人的灵魂等话题。

这就是我父亲的少年时代。

清醒时，鲍勃从罗伊那里买了猪。

喝醉时，罗伊在夜里把它们偷了回去。

清醒时，鲍勃可以凭着无可挑剔的方向感在山里走。

喝醉时，他和其他醉酒的男人们一起鬼混，把其他人骂恼了，被从车里推出来，在怀兹峡谷的树林里迷了两天路。

清醒时，维尔玛的儿子们尊敬她、爱戴她。

喝醉时，她会消失，变得不再重要，除非需要她当"急救员"或保释人。

但所有这一切，这混乱的节奏，在星期日晚上都消失了。卡洛斯说："过个几天，每个人都变得一切正常。"鲍勃或其中一个年纪较大的儿子会重重地捶空酒罐，那空罐子会发出"砰"的一声，然后屋里便安静了。几个小时后，他们会求着维尔玛，要咖啡喝。他们再也装不下食物和酒的胃，渐渐地会以更自然的方式发出咕咕声。他们会说："给我们做点吃的吧，妈妈。"

我父亲第一次喝酒是什么时候，我真的不知道。我不知道他对那种成长方式是怎么想的，他是不是想要步他们的后尘，或者就像一只被困在一辆超速驾驶汽车的车窗内的小虫，他是否真有选择。我唯一确知的，是他和我母亲还在一起时告诉她的一些事情。他说在他小的时候，当喝酒、打架和大喊大叫开始并渐渐升级时，他会跑到户外厕所里躲起来。

男 孩

(第六章前的故事)

　　他能变身的方式几乎和科幻小说里描述的一样。上一分钟,他还是一个调皮鬼,在我们出去吃晚饭时假装生病,那样他就可以立即回家看卡通片。紧接着,他好像在电话亭变身了一样,立刻变成一个可爱、高尚的男孩。[1]

　　我第一次见到那种转变是在一个雷雨天。

　　他喜欢去亚拉巴马拜访我的母亲——也可能他只是喜欢吃她做的小烤饼——但即使是在外面过一晚上,他也要装上五个口袋的行李,里面装满电子玩具、电影光碟、毯子、枕头,还有,老天啊,毛茸茸的拖鞋。他穿着拖鞋乘车。"真正的男孩子可不会这样打包。"我说。但我想现在的男孩们可能不一样了。

---

[1] 美国电影《超人》中的情节。

事实上，我并不在乎他是骑公牛还是跳芭蕾。但让我抓狂的是，我想到他可能是我从前鄙视的那种男孩，那种不用正眼看我这类男孩的人。当我独自驾驶这辆银色汽车，行驶在伯明翰和孟菲斯之间那段被大风吹拂的高速公路上时，我意识到事情正是如此。这正是刺痛我的地方。我母亲打扫过那种男孩的房间，为他们做过饭，为他们换过尿布。我可不想要一个那样的男孩。

那个女人和男孩跟在我后面，卡车装满我们从她在孟菲斯的家运到亚拉巴马大学的东西，我当时在那里的大学做写作教授。（我猜终有一天我会得到一个足以掩盖其他一切的光鲜名头。）这个男孩喜欢搭我的车，但因为不喜欢他一路抱怨，我就把他贬到另外那辆雪佛兰车上了。另外，有他那一大堆行李，加上他，我就没有空间换挡了。

我开车的时候很少听收音机——车里那台扁平的六缸发动机，比起汽车更像是一架喷气式飞机，自己就能制造音乐——我有些内疚但又有解脱感，开着车一路呼啸向前，然后身子往座椅上一靠，直到一场暴风雨袭来。闪电带着闪亮的粉红色横穿两侧的天空，还有一些闪电则直直刺向地面。在我前面，一个路边的商店或是一座谷仓冒出黄色和红色的火焰，尽管正下着雨也在熊熊燃烧，那是暴风雨的受害者。在我身后，雨水把几米以外的一切尽数抹去。我的家人在雨幕后消失了，仿佛他们的车头灯在眨眼间就熄灭了。我有点惊慌失措。我徒劳地拨着电话，一遍又一遍，直到我终于找到了她。

我们在前方第一个出口处将车开到可以停车的地方，那里有麦当劳和便利店，停车场上挤满旧皮卡和破破烂烂的工作用车，那种在像这样的暴风雨中会被迫停下躲雨的车。我找了个空位停好车，然后向那个女人和男孩走去。

那男孩一脸阴郁，闷闷不乐。暴风雨带来的兴奋感并没有消除一个事实，就是他在一件事上未能得逞，而那件事究竟是什么，现在我们谁都记不得了。

"能给我二十五美分吗？"他只说了这么一句。

角落里立着一些游戏机。我搜罗出一把零钱，到柜台下了订单。我和那个女人坐在一张坚硬的塑料桌旁，并没有说太多话。有一个大家庭就坐在几张桌子开外，像我们一样，正在躲避暴风雨。

我认得他们，不是知道他们的名字，而是知道他们的生活，或者我觉得自己是知道的。他们属于劳工阶层，在工厂做工人或打日工，一个穿着一元店里买的廉价服装的女人，一个手指甲里嵌着机油油污的男人，裤子被电池酸液腐蚀出一个一个洞，可能是塑胶做的便宜靴子已经开裂、破损。女人们懂鞋，男人们则看靴子。他们有五六个小孩子，这让他们即使是在麦当劳这种地方用餐，一顿晚餐也会花掉这个贫穷男人薪水中一笔不小的钱。一个小小的金发女孩，比我的男孩个子小，也在要钱，但那女人摇了摇头。那男人根本没有理会她，不是出于恶意，只是不愿意为几秒钟闪着光、噼啪作响的电子把戏花什么钱。那小女孩没有哭也没有发牢骚，只是走过去站到其中一台游戏机的前面，就是那种你付二十五美分，就可以尝试用一个悬垂的爪去抓一个毛绒动物的机器。那里面装满熊、猫、狗和卡通人物。她只是站在那里，眼睛直直地看着里面的玩具。

我的男孩站到她的前面，好像没看见她似的。

我的心头一冷。

我没有吼他，也没有打他。我从没觉得我有那样的权利。我只是叫住他——我后来无论怎么想也想不起来我当时说了些什么，但我记得他的脸颊变红了，就像被我打了似的。如果他是一个成年人，我真会那么去做。我会把他打倒在地。

他没有说什么，只是走开了。然后，仿佛是在用他自己的方式叫我见鬼去——他绕着圈走回游戏机那里，扔下一枚二十五美分硬币。

那是真的，我想。

我的孩子真是那种傲慢的富家子弟中的一个。

他玩游戏机驾轻就熟，很习惯过那种硬币多得像一条叮当作响、川流不息的银色小溪的生活。这个男孩在第一次尝试时便灵巧地抓住了一只毛绒动物——一只蓝黄相间色的狗。

然后他走过去，将它递给那个小女孩。

"谢谢。"女孩的母亲对我们说。

那个男人也点了点头，以示谢意。

我坐在那里为自己感到羞耻，直到最后一根凉透了的炸薯条被拖过一摊红色的番茄酱。

我们离开的时候，那个男孩离我有点距离，但是我迅速地走了过去，然后搂住他的肩膀。

"你是一个品德高尚的孩子。"我说着，并用力挤着他，直到他大叫起来。

"你这是干什么？"他说。

我告诉他，这没什么大不了的，但这很好。

我们走进了停车场，暴风雨还没有结束，只是去了其他地方。

"剩下的路搭我的车。"我告诉他。

我打开车锁，但他却向他母亲的车跑去。

"你去哪里？"我喊道。

"去拿我的毯毯。"他说。

第六章

飞马珍妮

男孩们套上他们最破烂的衣服，因为有些不可名状的东西会溅到他们身上，特别是如果那里面有一个大姑娘的话。那种把戏通常发生在女巫作怪的季节，南瓜在每家门廊上发出幽光。我父亲和其他人静静地聚集在 A 街、B 街、C 街或 D 街的后院，在杂草中躲躲闪闪，窃窃私语。不久，他们就能听到哪家的纱门"砰"的一声打开，一道手电筒的光束摇晃着穿过快要枯死的草地，脚步沙沙作响。门铰链吱吱作响，然后黑暗中响起轻轻的"砰"的一声，户外厕所门关上了，那表示男孩们可以放心地悄悄靠近一些，再靠近一些。有时候其中一个捣蛋鬼会咯咯地笑出声来，屋里的那个女孩，通常是个大女孩，此时会吓得一动不动，手中还拿着西尔斯·罗巴克百货公司的产品目录，衬裤褪到她的膝盖处。刹那间，户外厕所的门会被撞开，手电筒的光会刺破黑暗，带着控告的意味，直到她最终放弃，嘴里结结巴巴说不出话来。门一关上，男孩们就像拉撒路[1]从阴间升起那样直起身子，嘴里默数着"一——二——三——"，然后蜂拥而上。他们一次、两次摇晃着那个小木屋，然后将它举了起来，里面的人会紧抓自己的衣服，一边大声咒骂，一边跟正在倾倒的厕所一同倒下。男孩们会放声大笑，一哄而散，整条街上的门廊灯光全都亮了起来，老妇人尖声喊出那些已经向几代的野小子喊过的话："我看见你们了，你们这些没教养的浑蛋！"第二天早上，受害者会将她们的户外厕所重新立起来，但这就像在飓风通常的轨迹上的重建一样不靠谱。在厂村，无聊会演变成异想，进而演变成恶作剧，然后再次将它们吹倒。

"麻子"比利十二岁，也许是十三岁那年，他父亲在工厂里找到一份工作，带着全家搬到 D 街，和布拉格家隔着三户人家。我父亲和他大约是同样的年纪，他朝这个新来的小家伙的脑袋挥出一记结实的左勾拳，作为见面礼。比利一阵天旋地转过后，在他眼前站着的不是一个敌人，反而是一个联系紧密的新朋友圈。

"我们和比尔·雷恩斯一起跑。他个头矮小，红头发，一脸雀斑，心地善良。我们当中有利曼·布拉格。利曼像猴子一样毛发浓密，体格壮实。他喜欢马超过任何东西。加菲尔德·布拉格，肤色有点暗，是个花花公子，总在追女人，冲

---

[1] 拉撒路（Lazarus）是《圣经·新约·约翰福音》第 11 章记载的人物，他是耶稣挚爱的好友，在伯大尼病死以后，受耶稣呼唤，他死里复活，从坟墓中出来。

她们吹口哨、发怪声。阿尔弗雷德·戴维斯身材修长、瘦削，一头黑发，他抽烟、玩弹珠。你可以试着去问阿尔弗雷德讨一根烟抽，他准会说同样的套话：'这些还不够我抽一个礼拜的。'他会用成年人的声音说：'哥们儿，我挺愿意给你的，可是我不够抽……'比尔·乔·钱尼也是和他一伙的。他把那个户外厕所整个倒过来时，沙特尔斯家的大个子姑娘还在里面呢。斯特里克兰家的兄弟戴夫和杰克，都矮小敦实，黑色头发。比利·乔·钱皮恩的话特别多，喜欢生起一堆很大的篝火，然后一整夜都坐在火边。华莱士·基的棕色头发中有几缕是金色的，会跳踢踏舞——他爸爸教的。小卡尔·布拉格和我们在一块儿，卡尔不肯独自上床睡觉。我想我那时体重有四十多公斤。还有你爸爸，他是左撇子。你知道吗？好吧，我那会儿不知道。我想起太多关于他的往事，但我永远不会忘记他那只坚硬的左手……"

"麻子"比利现在七十二岁了，是一个身材矮小的男人，就像我父亲一样。

"我猜，"他说，"那是我们一生中最好的时光。"

他们的俱乐部没有什么名号，没有树屋，也没有秘密的握手礼[1]。领头人不是选出来的，他的权力是通过一系列试炼获得的。谁能用边角木材、苦楝子和割破的内胎造出最致命的武器？谁能在守夜人的紧追不舍之下跳过最宽的沟渠？谁能

---

[1] 秘密握手（secret handshake）是通常在兄弟会和秘密社团成员之间流行的握手方式，将手指或拇指放在特定位置，在外人看来像是正常握手，而内部人员则能识别细节，用来表明成员资格或忠诚度。

跟一个活生生的女孩说话而不会让对方觉得他是个笨蛋?或者,谁能徒手抓起一个浸过煤油并点上火的垒球,将它像彗星一样投向傍晚的夜空?

谁能骑飞马珍妮[1]而不呕吐?

谁能喝下一大瓶的水,然后对着一辆斯蒂庞克[2]车小便?

谁能把所有人全都打趴下?

"你的爸爸是最厉害的那个,"比利说,"在所有这些事上。"

但他记得最多的是打架的事。我的父亲好像总是握着拳头。比利说:"你爸爸就是不知道如何忍受别人的不敬和欺负。"他打过个头大的男孩,也打过城里的男孩——只要城里的孩子愚蠢到敢在字母街晃荡——而且打赢了,每次都赢。他本来可以成为一位伟大的画家,或者工厂的领班。对这里的人来说,这些目的本身并没有他们为这些目的所做的努力来得更重要。

《禁止童工法》把童年还给了他们,洗刷掉了十一二岁就要去工厂干活的耻辱。但是厂村里的男孩、女孩们仍然不像城里的孩子有那么多的时间。法律规定,在亚拉巴马州,必须年满十六岁才能退学,但如果你的母亲或父亲代你签字,你十四岁时就可以退学。你必须年满十六岁才能在棉纺厂做全职工作,但是你的家人也可以代你签字,将你送到那儿去,

---

1 飞马珍妮(Flying Jenny)指美国中部和南部的旋转木马,特别指体积相对较小、比较朴素的旋转木马设施。
2 斯蒂庞克(Studebaker)是一家总部位于印第安纳州南本德的美国汽车制造商,公司成立于1852年,最初生产马车,1902年开展电动汽车业务,1904年开展汽油车业务。在两次世界大战中,它生产过一些军用车辆。1966年破产倒闭。

第六章 飞马珍妮

把你生命中最后一段赤着脚撒野的日子给签没了。不过此时此刻，他们还有时间坐在一架用装可乐的板条箱制作的滑橇上，从工厂火灾逃生螺旋梯一路磕磕碰碰地"自杀式滑行"下来，还有时间去游泳池偷看那里的高中女生，去喘气、窒息、跌进草丛，然后紧紧按住心脏的部位装死。

这是一个小团体。你可以像阿尔弗雷德那样吝啬，像比尔一样长一头红发，或者像利曼一样毛发浓密，但在你有勇气盯着另一个男孩的眼睛、跟他干架，在打赢或打输或是打成平手之前，你是无法在他们那个小团体里赢得一席之地的。你甚至可以像卡尔一样害怕黑暗，只要你不会在早上偷偷逃跑。

那个男孩比利必须要跟一个人打上一架。他们所有人都得跟一个人打上一架，才能加入他们，这个人就是我父亲。

比利的父亲原本是个打短工的，他像其他人一样，冲着工厂给的承诺去了城里。比利虽然又瘦又小，但需要归属感，所以他举起拳头，等待那个黑头发的男孩走进一个由其他人的身体围成的圈子。他并不指望会赢。"没有谁能打倒你爸爸。"比利说。

其他男孩没有喧闹，也没有喊叫。

这件事太严肃了。

这个新来的男孩会逃走，还是会哭？

或者他能承受得住。

"好吧，"比利说，"我们甚至没有好好开打。"

我父亲穿着一条熨烫整齐的围兜工装裤走进了圆圈——维尔玛甚至会熨烫他们的内衣——摆出一副经典的右利手格斗者的姿态。那些男孩可能对外面的世界了解不多，但他们是暴力的学生。他们看过关于乔·路易斯[1]的新闻短片,从半人高的大收音机杂音不断的单喇叭扩音器里听过职业拳赛转播。当他们打架时,不是乱挥一气,而是打出直拳,再出直拳,然后快速近身来一记结实的后手摆拳或勾拳。要是你刚好在伸舌头,那一拳能让你把舌头都咬掉。当我的父亲摆好姿势,左手在前,右手为了能打出让牙齿打架的重拳往后放时,围成圈的男孩们偷笑起来。他们以前见过这种秘密武器。

"我不知道他实际上是左撇子,也可能是我忘了。"比利说。

我的父亲用左手挥出直拳,力度不大,但比利一直把眼睛锁定在他的右手上,那是出重拳的手。

他没有看到我父亲换脚,改变他的平衡。他的右手挥了一下,比利不自觉地去躲——直接迎上一记邪恶的左勾拳。

世界分裂成闪烁的亮光,他想着,哦,主啊。

他想,好漂亮啊。

我的父亲没有乘胜追击。这个新来的男孩好像被打蒙了。

"我摇摇晃晃,就那么坐了下来。"比利说。

过了一会儿,他看到我父亲跪坐在他面前。

"我不是故意要伤害你。"他说。

"才不呢,你就是。"比利说。

但现在他明白了,在那些看上去没有半点温柔的男孩身上,他看到了他们最温柔的一面。那天我的父亲本可以出于消遣把他打个半死,但这并不是重点。他和其他男孩已经知

---

[1] 乔·路易斯(Joe Louis,1914—1981)是美国最有影响力的重量级职业拳击手之一,外号"褐色轰炸机"。

道所有他们需要知道的一切。"麻子"比利，他四十几公斤的身躯，成了一个俱乐部的一员（这个俱乐部最早只有一个人），拥有其全部特权。在他迅速消失的作为一个男孩的短暂时光中，除了他最好的朋友之外，没有人能将他打倒。

★　★　★

他们没见过过山车。只有一个缓慢转动的摩天轮和一个看上去很蠢的旋转木马，一年一度随着一些破旧的大篷车一同出现，同时还带来了调皮捣蛋的猴子、伤痕累累又跛脚的大象，以及那些靠吃喝吸引路人围观的人。他们向人们收取价格不菲的五美分，让他们盯着一个罐子里的双头猪看，或者用垒球去撞装满铅的牛奶瓶。马戏团的人把头伸进没牙的狮子打哈欠的大嘴中，在一条不高于晾衣绳的钢索上走，居然还好意思大喊道："看哪！"如果来这里表演的人哪怕有一个的功夫值得一看，我的父亲可能早跑去加入马戏团了。

"你的爸爸真是个胆大的冒失鬼。"比利说。整个厂村就是他的马戏大帐篷。如果传奇故事指的是老人们有一天会在回忆往事时摇头纳闷，在做过那么多的蠢事之后，他们怎么还能活下来，那么，他曾经带领他那一班人马编写了当地的传奇故事。

每到夏天，他们中的一些人就会去工厂做计时工，清扫堆积如山的棉绒。但是一旦他们有了一点银子，便会消失得无影无踪。他们会赤脚站在用护墙板建的小商店前买冰镇皇冠可乐喝，然后尽情地向"屎溪"的岸边跑去。有时候，他们无情的妈妈会多束缚他们难熬的几个小时，让他们做些搬运木头或从盘子和不锈钢上把烧糊的鸡蛋刮下来之类的家务活。"但查尔斯没有过,你永远不会撞见查尔斯在洗盘子。"比利说。

这些男孩对鲍勃很崇拜,在他面前说话很小心。年轻时的查尔斯会像一根划过混凝土块的火柴一样火气上涌,然后让他们的鼻子流血、眼圈发青。他并不总是尊重鲍勃——这就是后来随着年龄的增长,他开始称他为鲍勃的原因——但他爱他,我的母亲总是这么说。

有一次,我父亲刚到十二岁的时候,鲍勃与他的二儿子罗伊发生了争执,随后升级为两人间血腥的拳殴,罗伊威胁鲍勃还会发生更多的流血事件。我父亲害怕他的哥哥会在盛怒之下伤害甚至杀死自己的父亲,便催促鲍勃到路尽头的树林里去避一避。然后我的父亲在黑暗中溜回房子,拿了一支点22口径步枪、一把斧头、一把刀和一块旧油布给鲍勃送去。他在那里建了一个小棚子,生上火,捕捉兔子和松鼠。在那里待了好几天后,鲍勃渐渐清醒过来,年轻气盛的罗伊也平静下来了。"都是你身上那该死的印第安人血统,"鲍勃告诉他的儿子,"让你把事情做得这么绝。"当其他男孩问他去哪儿了,罗伊告诉他们,他必须把鲍勃偷偷带出城外。他们都知道鲍勃的脾气,于是便知趣地点了点头,没再说什么。

但是大多数时候,每当比利敲他的门时,我的父亲就会推门出来,手里还拿着一个冷了的土豆烤饼。他们一路跑,一路喊来更多的男孩。有些日子,他们会去棒球场或镇上的游泳池。但大多数时候,他们都会到溪边嬉戏、钓鱼和躺着。他们带着工厂的废旧圆锯片,用厂村的方法捕鱼。他们站在岸边,等着有鱼游过来。然后他们会扔出锯片,像扔飞刀般将鱼在水中刹成两截。这很残忍，但在那个地方，对于这些男孩，这只是一种小小的暴力，一种必定会伴随着他们成长的暴力。

他们就那样用边角料把他们的日子拼凑起来。但是，当其他人在建造树屋和用肥皂箱制作赛车时，他们造了一台能飞起来的机器。

在亚拉巴马州，除了电椅以外，最危险的东西恐怕就数飞马珍妮了。男孩们找到一个刚被砍过的大约齐腰高的树桩，在树桩的中心钻出或是烧出一个一毛钱大小的洞。他们偷来一块五厘米厚、十五厘米宽或是五厘米厚、二十二厘米宽，长度不小于一百八十厘米的板，也在那上面的中心钻一个洞。他们在树桩顶部涂上润滑油——小男孩们总能找到润滑油，就像蜱虫总能找到狗一样——然后将两个洞对齐。他们用一根上了油的长螺栓穿过板上的孔，插入树桩里，造出一个类似飞机螺旋桨的东西。最后，他们将一根绳子固定在木板的一端，这样就有东西可以拉住了。我父亲总是第一个上。其他男孩找好位置抓住绳子，咧着嘴看他爬上另一端，在木板上稳住身子，然后告诉他们："让它飞起来吧。"男孩们拽着绳子转着圈跑起来，直到那块木板转得比他们跑的速度更快，直到螺栓在洞里冒出烟来。如果你跌倒的话，那块木板能把你的脑浆撞出来。他飞了起来，一直飞到恶心、脸色变绿，飞了出去，然后像一个喝醉了的人一样踉踉跄跄，而其他男孩则像见到了从未见过的厉害东西一样欢呼雀跃。他飞了成百上千公里，而一旦风景最终不再在他眼前旋转，他发现它并没有发生什么改变。

"他总觉得吓自己吓得还不够。"比利说。

在棉纺厂的火灾逃生螺旋梯上的滑行也同样危险。棉纺厂一旦失火就会成为死亡陷阱,因为在空中飘浮的棉绒也会燃烧。在杰克逊维尔,公司在厂房的一面墙上建造了一个火灾逃生梯,那是一座巨大的螺旋梯,带有一条光滑的不锈钢滑道。厂村里的几代男孩都曾潜入工厂,为了好玩从上面滑下来。但是想要达到真正的极速,你需要一个滑橇。"麻子"比利记得,当他们从杂货店后面拆开一只装可乐的木板箱,并用力将它拖到工厂的那天,我父亲是多么高兴。一个名叫达克·福特的看门人试图抓住他们,但是达克上了年纪,他们躲开了他,站在螺旋梯的顶上,向下俯视。我的父亲骑着可乐箱子向下滑去,一路蹭着墙壁,被螺丝头和金属接缝擦破皮肤,一路大喊"哇呼",直到箱子从梯子的底部冲将出去,落在一块混凝土地面上,然后慢慢停了下来。后来,他会带一桶水上去,把水倒下来,让滑道变得更加光滑,但它从来都不够光滑,无法让滑橇跑得足够快。坐在那上面,除了向下滑,你什么地方都去不了。

冒险家的老祖宗卡尔·瓦伦达[1]说过:人生就是走钢索,余下的时间都在等待。

我父亲吓唬不了自己,但他可以吓唬其余的男孩。

"我向你保证,我们从来没有闲得发慌。"比利说。

有些城里的男孩有 BB 枪,但在这里,它是一个不可能实

---

[1] 卡尔·瓦伦达(Karl Wallenda,1905—1978)是德裔美国走钢索特技表演者,创办了冒险马戏团(The Flying Wallendas)。

现的梦想。因此,他们用一块板子的边角料锯出一把粗糙的"步枪",在前端固定了一枚短钉子——那是准星的位置,另一枚钉在瞄准器缺口的位置,再将一根又长又细的用汽车内胎做的皮筋绕在那两枚钉子上。他们将苦楝子当成子弹,装在这些土制枪里(这些苦楝子比石头打得更直,而且能造成同样程度的伤害),随后开始了战斗。它只是一把改良版的弹弓,真的,但它能打破啤酒瓶。"要是被你爸爸那把弹弓枪打到身上,能打出个大包来。"比利说。他的枪必须更结实,皮筋必须绷得更紧。

每到维尔玛休息的日子,到了中午1点钟,她会叫他进去吃饭,其他人也会跟着进去。那扇纱门随着一群小男孩冲进去而咯咯地响个不停。在那里,他们必须和堂兄弟以及其他亲戚一起排队等候,但没有人会被拒之门外。饭后,男孩们会像群蚁那样躺在树荫下,有些人试图向吝啬的阿尔弗雷德讨一根烟,结果无功而返,而那些有钱去看下午场牛仔电影的人,会为没有钱去看的人转述上周六的剧情。"嗯,你看,红骑士从那些印第安人那里救回了小海狸[1],还设法帮他……"他们花了很多时间聊些完全是废话的事情,比如谁能屏住呼吸最久,或者谁能杀死最多的德国人之类。

"但大部分时间里,"比利说,"我们聊的是女孩。"

"玛丽·埃伦·科克尔,黑发,长得漂亮。还有乔伊丝·菲利普斯,有很浅的金发和一双榛子色的大眼睛。老天,我真爱那

---

[1] 红骑士(Red Ryder)和小海狸(Little Beaver)是由 Stephen Slesinger 和 Fred Harman 创作的西部漫画中的人物,漫画从1938年到1965年连载,并被改编成电影。

双榛子色的眼睛。"还有其他女孩,都令人叹为观止。她们走在街上,男孩会吹口哨——通常是加菲尔德——将他的命运置于自己手中。如果你对一个厂村的女孩吹口哨,她可能会走过去打你的脸,或者她的爸爸可能会杀了你——在厂村,风流韵事可以让人认为做一个寡妇是不错的选择。"我们大多数人仍然害怕女孩。"比利说。如果一个女孩停下来与他们交谈,他们会不知道该说些什么,其中一些人甚至会转身逃跑。"除了加菲尔德。加菲尔德一辈子都没有从女人身边跑开过。相反,他会冲一堆女人跑过去。他就是一颗甩都甩不掉的鼻屎。"

"但我们真的对女孩们一无所知。有一天,我特别急着要上工厂后面的厕所,那里建了好些户外厕所。我一把打开其中一扇门,埃德娜·艾伦太太正坐在里面。她只是看着我。'我一会儿就出来。'她说。可我猛地冲出去,一路狂奔,跑开了。那绝不是你想要了解女孩的方式。"

我父亲喜欢女孩子,但没有真的爱上过哪个女孩,至少比利并不清楚。他爱上的是女孩这个概念——所有的女孩。早在他获得第一手的经验之前,在他们于黑暗的田野中生起的篝火边说大话的一圈人中,他只会谈论某种身材、某种眼神、某种声音。连加菲尔德也承认我父亲比他懂得更多,除非他在广场上当众被扇巴掌也能算是上了二垒。[1]

用松树、垃圾以及他们能找到的任何东西生起的篝火,都会射出弹跳的火花,直到它崩到某人身上,然后大家就会

---

[1] 美国俚语。指男孩向女孩示爱后,女孩表示的态度及关系的亲密程度。例如"上了一垒"指女孩没有拒绝,"二垒"指女孩答应保持关系。

笑话他。他们会聊上几个小时,直到他们妈妈的呼唤从遥远的门廊灯那里飘过来。他们讲过的故事,比利一个也想不起来。他说,在那里的经历才更值得被记住。

有些夜晚,在回家路上,一群吵闹的男孩会看到一个似乎是流星的东西沿着一条弧线划过夜空,那是一个拖着两米长的橙色尾巴的火球。它会落在潮湿的草地上,发出嘶嘶声,飞溅出火焰,并冒着烟在草地上滚动。在一个让人懒散无聊的夜晚,那空中燃烧的红色和橙色颇有些美感。但当其中一个最勇敢的男孩冲过来捡起它时,才发现那其实只是一个浸泡过煤油的垒球。他将它扔给那些块头更大的男孩,他们就这样在夜空中来回投掷火球,直到那球在火中燃烧殆尽,随后在眨眼间消失。

"几年后,我爸爸在艾伯特维尔找到了一份打短工的活儿,还能免费住一所房子,"比利说,"我们离开了厂村,此后我失去了你父亲的消息。我十七岁那年回到这里,到工厂上班,但那时你爸爸早就离开了。"

我问他是否与其他男孩保持联系。

他听说比尔·雷恩斯还活着。

"但我猜他们中的大多数人死了,孩子。"他说。

我听说其他人中有一两个可能还活着,并试图找到他们。我在安尼斯顿的电话簿中找到了一个叫华莱士·基的人,并拨打了那个号码。电话那头传来一个非常老迈的声音。

"我一直在找您。"我说。

"谁?"他说。

"华莱士·基。"

"谁?"他说。

"WALLACE KEY。"

"我就是。"他说。

"我猜您曾经和我的爸爸,查尔斯·布拉格一起玩过……"

"谁?"他说。

"CHARLES BRAGG。"

"不,"他说,"我不记得。"

我的心沉了下去。

我问了两次他是否记得"麻子"比利。

"不,"他说,"我也不记得他了。"

我猜再大的篝火也只能燃烧那么点时间。

"有可能,"老人说,"你要找的是另一个华莱士·基。"

我可以听到背景中的电视机里的爆笑声。

"华莱士·基,"我说,我的声音逐步提高,"1945年时住在杰克逊维尔、喜欢跳踢踏舞的那个。"

"不,"老人说,"我从来没跳过。"

他说他周围有五个人都叫这个名字。

"我知道那个华莱士·基,他死了。"

他告诉我他很抱歉,他不是我要找的那一个,然后挂断了电话。

但我并不难过。

我很遗憾,跳舞的华莱士·基已经不在人世,但在某种程度上我也放心了。我开始指望年少时的父亲能让人们记得,我不喜欢他会像其他的人和事那样被人遗忘。

"我永远不会忘了你的父亲。"比利看着他的靴子说道。

他目前在亚历山德里亚路上的移动房毫无瑕疵,他的院子一尘不染。前门旁边放着一个马车车轮,还有一个被固定了的门廊。住在这里,你有一种感觉:这座房子是被卡车拖进去的,并不意味着它会再次被拖出来。没有一个读过大学的男人记得我父亲的名字,一个都没有,但在厂村或移动房社区的人们永远不会忘记他。

至于那些户外厕所,我记得我的父亲每次看到一个直立的户外厕所时都会笑。在他小的时候,它们一度是一个避难所,但这并不是他记得它们的原因。

它们是胜利纪念碑。

当然,法律适用时效过期很久了,但是蛙镇上活到最后的王子们也不会告密,不会背叛,不会互相揭短,即使他们中那么多人已逃进自己的坟墓。

"我想我每次看到沙特尔斯家的大个子姑娘走进户外厕所的时候都要把那厕所翻过去,我等不到万圣节才动手,"比尔·乔·钱尼说,"她大概有两百六十七十斤那么重,但是一旦你成功地晃起厕所来,她就一定会倒下。但我相信在我干那勾当时,你爸爸并不在场,如果别人说的不一样,那就是他们的事。我说他在这件事上是清白的。"

随后,他直直地看着我的脸,眨了眨眼睛。

为了避嫌,一些男孩会将自家的户外厕所也掀倒。然后第二天早上,他们会到附近装模作样地去帮助其他人将他们的户外厕所重新竖立起来。大人们会说,多好的男孩啊,有时他们还会从零钱包里给男孩子们掏出一个五分钱硬币。

"哦,我们那时是天真无邪的,""麻子"比利说,"我们一直都是天真无邪的。"

男 孩

（第七章前的故事）

她为自己有一个温柔无助的男孩感到满足，因为那样的男孩永远需要她。

"那个孩子会永远爱你。"我告诉她。对此我十分确定。

有些男孩心中只有彼得·潘。

但有时妈妈们心中会有一种悲伤，它会深到让你害怕接近它，以免陷进去。

年复一年，她在孟菲斯的家的一个门框上标下她儿子们的名字、年龄和身高。她会把它从墙上扯下来并将它分成两半，留住那些时刻，让他们永远都需要她，并以小男孩的方式去爱她。

我不小心摧毁了她的一个回忆。我同她第二个儿子和最小的儿子在前院投橄榄球，我扔偏了一个球，差一点命中正坐在前廊上的那个女人的脑袋，还打碎了一只旧的陶罐。至少，我认为那是只陶罐。

她只是站在那里，呆呆地看着那堆碎片。

"这陶罐上有我所有儿子的手印。"她说。

有些时候，你会希望你从未离开亚拉巴马州。

"我会把它粘起来。"我说。但我一直没有那么做。

她将那些碎片保存了起来。

我试着用另一个纪念品来弥补她的损失。那个女人客厅的电视机前有一套小小的木桌和木椅。三个男孩都坐在那里，吃着早餐，沉浸在卡通片里。那椅子是为一个五岁的孩子制作的，但最小的男孩到了十岁时还坐在那上面，真是荒谬。这就像一只大象坐在一辆小型摩托车上一样，直到木头因为他的体重而裂开。

"他坐在那里看起来有点傻，不是吗？"我问她。

"不。"她说。

为了她，我尽我所能将椅子粘到一起。

也许，我在嫉妒这个男孩。

有时候我会看着他，试着想象如果自己长着一副他的脑子会是一种什么情形，但那个男孩和年少时的我之间的距离实在太大了。我有时猜想，在某个不确定的时间，我们两个都只有十岁的话，若在操场上碰面会发生什么事情。

我想我会把他好好收拾一顿。

我在他那个年纪的时候，已经干着挥铁镐和铁铲的粗活。我当时渴望自己能长大、能逃离。我看着母亲出于对我们的责任，为了将我们从最底层抬高那么几厘米，弄垮了自己。你为此爱她，但你总想知道为什么必须是你，为什么是她，为什么必须是那样。

"我爸爸的房子里，"有一次男孩告诉我，"有四台电视机。"

他拥有世界上所有的爱。他拥有一切。而他从我这里、从我们之间的相处中得到了些什么呢？

我有一次告诉那个女人，我应该找一个带着穷孩子的穷女人。那样，我至少可以给他们一些东西，一些实实在在的、具体的东西，而那些东西对他们来说很重要。那样，无论我在其他方面干得多么糟糕，我至少能够改善他们的境遇。

我在外祖母家里长大。那是一座吉姆·沃尔特样式的房子[1]，是一只小小的木头箱子，你得和别人手肘挤着手肘、膝盖顶着膝盖住在一起。但屋子后面有一个房间，一间小小的卧室，是单单属于我的。我母亲年轻时都在客厅的沙发上睡觉，为我腾出了那间房。那房间没有门，也没有隐私可言，谁去洗手间都得经过我的房间。房间里只有从天花板上垂下来的一根橙色电线上吊着的一只无罩灯泡。它同时也是一间储藏室，衣服、箱子和我们所有的东西都靠在墙上。鼹鼠、老鼠和食鸡蛇生活在箱子的迷宫中，它们在黑暗中轻轻掠过并窸窣作响。

早在我有一个男孩之前，我就想过，我会给他一个什么样的房间。

结果我给了他两个。

在我们塔斯卡卢萨的家里，他有一台平面电视、一张桌

---

[1] 指美国住宅建筑商吉姆·W.沃尔特（James W. Walter）开发的一种外壳式住宅，公司完成外部建设后，客户可以自己完成内部装修。

子和书架、一把人体工学椅，还有用于放学校作业的文件柜，所有这些都放在闪闪发亮的硬木地板上。在墙上，我为他呈现那些我认为他的世界中缺少的冒险经历：一些能给他乘船、飞机和火车旅行的感觉的画作。在一张大海报上，一架水上飞机从热带的天空俯冲下来，一个美丽的女孩穿着草裙，头发上别着花朵，在蓝色的潟湖边等待着。在一面墙上，海豚在海浪间跳跃，而海盗们——我一直想成为一个海盗——从架子上朝下斜睨。你也必须穿过他的房间去洗手间，但房间完全是他独占的。一把成年人用的吉他斜靠在一面墙上。当我完成全部装修，做完敲钉子的活、做完装饰，我找了一把椅子，只是坐在那里，幻想这房间是我的。

在亚拉巴马州的海岸，在一所我一直想要的离莫比尔湾不远的房子里，他的房间里有一块"欢迎你来到'热带天堂'"的标牌。他有一把帕帕森椅[1]、另一台电视机，还有一张房子的平面图，大到足以玩飞盘投掷或橄榄球比赛。剑鱼似乎要从墙上跳下来——他有一张印有墨西哥湾所有可用来休闲钓鱼的鱼类的图片。布吉冲浪板靠着墙壁，潜水面罩和脚蹼就在地板上。从他的房间可以看到游泳池。

我过去常常做远离自己狭小房间的白日梦。

我希望这男孩也那样。

我只是不希望，他是不得已才去做那样的梦。

---

[1] 帕帕森椅（papasan chair）是一种大大的碗形椅子，在由藤条或木条制成的直立框架上放置碗形的座位，上面放置厚垫子，于第二次世界大战后从亚洲传入，并流行开来。

第七章

我美丽的奥瓦琳

我父亲十三岁时,认为没有一个女孩会拒绝他。如果只看厂村里,不看厂村外的话,他也许是对的。但他没有预料到会遇上奥瓦琳。她有一头逐渐变深、最终变成带些棕色的金色头发,皮肤白皙,还会自己做衣服。"我不会说我那时很漂亮。"五十六年后她这么说。但她的确是,也绝对是。我父亲那小小的自我是如此膨胀,如果没有在一个地方看到美女,就绝不会看那儿第二眼。他们一起在镇外的锡达斯普林斯初级中学上学,"但我不记得他在学校里很用功"。她相信她第一次真正与他说话是在她上八年级的那年夏天。"我家住在安杰尔站,离铁路不远。我记得那天我正坐在门廊上,把我做好的衣服褶边缝起来,后来我看到一匹马和马上的人沿路走了过来。当他们靠近时,我认出那是查尔斯,我不知道他是特意来看我,还是刚好看到我在门廊上,然后决定过来和我说话。我记得他的头发颜色很深，长长的、亮亮的，往后梳着，他肤色也很深。而且……你说，你父亲的牙齿是不是非常漂亮？每当我试着回忆他时，我总是想到那排漂亮的牙齿。我自己没有漂亮的牙齿，所以那是我最先想到的。我想我得说他有那么点轻佻，可能也很迷人。他是那么大胆，比其他男孩胆大多了，他看上去就是比其他人更成熟、更聪明。他说：'我们一起去骑马吧。'这么说吧，我爸爸是个浸信会教友，我们去安杰尔·格罗夫浸信会做礼拜。你一定知道浸信会教友会的人都什么样。"

他大摇大摆地过来时，说的不是"你想和我一起去骑马吗？"，他说的是"我们一起去骑马吧"。

"不行，我不能这么做。"她说。

她还没来得及为自己解释，他又重复了一遍。

她的父亲是一名汽车修理工，母亲是一个裁缝，他们有森严的家规。奥瓦琳说："当我们独自在家时，是不许出门的，也从未被允许带别人进家门。"这个男孩刚一出现，就期待与她一起策马奔向夕阳，她不知道该怎么办才好。

"我想他知道自己是个英俊的家伙——他总是试着让自己看起来很帅气，总是穿着得体。我记得那天他穿的是方格衬衫，"她说，"我想他清楚自己身上有一些讨人喜爱的地方。"

他就在门廊上和她聊天，而那匹马，他父亲的马，在草地上吃着草。那匹马叫"埃布尔夫人"，是一匹栗色马，光滑又可爱。鲍勃不会养一匹丑陋的马。

"我们出发吧。"他又说了一次。

她又一次拒绝了他。

他说："好吧，我想我该走了。"

"我可以先讨杯水喝吗?"他问道。

奥瓦琳走进屋去为他倒水,当她回来时,他正靠在门口。

"我稍稍吓了一跳。"她回忆道。

"来吧。我们就一起去骑马吧。"他说。

她有一点害怕,不是因为我的父亲,而是因为有可能她的父亲或母亲回家,会正好撞见一个男孩在他们家门口。但他只是喝了水,然后骑马而去。

"他很坚决,"她说,"而且他⋯⋯自信。"

"自信满满的?"我说。

"他就是那样。"她说。

"如果可以,你会和他一起去吗?"我问她。

"哦,我爸爸绝对不让的。他会问我的第一个问题是'他去哪座教堂'。我想你爸爸是不去教堂的,对吗?"

"对,"我说,"但是,我想,要不是蛙镇那条杂草沟的阻隔,我确信他会一路杀进一座教堂的停车场。"

"在那个年代,如果你不去教堂,那就一定有什么不对劲的地方。"她这样说。她说得没错,无论如何看,我父亲都是个麻烦——无论对一个浸信会教友、循道宗教友,还是对着月亮嚎叫的哪个教派来说。

他的自尊心受了伤,再也没有骑马经过她家,而且从来没有在篝火边讲过这件事,因为他们可能会为此开他的玩笑,而他就必须揍他们——至少要揍两三个家伙。他曾把衬衫塞进裤腰,跨上他的坐骑,要去征服一位公主。

这可能是他第一次意识到,作为蛙镇的王子,与生俱来的可能只有一顶锡箔做的王冠。

男 孩

(第八章前的故事)

男孩很喜欢听故事。几个月之后,在几千次话还没讲完就被女人的嘘声打断之后,我终于弄清楚应该怎样给一个小男孩讲故事。我告诉他,我在马赛马拉[1]看到鳄鱼从水中跃出抓住一只牛羚的奇观,描述了我在荆棘丛中与黑犀牛面对面对峙的情景,以及马赛武士如何在嘭嘭直响的火焰周围高高地跳到空中,并唱起猎杀狮子的歌。但我没有讲我在埃塞俄比亚看到靠在教堂墙上挨饿的妇女和儿童的事。

我告诉他我去过大沙漠,站在亚历山大大帝曾经站过的沙地上,看到驼队缓慢沉重地穿过灼热的橙色地平线。我略去了炸弹的事,也没有提过为了证明对一个名叫本·拉登的

---

[1] 马赛马拉(Masai Mara)是肯尼亚西南部的一个大型猎物禁猎区,名称源自当地原始定居者马赛人。

人的忠诚,从燃烧的轮胎中穿过的那些人。

我告诉他海地的巫毒教术士、僵尸和咚咚作响的鼓,但从未提及血腥政变或用锡罐剪出来的锡片做的葬礼花。

"他离死只差了一厘米。"男孩告诉他的母亲。

她翻了翻白眼。

在我的办公室里,他看到了枪,一把杠杆式雷明顿步枪、一把带瞄准镜的 30-06 弹[1] 步枪和 12 毫米口径叠排式双管鸟枪。那些枪的枪托锃光发亮,枪管闪着蓝色的幽光——因为我现在只上油、擦亮它们。在我母亲家里,他听到我们聊怎么去做一个男孩,做一个强悍的男孩,还有男孩们打架的事。

一个十岁的孩子很容易被影响。

那就是问题所在。

那件事发生在我第一次尝试认真地给他讲大道理的时候。他很聪明,非常聪明,但在功课上很马虎。我自己曾经也是这样。我坐在起居室里告诉他,他必须把学业搞好,这是他的任务。他只是微笑着,因为由我这个人去讲大道理实在很荒唐,仿佛怪兽雪人告诉你别把泥土带进屋里,或者黑湖妖潭里的怪物告诉你小便后一定要把马桶盖放下来一样。

不过,这样被他轻视还是让我很生气。

"我可是认真的,"我说,"这是你的世界,你必须在那里成功,你还没有坚强到能在蓝领世界里生存下去。"

这句话刺痛了他。

---

[1] 30-06 弹是一种美国陆军所开发使用的步枪弹,"30"指其口径为 0.30 英寸,而"06"是指其于 1906 年推出。

有一段时间，为了表明他不是一个被宠坏了的男孩，他差点没把自己弄死。

他一直很懒散，以前在杂货店帮他母亲提东西时，他会拎起一卷纸巾，然后蹦蹦跳跳地跑开。现在，他会背起袋子、大箱的汽水和西瓜蹒跚而行。

他因过敏而遭了很大的罪。有时候他夜里在房间呼吸困难的声息会让你心碎。有一天傍晚，我没多想就问他想不想玩橄榄球。当时我没有注意到他几乎无法呼吸。"不，我认为这不是个好主意。"那位女士说。但是男孩从沙发上跳下来，宣布他一切正常，花了半个小时寻找他的运动鞋，然后跑进院子。

他因为受到鼻塞药的麻醉影响，几乎看不见东西。我在后院朝他投了一个很快的球，他没接住，球狠狠打在他的脸上。他躺在那儿，仿佛死了一样。他后来说他当时想哭，但他的脸部没有任何知觉。

我跑到他身边，但他跳了起来，把我推开了。

一条红肿的伤痕在他脸上浮现。

在那条伤痕消失之后很久，那里又受过一次伤。

他时不时地反过来伤我一点点。

"你不是一个爸爸。"他对我说过一次。

爸爸是负责任的，是会与妈妈和兄弟们一起摆姿势、出现在圣诞卡片上的那个人。

"那我是什么人？"我说。虽然我做得太少，不能有太多的奢望，但听到如此直截了当的断言仍然让我不舒服。

他想了一会儿。

"我不知道。"

过了一会儿,他想到了什么。

"好吧,你叫我小伙伴。"他说。

"是呀。"我说。

"那么你就是个大伙伴。"

"那好吧。"我说。

我是知道怎么去做一个伙伴的。

他不像我,不错,他身上根本没有一点我的血统,但是世上有的是更糟糕的、我更不想要的男孩。我曾在电影院里看到他们对着自己的玉米片大喊大叫时,一个可怜的、令人同情的男人回到零食柜台,要求售货员将麦芽巧克力豆换成焦糖巧克力豆,或者把小熊软糖换成小虫软糖的情景。我看到他们像折断的管子一样弓着身子玩电子游戏,看到他们像塔吉特百货公司的龙卷风警报那样尖叫,只有上帝知道是什么原因。

我眼前这个男孩是被宠坏了,但还没有彻底被断送。

随着时间的推移,我甚至习惯了他的邋遢。这个女人是对的。这个男孩并不比其他孩子更邋遢,于是我只好屈尊去和一个吃米饭时鼻子都会伸进碗里、把三叉子食物胡乱塞进嘴里,再开始咀嚼的男孩一起吃饭。

"你嚼饭时把嘴闭上。"女人说。

"为什么?"他问道,嘴里含着一大堆我都不想描述的东西。

"因为文明人就该那么做。"我说。

大多数情况下,我只是在忍受。但即使我明明知道这个男孩并没有携带任何已知的、威胁生命的传染病,我仍然拥抱他不够多。我抱他是因为他坚持要我抱。他太大了,不能再像婴儿那样去抱,但那个女人却说他年龄还太小,不能拒绝他，不能随便打发他。

我们在一起生活的第一年里，我大部分的时间仍然在路上，写作和谈论旅途中的生活。我在外面给家里打电话时，他经常接电话。我很自然地要求找他母亲听电话，那是因为我当时还没有掌握通过电话与孩子交谈的艺术。那是需要某种技能和极大的耐心的技术活。很久以前我告诉过自己，我永远不会成为那种忙忙碌碌、旅途劳顿的男人，那种在遥远的城市里，坐在酒店床罩边或机场座位上和孩子聊天说废话的男人。我过去常常同情那些"妻管严"的傻瓜，他们手持精致的电话，说到最后弯下腰恳求道："我可以跟妈妈说说话吗？"

每一次这样做都会伤到他的感情。"你不想跟我说话吗？"他问道。我说我当然想了，但我正在往登机口跑，或者我已经筋疲力尽，或者我的脚或脑袋疼得厉害，还有介于这些之间的所有借口。

但是每当我回到家时，他总是站在门口迎我。

我们接下来那次发生在父子之间的那种谈话，是在他犯了一个小男孩常犯的错误——把他的裤子放错地方或诸如此类的小错——然后被那女人训哭了之后。

我当时只是很庆幸这回她的目标不是我。

"让我和他谈谈。"我说，就像一个成年人一样。

我猜她以为我会给他讲一通关于没有责任感之类的大道理——那不是很讨厌吗？但是，与之相反，我只是把两根手指紧紧并在一起放到他眼前。

"她必须找你的碴，因为这是她的任务，但你和她……"

我一边说，一边晃动那两根连在一起的手指，"你们永远会是这样的。没有必要哭，或者为这种小事生气。无论你去哪里，或做什么，你和她永远都会是这样的。"

我认为这是很棒的育儿经。

他只是看着我。

他等着。

他还在等。

"我和你，"我说，摆动那连着的手指，"我们也是这样。"

但是，小男孩都很聪明，对于那些如果你不抓住他们的衬衫下摆就会在汽车前乱跑的精灵来说，他们相信的是自己的感受，而不是你告诉他们的东西。

在他六年级时，他的老师让学生们为英语课写一篇文章。那文章应该是虚构的，但他却写了一个真实的故事，只是将其中人物的名字改掉了。他写了小男孩（他的角色）去拜访一位在亚拉巴马州的农场生活的老妇人，一个会做神奇的烤饼、有三个儿子的女人。这位老妇人的第二个儿子（我的角色）被他命名为弗雷德，是男孩的继父。弗雷德对这个男孩并非不亲切，但有时会想不到他的存在。但是在故事的结尾，当男孩和他的母亲坐进车里离开时，弗雷德向他们挥手告别。"在我人生中第一次，弗雷德直直地对着我微笑，而不是对着我母亲。"他这样写道。

第八章

绞　刑

在襁褓中时,他们就被告知,作为一个族群,最核心的价值与他们的劳动能力紧密相连。父辈告诉他们——父辈说这话时手里拿着破旧的《圣经》,或刚砍下的山胡桃木——逃避责任是件可悲又可怜的事情,而懒惰不仅有罪,而且是死罪。他们会快速地鞭打懒孩子的双腿,像对付那些好斗或多嘴的孩子一样,还引用《圣经·传道书》中的章节教训他们,而棍子则在半空中呼呼作响。

> 劳碌的人不拘吃多吃少……
> 伴随着刺痛感和肿起来的伤痕……睡得香甜。[1]

---

[1] 本句引自《圣经·旧约·传道书》第5章第12节:劳碌的人不拘吃多吃少,睡得香甜;富足人的丰满,却不容他睡觉。

祖父母们的生命和手指都缩短了,眼睛布满血丝,像薄荷糖一样坚硬,把受了惊吓的孙子们拉到跟前,低声对他们说:"你和其他人一样好。"

但是你在厂村学到一个像把你从床上叫醒的汽笛声一样真实的道理,很多生活在按字母命名的街道外面的人相信他们比你高出一等,而且坚信不疑。因为他们的世界更干净、更美好,他们相信自己的人生比比尔·乔·钱尼那家人的人生,比我父亲那家人的人生更有价值。那些下等人做的都是些肮脏、危险的工作,他们回到像从一个模子里刻出来的家里,那儿闻上去是鼻烟、培根油脂和"曼秀雷敦"的混合气味。你无法让他们用不同的眼光看待你,只能因为他们看你的眼神去惩罚他们。

当时严格的等级制度如同种族隔离一样难以消除,在五十年内没有发生一点变化。在镇上或在边远的郡县发生罪案后,办案人员会先来到厂村,甚至将工人从他们的岗位上拉出来,让他们排成一排,背靠在墙上,向他们质询,或将他们的相貌与警方绘制的肖像进行比对。住在镇上的好几代少爷躲在爸爸的汽车里,以朝厂村里的房子扔鸡蛋作为消遣,并且对着刚上完十二小时的班、正往家赶的老妇人大喊"纺纱佬"。

五十年里,厂村没有出过一个返校节女王或啦啦队队长。厂村里的人们当然会报复,但要说两派人马扯平了,那是没有的事。在那些日子里,工厂的自动售货机经常会骗走工人们的硬币。退休的工厂工人唐纳德·加尔蒙说:"它会吞了你的钱,但什么吃的都不吐出来。"有一天,加尔蒙的兄弟尤金和一位朋友艾伦·麦卡蒂在插槽中放了五分钱，而机器又一次失灵。他们实在忍无可忍了。"他们把机器从三楼扔了下去。"他说。

从镇上来厂村闲逛的男孩会被追打。"如果你是镇上的人，就不该来这里。"我父亲的朋友比尔·乔说。即使你在厂村外有一个特别难得的朋友，也不能和他们站在一起，而与自己人作对。"我们在抱团。"比尔·乔说。

我的父亲讨厌上等人，讨厌社会上对下等人的成见，并且因为他是厂村居民的一员而有一点自卑。"你爸爸虚荣心很强。"我母亲总是说。她并不因为给其他人拖地板而感到羞耻，但他却因为人们知道这件事而感到羞耻。这就是为什么当他必须在一辆跑得不错的汽车和一辆停在街边、只是看上去很好看的汽车之间做选择时，他一定会选择油漆上得好的那辆，然后成桶成桶地将别人用过的机油倒进去。

作为一个男孩，他每个周末都在镇上挑起争斗，诱因往往只是一句话或一个眼神。

"你的爸爸，"比尔·乔说，"比我们所有的人都凶狠很多。"

★ ★ ★

比尔·乔·钱尼转过头看是否有目击者，但学校运动场上空无一人，除了在一棵榆树下正要施行绞刑的一小群人以外。那个镇上来的男孩已经被套上绳圈。不过，他并没有怎么挣扎。"我猜他不知道我们有多当真。"比尔·乔说。要吊人的那一群人，没有一个超过十三岁，都穿着工装裤在运动场上跑来跑去，寻找一棵合适的榆树。比尔·乔说："我们打算把他拉上去，在他悬在上面的时候拿榆树的枝抽他。"那个将要受刑的男孩大概也就十三岁，在一个小圈子里转圈，而比尔·乔握着绳子另一端。在他记忆中，那件事太不可思议了。即使在他拾起松垂的绳子时，那个男孩也没有求他们饶他一命，甚至都没有哭。他记得他像是哪部 B 级西部片里戴着黑帽的恶棍，脸上甚至还带着微笑。但随着时间一分钟一分钟过去，他开始明白那不是演戏。在1948年的那个夏天，他一定对这些厂村男孩做了什么坏事或不可饶恕的事。

此时，比尔·乔看见了我的父亲。他正在校园里闲逛，冲他们这里瞥了一眼，停下来，注视了一会儿，又转身向榆树走去。他那时大约也十三岁。

"你在做什么，比尔·乔？"他若无其事地问道，就像他每天都会看一场绞刑一样。

比尔·乔说："我们要把这家伙吊死。"

"我想也是。"我父亲说。

比尔·乔是一个身材高大的强悍男孩。没有多少人能跟他开玩笑。

"你们为什么这么做？"我父亲问道。

"因为他觉得自己高我们一等。"比尔·乔说。

我的父亲只是点了点头，没有问有什么证据。

我父亲只是看着那个男孩。

这看似是完全失去理智的行为，却又完全讲得通。

"你爸爸知道我们为什么这样做。"五十多年后的今天，比尔·乔说。

"他是我们中的一员。"他说。

然而,那受刑的男孩猜得没错,刽子手们确实是从公主剧院的西部片里得到这个灵感的。"他们总是把人吊死。"比尔·乔说。

但有时候,在电影的结尾处,一个皮肤黝黑、相貌英俊的英雄会骑着马赶过来,告诉聚集的人们正义会得到伸张,"不是像这样,小伙子们",并命令刽子手将临刑的男人放下来。然后他会去吻一个女孩,并对着他的马唱一首歌。

我父亲看上去就像那么一个角色。他没有穿破烂的工装裤,也不像厂村里的男孩们那样赤着脚。他正要去镇上,而且穿着与之相衬的衣服。他穿着格子衬衫和笔挺的粗棉工装裤,他的鞋子像伯明翰的律师的鞋子一样闪闪发亮。厂村男孩们的头经常被剃得像光头,因为公司住房的墙壁住着虱子和臭虫。他们的妈妈往墙缝中灌滚烫的水来杀死它们。"我记得你的爸爸满头长发。"比尔·乔说。当他们说话时,父亲以"快速拔枪"的动作掏出口袋里的小梳子,理了理他的头发。对那个被判绞刑的男孩来说,此刻他应该已经清楚得很,这个男孩最终并不是来救他的,他只不过是让自己的黑色便士乐福鞋闪烁着银币之光的一个装模作样的纺纱佬而已。

★ ★ ★

比尔·乔上了年纪后身材还是很高大,看起来仍然很壮实。他仍然穿工装裤,但现在戴一顶白色卷边平顶帽作为装饰,装饰帽带内放着牙签。他不像那些很健谈的人,说起话来就像开闸的洪水推着你往前走,他经常把话说一半,好像他知道故事后来是怎样发展的,你也应该知道似的。这是南方老年人的一种常态,他们会在过了一辈子之后再告诉你,他们为那些最难以启齿的事情感到自豪,并将其归咎于当时所处的时代,或者归咎于迪克西[1]。但他并没有为那天运动场上几乎要发生的那件事感到自豪。"不过我会讲给你听,为你爸爸讲,因为这至少是我能做的事情。"

"我们准备吊起来的那个男孩是一个功课门门全优的学生,"比尔·乔说,"他的文化程度高出我们百分之九十九,而且他一直认为自己比别人优越。有一天,他在教室里跑来跑去,傻乎乎的,而且……"

好笑的是,他不记得那男孩当时说了什么。

有可能他什么也没说。

比尔·乔的父亲在下山来到棉纺厂工作之前,一直是一名顶级的木材加工工人。他的净资产是根据他锯成多少直木板以及纺了多少棉花计算的,就像厂村里其他的人一样。在每一个夜晚,比尔·乔都可以透过他们房子的薄墙听到他自己的未来。在轮班结束几个小时以后,棉纺工们都会呼吸困难,因为棉绒让他们的喉咙奇痒无比,一种附着在棉纤维上

---

[1] 迪克西(Dixie)是美国南部,特别是美国南北战争中组成邦联的州的昵称。该词来源于天文学者 Jeremiah Dixon,他界定了划分自由州和奴隶州的梅森-迪克森线(Mason-Dixon line)。也有说法是,它源自曾在路易斯安那州法国殖民区发行的十元纸币,因其上的"dix"(法语中的"十")字样,人们将这些纸币称为"Dixies",将路易斯安那州的法语区称为"Dixieland",后扩大为南方各州的统称。

的细菌会侵袭他们的肺。他们无论怎么使劲,都无法把它咳出来。

"所以我们抓住那个男孩,把他带到那些大榆树边上。我们准备了绳子,当你爸爸走过来的时候,我们已经一切就绪,就等着把绞索拉上去。"

比尔·乔记得我父亲站在那里的样子,他很安静。比尔·乔并不担心我父亲会插手这件事。要是他去帮助这个男孩,我父亲必须背叛自己的出身。

比尔·乔决定按原计划进行。

"停下。"我父亲说。

"什么?"比尔·乔说。

"把他解开。"我父亲说。

比尔·乔冲他瞪了一眼。

"为什么?"

"把他松开。"我父亲说。

他握紧了拳头。

"我比他个头大得多,但你的父亲浑身都是肌肉,"比尔·乔说,"我相信如果我们不按他说的去做,他会把我们弄出好些伤。我把那男孩松开了。"

比尔·乔在那之后不久就退了学,后来去了工厂上班。

但他和我的父亲在榆树下面对面地较量过一番。

"你为什么这么做?"比尔·乔问他。

在这么多人对我父亲的所有描述中,我从未听到过一个描述是"不确定的"。他是个深思熟虑、毫不含糊的人。即使在他后来的自我毁灭中,也同样如此。但这次他没有给比尔·乔一个明确答案。

他松开了拳头。

他转身走开了。

★ ★ ★

"他为什么那样做?"我问比尔·乔。

"我觉得他是为了我。"他说。

比尔·乔并没有干出他一生中可能做出的最大的坏事。他说,因为我父亲的缘故,那件事没有发生。要相信我父亲那么做只是出于人性中的善良,为了那个男孩免遭即使不被杀害也会受到的伤害,这种想法当然很好,但比尔·乔确信,我父亲那天下午真正救的是他的命。

"我至少会去工读学校。也许他们会把我送进监狱,我不知道。我想他知道这一点,他阻止了我们,因为他想救我的命,而不是那个男孩的命。他是和我们一样的孩子,他看到了这一点。我觉得他改变了我的人生。"

"你真的会把他吊死吗?"我问道。

"我猜我能说的是,我们可能只会把他吊起来那么一小会儿。"他说。

"但我确信,"他说,声音平静,"我们会把那个家伙给伤了。"

他们可能会像西部片里那样割断绳子把他放下来。

"但我们会伤到他。"

他说,他这一辈子过得很好。他在棉纺厂做过外勤人员,也在厂里面与机器打过交道,后来在镇上工作。他于1958年参军,由现役军人转为二十年的陆军预备役,退役后领政府的养老金。

现在他必须去医院接受化疗,因为他的喉咙长了肿瘤。"但我仍然可以吃东西,感谢上帝。"他说。比尔·乔的朋友们说他可能会长命百岁。2006年,他的病情得到了缓解……

"我这一辈子没有什么遗憾。"他接着说道。

他说那是我父亲赐予他的。

他现在很享受他的日子。"我喜欢开车,"他说,"我有一辆双厢雪佛兰大卡车,我和我的哥们儿路易·汉密尔顿,我俩喜欢开车去些风景漂亮的地方。"

老太太们把那称为"闲晃",我一直很喜欢这个词。我想这就是我们平时说"乐福闲晃"的意思,但我们说的那个词会让你想到乐福鞋,想到那是漫无目的地乱走,将皮鞋磨坏的意思。老太太们喜欢嗤笑一声,然后将那个词当贬义词来用。"他不在这里。他出去闲晃去了。"这意味着逃避工作和责任。对于那些闲晃的人来说,那意味着他们是自由自在的,可以自由自在地浪费时间,一边开着车,一边数路边邮箱的个数,向路上的其他老人家挥手。当他们的车后保险杠在远处消失时,这些老人希望自己也在闲晃。我打算将来有一天也要去闲晃,至少我希望如此。

你是不能带着沉重的心事去闲晃的。往事中好的意图和坏的意图会混为一体,过了这么长一段时间以后就什么都不重要了。你既不能因此进入天堂,也不会因彼而被送入地狱。比尔·乔摇下车窗,开着车闲晃,有时甚至会远行到佐治亚州的州界。现在是春天,山脉和丘陵都是最漂亮的时节,因为乔木树林、松树林、甚至杂草都会呈现出一种亮色,这道亮色能一直闪烁到夏天,直到酷暑本身让景观褪色。但就眼前的景色而言,所有这一切都在闪烁着。他的心情很轻松,他的内心很坦荡。

比尔·乔死于 2006 年的夏天。

男 孩

(第九章前的故事)

即使没有人强迫或威胁,男孩也喜欢阅读。他读书时几乎把鼻子贴到书页上,仿佛要把那个故事从书里嗅出来,而不仅仅是用眼睛看进去。大人必须说上两三回,他才会把书放下,关掉床头灯,否则就会读个通宵。

我妈妈也曾不得不叫我停止读书。我是在悬吊于床上方的那只没有灯罩的六十瓦灯泡下读书的,每当她把它关掉,我在头脑中就会重演刚才书中的内容,直到她上床睡觉。我一旦确定她已睡着,就会拿出一个大手电筒在被子下面读书。我以为我骗过了她,但我当然从来都没有。她会在我入睡之后悄无声息地进来,将我手中松落的手电筒关掉。我从来没有告诉那个男孩,我们之间有这个共同点——不愿意在半夜时分放弃一本好书,但我想他现在知道了。

拥有一个男孩就像把自己童年的一切重温一遍。但他不喜欢弗兰克·哈迪和乔·哈迪,而是喜欢《飞天巨桃历险记》,以及《吹梦巨人》[1]。我会读到,霍格沃茨不是一种疾病,雷蒙尼·史尼奇[2]也不是一种冰淇淋的口味。

他坐在车后座上整本整本地读书。他读书时全神贯注,你要问的问题他都听不见,他就是陷得如此之深。拉里·麦克默特里写过一个名叫"名鞋"的追踪印第安人的人,他希望学习阅读,以便能够追踪那些贯穿全书的黑色小脚印。这个男孩就是带着如此专一的目的去阅读,弄得我们都不愿强迫他入睡。

而在我看来,这是他所能得到的唯一冒险体验。

"你喜欢你读过的那些故事里的什么东西?"我问他。

"那些英雄都是孩子。"他说。

"他们有冒险经历吗?"我说,"他们把坏人打败了?"

"是呀。"他说。

一天晚上,他走进他母亲的卧室。

"哄我睡觉。"他命令道。

与其相反,我抓住他的衬衫领子和裤子的位置,把他抛过整个房间。

我的确是在大致将他对准他母亲的大床后才动手的。

---

[1] 《飞天巨桃历险记》即《詹姆斯和巨桃》(*James and the Giant Peach*),是英国儿童文学作家罗尔德·达尔(Roald Dahl)1961年出版的一部受欢迎的儿童小说。《吹梦巨人》(*The BFG*)是罗尔德·达尔于1982年创作的儿童故事。

[2] 雷蒙尼·史尼奇(Lemony Snicket)是美国小说家、儿童文学作家丹尼尔·韩德勒(Daniel Handler)的笔名,也是其最有名的《波特莱尔大遇险》系列小说的叙述者和角色之一。

他当时还小，可以被我抛出去，我将他上抛时给了他不小的上升力。他甚至还来不及像女孩一样尖叫就腹部着陆，落在一直覆盖在女人床上的那些蓬松的、完全没必要存在的巨大枕头上面。

他的母亲站在门口，头发上插着梳子，一脸惊讶。

"你会把他扔到墙上的。"她说。

"我可没力气把他扔得那么远。"我说。

男孩从床上滚下来跑出房间，我猜他要去疗伤。

那女人严厉地瞪着我。

我的背部抽搐了一下，但咧嘴一笑。

几秒钟后，男孩跑回房间。他戴着蓝色塑料太空人的头盔和斗篷。

他双手叉腰，摆了一个超级英雄的姿势。

"再来一次。"他说。

我们将他命名为"疾行队长"。

每天晚上，在他考虑上床睡觉之前，我都必须将他弹射到他母亲大床的跑道上。

晚上的新闻节目过后，他会说："扔我。"

那才是一个真正的男孩的开始。

第九章

点燃世界

杰克·安德鲁斯记不起他是什么时候,是怎样和我父亲相遇的,他只记得他们从那个已被遗忘的时刻开始就永远是朋友了。1940 年代悄悄进入 50 年代时,他们还是十五六岁的青少年。但即便过了那么长时间,杰克还记得我父亲脑子里在想什么,在他穿上军装离开小镇之前说了些什么——参军是底层青少年摆脱现状的唯一门票。有些话在他的记忆中消失了,就像那些他埋在院子里然后又忘了在哪儿的银币,但有些话还留在原来的老地方。

"我记得,在我们大概十四五岁时,一起做了一只风筝。我们有一个很大的尼龙绳线轴,里面的线得有一两公里长,风很强,我们只是连续不停放长线,直到那只风筝飞得那么高,最后变成一个斑点,完全消失在视线里。我记得我们在田野里仰头躺下,就想看看它到底能飞多远。有个我们认识的男孩走过来,查尔斯低声对我说:'不管他说什么,一句话都不要说。'于是我什么都没有说。男孩说:'你们在田里做什么?'然后他看到了查尔斯手中的绳索。'你们绳子的那一头是什么?'但查尔斯和我只是晾着他,让他好奇。那个男孩受不了那份好奇心,因为我们什么都不说。最后,查尔斯说:'什么?好吧,我们在钓鱼。'男孩说不会吧,但我们只是躺在那里。'好吧,'他说,'你为谁钓鱼?'而查尔斯只是盯着天空。'我们在钓鱼,'他说,'是给月亮上的人钓的。'"

像阿巴拉契亚山脚下的许多人一样,杰克是一个口齿伶俐的人,是从一个说书人的年代、一个让这些说书人变得狂野的地方幸存下来的人。他不仅告诉我,他爱我父亲,还给我描述那些黑暗的年代。比如在一次寒流来袭、整个厂村都在挨冻的时候,我父亲的家人派他们外出寻找柴火。但是他们只找到了一堆废木头和焦油瓦片。"它们能用来烧。"我父亲解释道。他将它们堆进一个壁炉,将它们点燃,然后它们就烧了起来。但是那里面的焦油和杂酚油形成爆炸性气体,聚集在烟囱中,"突然之间,一个巨大的火球从烟囱顶部向天空射出,"杰克说,"我看着你爸爸,他在那里一边大笑,一边蹦跳。"

"看哪,杰克,"他说,"我们把整个世界给点燃了。"

杰克像冰锥一般瘦削,他煤黑色的头发大部分都掉光了,但他仍然会在上唇处蓄上铅笔粗细的小胡子。当他微笑起来,你还能看出他曾经有多么淘气,他们俩都是。你能感觉到,如果他在晚年遇到最后一位闺中少女,他仍然知道如何找到一条蹊径,最后喜结连理。他独自住在距离"麻子"比利家不远的山顶上的拖车里。现在,他往门口行走的时候走得很缓慢,小心翼翼,走得那么小心,换作其他人大概会干脆放弃。他的沙发上方有一张旧电影海报,是约翰·韦恩主演的西部牛仔片《蛮国战笳声》。"我和查尔斯过去经常谈到去西部做牛仔。"他微笑着说道。他们可不想干扎铁丝网、骑马套牛或砍木头那种活。他们想的是电影屏幕上骑着镶银的墨西哥马鞍,用珍珠手柄的左轮手枪与人开打,到处为影迷签名,开着引擎盖上有一对牛角的长款敞篷车[1],并且一次约会两个铂金色头发的新秀明星。"我们满脑子都是愚蠢念头,这是事实,"杰克说,"但是伙计,我们真的做过一些大梦。"

他的嘴唇颤抖起来,所以他用一只瘦骨嶙峋的手捂住了嘴。

"活到这么老真好,"他说,"只是太孤独了。"

等到他们十五岁的时候,他们将钢片钉在斯坦伯格鞋底上,这样漂亮女孩们就能听到他们走近的声音,而他们从来没有想到那些长相平平的女孩也能听到。到了晚上,他们会用鞋跟在人行道上滑行,火花四溅。杰克背着一把老旧的吉他,像弹奏一曲正在过气的名曲那样拨弄起《相思蓝调》。当女孩们走近,被乐声深深陶醉时,我的父亲一边玩钢勺击打,一边朗声大笑。他喜欢说:"再弹一遍,杰克。"于是杰克继续弹奏,直到他的指尖能感觉到被弹得发烫的琴弦。

现在,他的眼镜就像哈哈镜一样厚。他说他很想为我弹一首歌,但他的琴弦坏了。

---

1 指凯迪拉克的经典敞篷车。

我告诉他不必劳驾,给我讲一支曲子就行。

他回忆起有一次,他们喝香水样品醉倒,或试图喝醉。克罗药店在赠送那种香水的试用装,那里面的主要成分是酒精。他们喝了下去,便等待着喝醉的感觉。

"你感觉到什么没有?"我父亲问道。

"没有。你呢?"杰克说。

"我猜它是不是有毒?"我父亲问道。

"有可能。"杰克说。

"要被人发现死了就坏了,"我父亲说,"我们死在香水上。"

"坏了。"杰克说。

我的父亲倒抽了一口气。

"怎么了?"杰克说。

"你看那该死的猴子。"

"那该死的猴子?"杰克说。

"那该死的猴子正在往那该死的墙上爬。"他说。

杰克很确定他在撒谎,但他为了证实,还是看了看。

"好吧,那里没有该死的猴子,但这并不意味着查尔斯没有看到。"

人们总是告诉我,我父亲的话很少,连我的母亲也这么说。但他和杰克的话可不少。

"我在他还像山坡上的兔子一样狂野时就认识他了,我那时也一样野。别人都试着把我们俩分开。警察局副警长罗斯·蒂普顿,还有其他一些人,甚至在查尔斯还是个男孩的时候,就因为他家人的缘故讨厌他。他们会说:'你有可能当上个伯爵,杰克·安德鲁斯,如果你和更好的朋友一起玩,不要再跟那个可悲的该死的查尔斯·布拉格在一起鬼混了。'然后他们就去跟你爸爸说：'查尔斯，如果你不再跟那个可悲的该死的杰克·安德鲁斯在一起鬼混，你可能会是个人物。'但是，没人能把我们俩分开。你看，我们就像磁铁一样，"他把双拳紧紧地抵在一起，"我们之间有一种特殊感觉。"

他回忆起有一次和我父亲在一条小溪里钓鱼，随着夜幕降临，萤火虫在潮湿的空气中闪烁着绿色的萤光。他看到我父亲正对着它们微笑。

"查尔斯，你在想什么？"

"我很好奇，"我的父亲指着那些萤火虫说，"它们在想什么。"

厂村里同等重量级里最凶狠的斗士，居然在认真思索萤火虫的神秘生命。

"所以呢？"我父亲说。

"什么？"杰克说。

"你觉得它们在想什么？"

"我不知道。"杰克说。

"我在想，在那边的远处是个漂亮、干净的地方，所有的灯光和人都在那里，而它们却和我们一起在这片林子里，所有的枯树、树枝和垃圾都被冲到这里。我是说，它们为什么在这里而不是在那里，它们本可以去任何它们想去的地方。"

杰克必须仔细想想。我父亲只是抛出问题，然后等在那儿。

"好吧，"杰克说，"也许它们来这儿的原因和我们一样，因为这里很安静、很平和。这是一个不错的地方。我是说，我们也可以在那边。"

我父亲只是又看了一会儿萤火虫在湿润的空气中跳舞。

杰克说我父亲那时热爱活着的每一天。那么，如果他像他们所有人那样，在六年级时就退学，为自己涂上一层灰暗的色彩，退缩到一个角落里，会怎么样呢？

"你永远都不要放弃梦想，孩子。"他说。

杰克并不是来自厂村的孩子，在他还是个小男孩时，并不属于我父亲的朋友圈。但他也来自工人家庭，住在西边一个名叫九排街的地方。他的父亲约翰经营一个加油站，他的母亲莉迪娅养育了一屋子的孩子。杰克说："孩子们会求他们的妈妈和爸爸经过三个加油站不去加油，一直开到几乎把车里的汽油用光，也要到我爸爸的加油站来，因为他会送他们免费的泡泡糖。"杰克和我父亲成了毕生的挚友。他们穿着同样笔挺、合身的李维斯牛仔裤——"我们喜欢那裤子特别紧身的样子，女孩们也很喜欢"——方格衬衫和便士乐福鞋，当人们把他们误认为兄弟时，他们也不纠正，因为那跟事实也差不了多少。

当时，他们的大多数朋友消失在工厂的工作之中，一班要上十二小时，但他们没有。他们不想为工厂卖命，甚至不想过那种生活。他们觉得自己足够机智，可以凭借落在自己头上的好运直接摆脱生活现状。他们在锯木厂赚钱买汉堡包、冰淇淋和电影票，并梦想着去加利福尼亚，但从来没有去过比伯明翰更西边的地方。

他们去过的离摄影棚最近的地方是公主剧院的前排。"那时一枚二十五分硬币就像马车车轮那么大，"杰克说，"你可以用来看电影，买一袋爆米花和苏打水，还能剩下五分钱去老式冰淇淋店给自己买个冰淇淋。什么口味？嗨，香草味。我和查尔斯总是要那个味道的。"

他们最接近敞篷车的一次,是他们把贾普·希尔那辆小福特车翻在库布·赫奇佩思的玉米地里那次。"它的马力太小,所以我们不得不把它推到山上。嗯,它也没有刹车,所以我们没绕过那段弯道就翻了车。"

而他们最接近某个新秀明星的时候,是看到明妮·珀尔在小镇广场上现场演出的那次,或者是杰克将他叔叔那辆1940年款福特车开到科夫路边灌木丛中的宗教营会,去观看一个没被授予神职的牧师在篝火的映照下,试图劝几个标致的年轻女子入教的场景。杰克和我父亲坐在引擎盖上观看,直到那位汗涔涔、气呼呼的牧师将他们赶走,还一边大喊"你们都应该去找个教会"。杰克慌乱地把我那正在兴头上的父亲赶进车里,免得他冲到信众当中,冲那牧师飞起一记教友的左脚,踢在他那条礼拜日才穿的裤子上。

大多数时候,他们只是整日整日地浪费光阴,要么什么都没有浪费。

"有一次,我们爬到迪恩·爱德华兹山上。过去那会儿,他们砍掉一座山的山林时,政府会补种上松树,每棵相距几米,用来防止水土流失。这是一个很棒的生意,因为你得到了木材的报酬,二十年后可以再砍松树。但是政府将松树种成一道直线,你站在地上,就会看到有一排树一直往一个方向延伸到你看不见的地方,还有一排往另一个方向延伸到你看不见的地方。你的爸爸看着那一片山林,脸上露出那种表情。'我相信,'他说,'我们可以穿越这一整座山,并且完全不碰到地面。'"

于是他们爬上一棵树,开始移动,从一根树枝到另一根树

第九章 点燃世界

枝,从一棵树到另一棵树。整个过程非常艰辛、肮脏,还黏糊糊的,每一根折断的树枝似乎都会把小块小块的树皮往他们的眼睛里甩。如果他们试着贴近地面,那就完全不带劲了,于是他们爬得尽可能高,从一棵树摆到另一棵树。杰克不记得在他们攀爬多远之后,他一把没抓住,从树上跌了下去。

当他落下去时,试图去抓那些松树枝,它们在他手中不断地折断,直到他跌落在一堆松针上,发出一声巨响。

他只听到一声"杰克",然后听到另一个人从树枝间落下来。那是我父亲从自己所在的树上跳了下来,然后冲他跑了过来。

杰克躺在地上,身上有瘀伤,但还活着。

"我以为你这该死的家伙死了呢。"我父亲气喘吁吁地说道。

然后他低头看着自己的裤子。他从树上滑下来时,双腿内侧都沾满了松胶。

"好吧,见鬼,杰克,看看你让我把裤子弄成什么样了。"他说着,然后重重地跺脚,想把松胶抖掉。

但为时已晚,杰克看见了。

"我们会互相追随到那些可以往下跳的地方,然后跳下去。"杰克说。

他经常撞见我父亲呆呆地看着天上的云彩。

"你看到什么了?"他问过他一次。

"看起来像个天使,不是吗?"我父亲指着一朵云彩说。

杰克会和他一起往上盯着看,然后过一会儿问他,有没有准备好跳下去。

"不忙,我们就躺在这里,看看接下来它会变成什么样。"

我父亲说。

还有一次,他们在日耳曼泉公园耗着,只是听着泉水从岩石中冒出来的声音,他看到我的父亲,闭着眼睛,又开始笑了起来。

"现在又怎么了?"杰克说。

"我只是在想,如果我们住在沙漠中会怎么样。"

"如果真那样呢?"杰克说。

"如果我们住在沙漠里,拥有这泉水会怎么样?"

"哦!"杰克说。

"我们就会成为百万富翁。"我父亲说。

杰克唯一一次后悔问我父亲在想什么,是在他思考上帝的时候。

"你真的相信关于上天堂这些话吗?"又一个被荒废的日子,在日光渐渐消失的时分,我父亲问他。为了保护隐私,他们喜欢坐在漆黑的地方交谈,但对杰克来说,这一次似乎有些瘆人。

"是啊,如果你是个好人的话"杰克说,"难道你不相信吗?"

在这里,大多数人甚至不敢提出另一种可能性。

下地狱的想法够糟糕了,但即使是最坏的罪人也相信,你总能改变自己的行事为人,进入天堂,还有时间去改变。

但如果人生就这么一回呢?

更糟糕的是,我的父亲说,如果你一出生就注定在人间的地狱过活,怎么办?

"有时我身上似乎还有一个人。"他说。

杰克知道这时不应该笑。

"你的意思是灵魂附体了?"

"我的意思是,"我父亲说,"假设你过了一辈子,而且你是个坏人。如果再转世,你需要为此付出代价吗?"

"《圣经》里不是这么说的。"杰克说。

"看,有时我觉得我身上发生的就是那样的事,"他告诉杰克,"就像我以前来过这里一样,而那个时候我做错了什么事。"

杰克从未见过我父亲害怕的样子。

他希望他们能谈论其他的事情。

"好吧,"过了一会儿,我父亲说,"我只是在瞎琢磨。"

我问他是否知道我父亲在什么时候第一次喝酒,什么时候把那恶魔放进嘴里的。但是在一个威士忌就像盐那样随意放在桌上的家里,这很难说。杰克说,只要他想,他就会偷偷啜上一两口,但十五岁时,他并不渴望喝酒。"有意思的是……"他说,"我不记得我们喝过那么多。我是说,我们偶尔会喝点,比如我认识的一个男人有一次把我们叫过去,让我们喝一杯薄荷味的白威士忌。我们身边到处是威士忌,但那时我们只是小孩。"当他谈起这些时,看上去有点惆怅,现出那种洗心革面的老酒鬼的样子,就像一个已婚男人在偷偷想念当年学校乐队女领队的那种神情。

★　★　★

他们最终决定创业,不仅仅是当作梦想。他们选择了熟悉的东西——威士忌——并决定通过走私致富。这是他们第一次一起参与商业冒险:在城外的一个空旷处,在五加仑的罐子里制作威士忌。"拿五磅糖、两个酵母饼和一罐蓝带牌麦芽糖浆。把它放在温水中,放在温暖的地方,让太阳能晒到它。我们把它藏在忍冬丛里,"杰克说,"大概七十二小时以后,你就得到了一些自酿酒。"那不是优质威士忌。"你得十分小心,不要把沉渣搅起来,否则喝了头会很痛。"酒是做出来了,但他们不会用那玩意儿来打赌。

他们用"胡椒博士"汽水、Nehi 汽水和皇冠可乐的空瓶装满那玩意儿,然后在台球厅后面售卖。

"每瓶二十五美分,"杰克说,"他们很快就喝完了。"

他认为喝那酒的人会有一定的中毒风险。

"但这总比偷东西要好。"杰克说。

有一天,他和我父亲走近他们原始的蒸馏器——其实那只是一只装满乱七八糟的东西、让它们在热天里发酵的桶,他们看到一只负鼠在那桶液体里面。

"它死了吗?"我父亲问道。

"是的。"杰克说。

死负鼠似乎在对他们咧嘴笑。

"我们怎么办?"杰克说。

"嗯,"我父亲说,"我们总不能把它倒掉吧。"

他们将带去的瓶子装满并把它们装进麻袋。他们甚至还没到开车的年纪就已经在卖私酒。他们到常去的地方销售,并像往常一样看着男孩们将手中的酒一饮而尽。就算他们的主顾察觉到什么不寻常的味道,也没有抱怨。即使一头野猪淹死在里面,也不会对味道产生多大的影响。

在走回家的路上,我父亲开始大笑。

"有什么好笑的?"杰克说,他因为刚刚没有人当场倒下死掉而暗自庆幸。

"我只是在想,"我父亲说,"那些男孩中有没有哪个牙齿上沾了毛。"

除了赢,还是一次又一次地赢,本钱则是这么小。

有一次,他们为一个养了一百只猫的家庭做零工。

"我们来绑架一只猫吧。"我父亲说。

他们想写一张勒索赎金的条子,要求用一只好猫所值的价钱来赎猫。

但当他们想出那是多少钱时,计划没有实施。

"申明一下,我可从来没有杀过猫。"杰克说。

但他想知道,有没有人做得比他们更带劲,把作为一个男孩拥有的所有可能性发挥得如此淋漓尽致。

"我记得有一次,在里奇·巴昂德姆的谷仓里面,我们发现了一包炸药。"杰克说。然后,他停下来摇了摇头,仿佛在思考现在他应该怎么讲这件事,通常以发现一包炸药开头的故事是不会有好结局的。"好吧,我们找到了雷管和电线,拿到了一节装在老手电筒里的电池,然后去了大溪。首先,我们用一把刀非常非常小心地将炸药切成小块。我们有一艘自制的船,我们漂流到那个水流汇集的地方……而且,因为那里的水真的很深,我们认为那儿是安全的……"杰克将雷管固定在炸药上,接上电线,然后探身到船外,将它沉入水中。那里有一道生锈的钢索横跨溪流,杰克用一只手抓住它,保持平衡。他把小块的炸药放了下去,看着它打着转沉没,而我的父亲将两条电线的一端触碰到旧电池的负极,然后把另一端触到正极——

轰!

杰克整个人被爆炸的气浪震得飞了起来,本来应该飞到空中,但是他仍然紧紧抓住电线,他的脚趾朝着天空,直到他突然倒下,眼球鼓起,耳朵嗡嗡叫。"你还好吗?"我的父亲用嘴形向他示意,但杰克真的不知道。

他现在仍然能想到我父亲当时大笑的样子,不停地笑,但听不见任何声音。

"我现在的毛病的病根可能就是那时落下的。"杰克说。

★ ★ ★

在长到十六岁后的一天,他们在人行道上并排跳着踢踏舞,咔嗒咔嗒的,然后在广场上看到他们的朋友。"他们中每一个人都打扮得整整齐齐。"杰克说。"A.J. 布拉格在那里,还有斯特里克兰家所有的孩子。我问:'你们打扮得这么好看要去哪儿?''我们去教堂。'他们说。'去那儿干吗?'我问。他们说:'我们找到了一座教堂,里面全是漂亮女人。'所以我们也去了。我和你爸爸走了进去,哦,主啊,我从没见过那么漂亮的女人们。我不知道她们都是从哪儿来的。我永远不会忘记那一天,我们坐在长椅上,头发向后梳着,唱着赞美诗。传教士传讲着火和硫黄[1],我的意思是他讲经的样子就像

---

[1] 火和硫黄在《圣经》中常用来表达上帝的愤怒。例如《创世记》第19章第24节:"当时,耶和华将硫黄与火从天上耶和华那里降与所多玛和蛾摩拉";《诗篇》第11章第6节:"他要向恶人密布网罗,有烈火、硫黄、热风作他们杯中的分";《启示录》第21章第8节:"唯有胆怯的、不信的、可憎的、杀人的、淫乱的、行邪术的、拜偶像的和一切说谎话的,他们的分就在烧着硫黄的火湖里;这是第二次的死"。

真有其事一样,我和你爸爸坐在那里冲他直点头。"他们向左看是大眼睛的褐发女郎,向右看是用廉价染发膏染发的金发女郎。如果这些女孩回看他们,杰克和我父亲就会点头示意,嘴里吐出一句谨慎的"阿门",然后回到《圣经》中去。"你知道,很多男孩是在那里找到他们的妻子的,"杰克说,"我是说,他们后来娶了她们。"

但是杰克和我父亲仍然有太多的坏事要做,他们看到一些男孩在教堂圣坛的感召下放弃了做坏事的机会,回到在杰克逊维尔的家。我的父亲没有再去教堂,但杰克去了。"我是在那儿学会弹吉他的,"他说,"而且,我愿意相信,那要归功于上帝之手。"

"你的爸爸,"杰克说,"他喜欢听我用力拨动那些琴弦时发出的声音。"

杰克向每个愿意教他怎么弹奏一个和弦的喝得半醉的吉他手学习。"但我最早弹奏的都是福音歌曲。"他说。他在以马内利圣教堂的酷热中,在J.D.赫尔西的膝前学习。"看好,孩子。"J.D.会说。然后杰克会让自己的手指跟着J.D.的手指在琴弦上移动。南方每一个教堂的吉他手都应该知道弗林·赫斯基在1950年演唱的那首《在白鸽的双翼上》,而J.D.能像在广播里的高手那样弹奏这首曲子。

  在一只雪白的鸽子的双翼上
  上帝向人间播撒纯洁甜美的爱
  来自天上的信号
  载在白鸽的双翼上

他们三个总是形影不离,我父亲、杰克和杰克的吉他。

他根本不相信杰克歌中所唱的信仰,但他喜欢听那些歌。

"我不知道为什么,好像那歌声能让他静下来。"杰克说。

每个星期天的早晨,教堂音乐在每个街区上空飘荡,我父亲和杰克会找一个干净、绿色、阴凉的地方躺下。"给咱们弹点好听的,杰克。"他会说。杰克会一直弹奏到日落,然后在黑暗中继续弹奏。

星期六晚上,两个男孩聚集在一台收音机前,听大奥普里[1]来自纳什维尔市中心赖曼大礼堂的现场演出。欧内斯特·塔布演唱了《我正在为你来回踱步》。透过收音机里静电的嘶嘶噪音,他们能听到那个地方正在为汉克[2]癫狂。

　　我要为自己找到一条河,一条冰一样冷的河
　　当我找到那条河的时候,主啊,我要付出代价,哦,主啊
　　我要下去三次,但是主啊
　　我只会上来两次

他们会走上几公里,去看一个在门廊前表演的吉他手喝酒弹琴。詹姆斯·库奇把主音吉他弹得风生水起,查尔

---

1 大奥普里(Grand Ole Opry)是田纳西州纳什维尔每周举办一次的美国乡村音乐舞台音乐会,开办于1925年,是美国历史上播放最久的无线电广播节目。大奥普里致力于展示乡村、蓝草、美国民谣和福音音乐等各种风格的音乐以及喜剧表演和短剧,深受世界各地广播和互联网听众喜爱。

2 指汉克·威廉姆斯(Hank Williams)。

斯·哈迪的节奏无懈可击,而且他们能用那种别人无法伪装的仿佛受尽折磨的嗓音唱歌。那是种只能在棉纺厂的车间,在红土地的田野,或者你的孩子们管另一个男人叫"爸爸"的场景里,才会被催生的悲怆之声。音乐本身染上了玉米威士忌的酒劲,那是让吉姆·比姆[1]喝上去像苏打汽水的那种土烧酒;高潮部分与现代乡村音乐的差别,就像激情的响尾蛇与温良的束带蛇之间的天壤之别。镇上最好的前廊吉他手中有一个出自我的家族,他是我的姑父巴托·沃尔。他的朋友将他的名字缩短为"Bato",然后再将其缩短为"Bat",我们则用的是"Bot"的发音。如果你问我为什么,我就只好随口编点什么故事糊弄你了。他娶了我的姑姑克拉拉,因为要是嫁不了一个牙医,她退而求其次的选择就是嫁给一个弹吉他的男人。当你走上他家的门廊时,就像去大奥普里或上《路易斯安那大篷车》节目[2]一样。Bot 也偶尔走私酒,但是世界上没有一首山地民谣是他不会演奏的。

我父亲没有杰克那样好的节奏感,所以会拿上一把勺子用来打节奏,在杰克和其他成年人弹吉他的时候放在腿上敲打它们。"他很开心,"杰克说,"只要有音乐,你爸爸就开心了。"女孩们也喜欢这个组合。"对我和你爸来说,那把吉他是一把万能钥匙,"杰克说,"女人们都喜欢那把吉他。"

到杰克认为能负担得起时,他就去买了一把全新的吉他。

1　Jim Bean 是美国著名威士忌品牌。
2　《路易斯安那大篷车》(*Louisiana Hayride*)是路易斯安那州 Shreveport Municipal Memorial Auditorium 播出的广播及后面的电视乡村音乐节目,在 1948 年至 1960 年的鼎盛时期推出过包括埃尔维斯·普雷斯利等的众多音乐明星。

"我不是只弹一种吉他……也许两种,如果算上马丁吉他,"他说,"我给自己买了一把吉普森。"它的价格为二百六十美元,那是一笔不菲的费用。他用信用贷款将它买下,每月还款十七美元。"我碰了碰琴弦,然后它们就好像知道音乐该向哪里流淌似的。"他说。他用那把吉他实现了一部分梦想。约翰·韦恩的海报旁边有一张褪色照片,照片中是一支真正的乡村、西部乐队。那里面所有的男人都很年轻,健康,站得笔挺。年轻的查尔斯·哈迪、弗农·科普兰、吉米·罗伯茨、弗兰基·斯奈德,还有杰克——当年的他年轻英俊,有一头乌黑的头发。"我们在加兹登的会议厅演出。"杰克说。人们过去常常对他们大呼小喊,好像他们都是些真正的大明星,就像他们都是汉克·威廉姆斯的替身似的。他在加兹登一场大型才艺表演上登台演出,停车场里到处都是形状夸张的汽车尾翼和闪闪发光的新月形轮轴盖,还有他的全体粉丝——我母亲和她的姐妹们都在那里——从杰克逊维尔大老远赶过来,疯狂地尖叫、呼喊。"他弹得棒极了。"我母亲说。他们都还是青少年的时候,她就认识杰克。"他真的想赢下那场才艺比赛。"她说。

我的父亲总是在那里为杰克鼓掌,但他没有看到她,她也没有看到他。如果互相见过面,他们应该能记得。他本应该注意到当时在场的最漂亮的女孩,而她则应注意到他当时醉得不轻。到了十七岁,他在周末喝得很猛,仅出于好玩跟人打架。"我可以用那把吉他让他冷静下来,但只能管一点点用。"杰克说。

我的父亲报名参加海军陆战队时还没到入伍的年龄,当时朝鲜战争正进入残酷的胶着阶段。维尔玛哭着在一张纸上签了名,是因为他尚未成年,也因为他要离家远行了。

不久之后,杰克也参军去了朝鲜。

在那里,他们从来没有见过面。杰克常常梦到家乡,因为人在异国时,家乡比什么都更真实。他梦见像清澈的水那样流过街道的音乐和勺子碰撞的声音。"再弹一次,杰克。"

他担心会在那里失去他的哥们儿。

如果他真的失去了,后来的路可能还更容易走些。

男 孩

(第十章前的故事)

我搞的猎鹬恶作剧可能做得太过火，也太早了些。

在我们一起度过的第一年里，在蛇进洞休眠后的一个寒冷的夜晚，我告诉男孩，该是举行成人仪式的时候了。当时已是深秋时节，我们来到我母亲的农场，和我的家人一起吃了晚饭。我的母亲在抱怨肯德基炸鸡的价格，说要那个价真是个罪过。

我站起身来，带着男子气概猛提了一下我的裤子。

"把外套穿上，孩子，"我说，"我们去猎一头鹬。"

"鹬是什么东西？"他说。

"那是一种不会飞的鸟。"我说。

"我从来没有听说过。"他说。

"嗯，它们非常罕见。"我说。

"哦。"他说。

"但它们不是特别聪明。"我解释道。

"你怎么知道的？"他问道。

"因为你用麻袋就能逮住它们。"我说。

"哦。"他说。

"你得负责抓住麻袋。"我说。

他一下变得兴奋起来，我觉得他快要飘起来了。

任何我们俩或只有我们俩一起做的事情都能让他微笑。我们一起完成他的家庭作业，与科罗纳多和庞塞·德莱昂一起长途跋涉，在大平原上砸道钉、兴建铁路。我冥思苦想解逻辑题，列出各州的首府，直到我的嘴唇发麻。但当他打开数学书时，我甚至连试都不想去试一下。晚上，在一张旧沙发上，我们将自己埋在相当于三个男孩拥有量的忍者神龟、恐龙战队和海绵宝宝玩具里，一边看着男人们与巨蛇搏斗，一边吃着无糖的冰棍，那味道有点像冻在棍子上的止咳糖浆。

他仍然相信唯一真正将我跟他联系在一起的是那个女人，所以即使他在捧腹大笑时，神情看起来也会有点悲切。

但是猎鹬这件事让他心里痒极了。他听过我谈论有关狩猎的事。在我的故乡，那是男人必做的事情，是父亲和儿子在摆脱了一旁唠唠叨叨的女人之后，一起在危险的原始森林中要上的必修课。当然，我没有告诉他，带着一个男孩去猎鹬，然后搞个恶作剧，将他丢弃在树林里，也是我老家的一种传统。

于是，我们带上一只麻袋和手电筒走进黑暗，他妈妈在我们出去时再一次用严厉的目光看着我，但没有阻止我们。几分钟后，我的哥哥山姆溜出门，悄悄地走到我们身后，跟我们进了山，绕道走在我们前面。

传统的猎鹬恶作剧本身并不会造成太大的创伤。你只是把一个可怜的傻瓜放在黑暗中，让他弯着腰抓着一个袋子等在那里，然后自己先回家。

他像个傻子一样弯着腰等着，迟早会悟出那究竟是怎么一回事。

但我们这出戏则有自己的特色。男孩和我走进幽暗处时，山姆躲在黑暗中，从我们上方的山坡上推下一块大石头。

它滚落在枯叶和干枝上，撞到了树干上。当然，他没冲我们的方向推。如果我们中的一个人被一块五加仑桶大小的岩石从山上撞下去，那就一点都不好笑了。

"那是什么？"男孩发出嘘声。

"熊。"我低声说。

我们在树叶里蹲下来。

"瑞克？"他低声说。

"嘘。"我低声说。

"瑞克？"这次声音更响。

"怎么了？"我说。

"我们怎么办？"他说。

"嗯，"我说，"但愿它现在不饿。"

我伸出手放在他的肩膀上。

他在颤抖。

"你想跑回家。"我说。

"不想。"他说。

但是当我的哥哥开始踩着枯叶走下山坡时，我想他改变了主意。

"瑞克?"

"什么?"

"我们应该祈祷吗?"

"好吧,"我说,"熊可能会听到。"

除了树木微弱的嘎吱声外,树林里一片静寂。

"我想我们没事。"我说道,想给这个男孩一丝希望。

"为什么?"

"因为它可能只会吃我们中的一个。"

整整一分钟在沉默中过去。

"哪一个?"他问道。

"最慢的那个。"我低声说。

我不知从哪儿听说过那个笑话——关于熊能跑得多快之类。

为了取得戏剧性的效果,我将我的小折刀从我的牛仔裤口袋中悄悄取了出来,然后"咔嗒"一声将它打开。

"你没带武器?"我说。

"没。"他说。

"可惜。"我说。

在他看不到的地方,我把刀收起来,放回了口袋。

妈妈总是说,在有人失去一只眼睛之前,大家都在玩。

"好吧,我最好走在前头。"我说。

我们开始小心缓慢地向山坡下移动。

"听着,"我说,"如果熊袭击,不要等我。我会让它忙着对付我。"

"好的。"他回答得有点太快了。

不久,在黑暗中,我们看到我母亲家里温暖的黄色灯光,我想那个男孩那时确实做了一个感恩的祷告。当我们回到屋里,再次感到安全的时候,他讲述了刚才那段濒临死亡的经历,没有提及我英勇地同意在他跑回家的时候与熊搏斗。很长一段时间,他没有注意到我脸上的笑容。

"孩子,"我说,"其实根本就没有什么熊。"

我指了指山姆。

他挥挥手。

那男孩只是看着我。

"其实根本没有鹂这种东西。"

我看到他眼中的泪水开始打转。

在树林里留下的所有男孩中,我从未见哪个哭过。

"他以为他真能带一只鸟回家。"他母亲后来告诉我。

她说,这个男孩一直都想要一只鸟。

"那我怎么可能知道呢?"我说。

起初,我再次因为他的脆弱而烦恼。但是我越琢磨此事越意识到,那个男孩只是希望能捉到一只鸟,甚至希望树林里真有过一只熊。他愿意相信,只要我们在一起,在林子里也是安全的。

第十章

你应该做的事情

有关在大洋彼岸目睹的那些事,他们只谈过一次,然后就再也没有谈起。他们俩都有一个故事要讲,那故事无法让他们安稳,而酒精则能让他们更容易吐露真情,这是事实。"我记得我正坐在家里,和休伯特·伍兹,还有他的兄弟斯利姆一起。我们当时经常去印第安人保留地那里表演,"杰克说,"那天晚上,他们本想叫我和他们一起出去逛逛,但后来我看到查尔斯的车开到车道上来。'你们一块儿去吧,'我告诉他们,'我想留在这儿和查尔斯聊聊。'嗯,我家里有些啤酒,屋子后面还藏了一些私酒,我们就摆好酒,聊了很久,就像我们小时候那样。查尔斯说:'杰克,你在那儿看到了很多不好的事情吧?'我告诉他是的……"他告诉我的父亲,他在战争快结束时是一名医务兵,被分配到雷区,和负责排雷的年轻人在一起。地雷爆炸,能把人炸飞,他负责把剩下的那些残躯包起来。他回到老家的工厂上班,但周末还是套上西装,在哪儿能找到一个舞台,就在哪儿弹奏吉他。他身体仍然健全,如果当时有人向他投来一个梦想,他仍然可以用双手接住它。"就这样,我讲了那件事,然后我们喝了酒。"他们把酒喝得干干净净,然后就在安静、只能互相聆听的黑暗中端坐在那里。

杰克弹了一小段曲子,聊以自慰。

> 当我走在拉雷多的街道上时
> 那一天我走在拉雷多街头
> 我发现了一个可怜的牛仔,裹着白麻布
> 裹着白麻布,冷得像黏土一样

"你信不信我在那边杀了个人,杰克?"我父亲问道。
"为什么不呢?我当然信啊。"杰克说。
"我没有用枪杀他。"我父亲说。
"那你怎么杀的?"杰克说。
"我是把他淹死的。"我父亲说。
他听上去有些惭愧。
"你没有必要说这个,查尔斯。"杰克说。
"我亲手把他淹死了。"我父亲说。
杰克深深地吸了一口气。
"你用枪打死的人全是你不认识的,"我父亲说,"你只是开枪,并不会真正看到他们的脸。不过,我知道凑近了看着他们的脸是种什么感觉。"

我父亲给他讲这个故事时,就用了寥寥几句话。曾经,在一个不眠之夜,他用同样的方式将这故事告诉过我母亲。后来在我读高中时,在他不再滥饮之后,他又以同样的方式将这件事告诉了我。他讲道,那是一个寒冷刺骨的夜晚,他用自己的双手杀死过一个男人,将那个人的头按到水下,直到他一动不动。

"你琢磨一下,如果你看到有一个人在那个地方,做了那种事,应该会不安吧?"他问道。

"你没有做错什么事。"杰克说。

"真没有?"

杰克说:"你没有做你不应该做的事情。"

杰克的故事是:"'我见到你的穿着,知道你是一个牛仔。'当我壮着胆走过时,他说了这些话:'过来坐在我旁边,听听我悲伤的故事。我胸口中了一枪,我知道我肯定会死。'"

"我初到那里时,仗还在打,而查尔斯到得比我还早,"杰克说,"你的爸爸,他真是个斗士,但他在那之前可没杀过任何人。"

我一生都想为父亲的酗酒寻找借口,找到将他变成后来那样一个男人的催化剂。我十几岁的时候,认定战场上发生的那件事就是那个催化剂。杰克确信这件事情一直纠缠我的父亲。当然,他必须用威士忌来稀释它,哪怕只是为了能开口把此事说出来。"很多事情在纠缠你的父亲。"杰克说。爱他的人说他的朝鲜从军经历永远萦绕在他的脑海中,但那并没有触发他的酗酒行为。那列酗酒的火车出发很久了,他本来就是在那列火车上出生的。

不过，杀人这件事很可能让他的情形变得更糟。我真的不知道。我只知道，在 1950 年代初期，我父亲刚刚跨过成年人的门槛，在他还没到可以买啤酒或投票或刮胡子的年龄之前，就杀了一个人。杰克说，如果它是在我父亲脑袋里的一颗嘀嗒作响的定时炸弹、一颗还未爆炸的地雷，那么，它一定在他的脑子里和其他事情纠缠在了一起。杰克说："他从没把后来发生在他身上的任何事情归咎到那件事上。"杰克还说，如果我的父亲在那后来的几十年里都那么做的话，他很可能每天晚上都会在梦中淹死一个男人。

那天晚上，他只是弹着吉他，他们让酒流过血液，经过心脏循环，就像一个枕头，不用躺下就能让他们的脑袋有个柔软的依靠。歌词是否悲伤并不重要，那从来就不重要。他弹着吉他，我父亲在休息。外人从不知道，这种古老的乡村音乐，这种源自爱尔兰民谣和山地民谣的音乐，越悲伤，就越能治愈你的伤痛。它告诉你，你并不是唯一在这悲惨困境中的人，你在与之搏斗的东西其实并不特别，也不新奇。

"你现在想做什么，查尔斯？"他问道。

我父亲的梦想缩小了，人生的计划变得更加实际。他打算和尽可能多的漂亮女人来一段浪漫关系，然后找到他想要的那个人，一个他生命中不可或缺的人，然后生一堆胖胖的、漂亮的、快乐的娃娃，最后可能离开这个小镇，一去不回。他当时还穿着军装，但大城市里有很多蓝领工作可以做。也许可以去底特律？那时，亚拉巴马州有一半的人搬到了底特律，去给凯迪拉克车安装保险杠。他一直想去哪个大城市试一下身手，看看是否合他的口味。

杰克告诉他,那计划听上去不错。

杰克说:"我们再也没有提起过那件事,就是另外的那件事。"

杰克看着父亲歪歪斜斜向自己的车走去。他背部挺直,带着尊严地走着,但他的双腿好像属于别人。他打着了那辆喷烟的旧车,离开了,车轮左右徘徊着。

杰克放下了他的吉他,就像一个护士打完针将针筒放下那样。

  我们慢慢地敲鼓,低声吹横笛
  我们抬着他前行,痛苦地哭泣
  因为我们都爱我们的同伴,那么勇敢、年轻和英俊
  我们都爱我们的同伴,即使他做错了事情

男 孩

(第十一章前的故事)

篮球奖杯上的小雕像看上去很眼熟。

那是一个用铬合金做的、干净利落、英俊,精心打扮过的男孩。

奖杯上面刻着字:

最像基督的孩子

这个男孩的房间里有几个奖杯,大部分是奖励体育精神的。他问我有没有得过奖杯,我告诉他没有,但是我曾经在YMCA的一次比赛暂停期间,因为在罚球线附近用臂肘撞击另一个人的腹部而被吹哨判罚。

"我并不总是一个输得起的人。"我承认道。

"为什么?"男孩问道。

"我就不是一个好孩子，"我说，"我的意思是，我不好。"

看这男孩所在的球队打比赛真是受罪。他们是一个教会团队，所以没有任何人说脏话，除了在露天看台上嘴里不小心泄露的那一点点。我必须特别小心自己的一言一行，就像我在主的健身房里一样。球场上队员跑动非常多，但得分并不多。

"你有没有'裤过'别人？"我问过这个男孩。"裤过"指的是在罚球线附近把另一名球员的短裤扒下来。

"没有。"男孩说。

"想试一下吗？"我问道。

"不，他不想。"那个女人在一旁说。

他们平时大部分时间都在和其他郊区教会的球队比赛，最终得分都是6:12和2:7之类的低分。直到终于有一天，他们与一支来自孟菲斯市城区的孩子对阵。

主场队伍穿着不统一的各色球衣走进他们破旧的健身房。其中一个大胖小子脚上的运动鞋没有系鞋带。他们总共只有六个队员，其中两个，同时也是个子最大的两个还是女孩。

"这下糟糕了。"我对那个女人低声说。

她满脸疑惑地看了我一眼。

"对我们队伍来说。"我说。

其中一个女孩让我吓了一跳，而我只不过是个观众。她昂首阔步地走过硬木地板，仿佛能闻到这些白人男孩的弱点的气味。对手中哪个小男孩一旦靠近她，她就会把他撞得人仰马翻。如果有人试图从罚球区快速冲到篮下，她就会把他撞倒在地。

第一个小男孩被狠狠地撞倒，蜷缩成球状，抽泣起来。第二个被她撞到墙上，在地上躺成胎儿的姿势，仿佛她把他打回了娘胎里的原形。第三个，一个大个头的孩子，被她的臂肘猛撞了一下，像被丢弃的一件衣服那样躺在地板上。

那女人没错。我们的男孩并不特别。

这个男孩只上场了大约一半的时间，而这让我第一次感到感恩。但是看看地板上这么多正在哭鼻子的孩子，他遭到粗暴的对待只是迟早的事。他不是一个多么厉害的射手，但他打球卖力并且防守得不错。他抢到一个篮板球，正运球过中场时，那个大女孩便像一个火车头那样朝他冲了过来。

"哦，主啊。"我大声喊道。

她伸出左手去抢球，然后仍然全速向前跑去，她的右臂肘甩过他的嘴。

无论是哪个级别，我都没有见过比这更高超的一次肘击。

我仍然不知道他是如何保持双脚站立的。脱了手的球在地板上滚动，双方球员忙着在后面追赶，而他只是站在那里，受了伤。然后，他沿着对角线穿过球场向他妈妈摇摇晃晃地走了过来。

没有吹犯规，比赛也没有暂停。从某种意义上讲，那是个令人诧异的场景。比赛仍在球场上的另一边继续进行，而他却向看台歪斜而行。

"回去。"我说。

然后我看到了他的脸。他的嘴唇肿起来了。

"别哭，"我低声说道，"别哭，别哭……"

他没有哭。他只是继续摇晃着走路，直到他站到了我们跟前。

"她把我的'牙使'打掉了。"他说，然后把嘴里的牙吐到手里。

这个女孩把他的门牙撞成两瓣。

他把碎片递给了那个女人。

他直直看着我的眼睛，然后走回球场。

"这才是我的孩子。"我使劲捶着胸口喊道。

第十一章

那时至少要一百美元

那是我母亲变得不喜欢玫瑰的一年。

他们在一起生活的第一年是美好的,基本上是他们共同度过的唯一好时光。白天,她为城东区的太太们打扫房屋,到了傍晚,她则用鲜花填满所有的时间。她会花上几小时或者几天,在破裂的塑料冰格中、在粉刷成白色的轮胎中间、在用洗衣液的壶切割成的罐子里,精心摆弄那些花花草草,让它们茁壮生长。即使她没有多少剩余的零钱,而且连一包五分钱的种子也嫌太奢侈、不能在自己身上随意挥霍时,她仍会从姐妹们的花园里剪一点草,拿一个球茎,这样她就有鲜花了。她有紫色和蓝色的美洲石竹、黄色的金盏花、橙色的萱草,还有被她称为"老女仆"的百日草,这种花有红色、粉红色、橙色的,还有稀有的白色。她在蛛状吊兰身上发现了美,因为它的花看起来像是悬摆的蛛腿,她就把它们种在废弃的纸杯里。她甚至种上了玫瑰,但不知为什么,它们似乎总是对她不太忠实。"它们总是扎到我。"她说。

当时我父亲仍然驻扎在梅肯。他不在家的时候,她就和自己的父母住在一起。他回家时,他俩就和他的父母一起住在镇边上离厂村不远的一所老房子里。那里的各家,妻子们、丈夫们、孩子们、情侣们、孙子们、堂兄弟、远房堂表亲戚、更远房的堂表亲戚,以及那些想要被抚养的人在一起同舟共济。他们似乎都喜欢她,把她当自家人对待,她也用爱回报他们,直到威士忌出现。在后来的几天里,整个家族被酒折腾得支离破碎,后果就是全家上下的男男女女都站立不稳,像飓风幸存者一样,到处都是被打得瘀青的眼眶和破碎的棍棒。

他对她说,那样的生活只是暂时的。他们一起逃离了那样的生活,开车穿过小镇,看到西边狭窄街道上的"待售"标志,他们心里非常清楚地知道,他们仍然生活在一个"待租"的世界里。

起初,他没有给她买戒指。他的妹妹费尔蕊·梅给了我母亲一只旧的结婚戒指,等到他手头宽松点时再补买。他省下钱,在第一年给了她一只纯金的结婚戒指和一只带有很小钻石的订婚戒指。"它们是真的,你爸爸给了我很多。"她说。"那至少值一百美元,即使在那么久以前。"她说。它们都是新的,不是被人戴过的那种当铺戒指,那会把以前戴过戒指的那些人的坏运气和不快乐带过来。这些戒指是装在盒子里的新品。她害怕戴上它们,因为她双手泡在肥皂水中工作。于是她向自己的爸爸借了把锤子,将一枚钉子钉在墙上,然后将两只戒指挂在上面。这样她就可以在劳动、洗涤和熨烫其他人的衣服时仍然看到它们。

即使在两人相处得最好的时候,爱我父亲也是需要耐心的。他会自愿为她扫地——当布拉格家的男人清醒时,他们会做那样的事情——而且他会很努力、很使劲地扫,仔细清扫每个角落,让老旧的木地板闪光发亮。有一天,她注意到地板中间的地毯有个小小的隆起,实际上她在地板上的所有地毯都发现了小小的隆起。"他只是把灰都扫到地毯下面,"她说,"我告诉他不要这样,他说不会再这样做了,但过后他依然那样。"

他会在外面与他人打架,流着血回家。当她问起他为什么打架时,他会用一个六岁孩子的深度和准确性来解释:"因为他惹我生气了。"他用点22口径手枪练打靶,在院子里留下一堆碎玻璃,也会将自己锁在浴室里几个小时,阅读《真探》和《男子汉生活》这种杂志上类似"我击败了一只巨型水獭"和"圣保罗的疯狂鞭子杀手"之类的故事。户外厕所仍然是那个风云多变的家庭中唯一有些许宁静的地方。当我的母亲抱怨说,因为她所处的环境,她需要稍微多上一会儿厕所,他就给她建了一个让她独用的小户外厕所。"他还在那里造了个小窗口,让我能往外看。"她边说,边摇头——他也不想想,别人也可以从那儿往里看。

当然,他喝酒,但对此极力否认。他喜欢钓鱼,但不会在清醒的状态下钓鱼。几乎每一次他都会喝醉摔倒。"马克,那泥浆比沾了猫头鹰屎的油布地板还要滑,而且……"除了真正的原因,他会寻找所有其他的借口。在一次去佛罗里达州的公路旅行中,他喝醉了,从路边演出队的围栏里直接偷了一条一百二十厘长的短吻鳄,然后将它放在后备厢里——显然他这么干不是出于恶作剧,而是为了投资。他觉得它的皮够做几个钱包、腰带和钥匙包了。但他在北佛罗里达州被高速公路巡警拦下,然后等那个州警开具违章通知单后才能走人。等了很久之后,他干脆从车里跳了出来,打开后备厢,用轮胎装卸撬杆将那东西放了生。

然后,在一次用鱼叉捕青蛙时,他和哥哥罗伊喝了那么多的威士忌,以至于他们相信自己可以一路蹚水穿过阿德霍尔特湖。但是他们不想把自己的裤子弄湿,于是让我母亲开车把他们的鞋子和外裤捎到湖的对面,他们自己穿着内裤,手里拿着三叉渔叉在水中晃晃悠悠地走。湖底全是泥土、杂草和腐烂的东西。"湖底踩上去什么感觉?"我母亲对他们喊道。"感觉像长毛绒地毯。"罗伊说。随后他和我父亲发现那情形实在太有趣了,就开始放声大笑起来。他俩不得不互相扶持,以免摔倒。路过的人们,有些手里还牵着小孩,会停下来盯着这两个明显只穿着内衣的成年男子在没膝深的湖水中,咯咯笑着紧紧攥住对方,同时尽量避免让手里拿着的有三个尖刺的渔叉将对方刺成重伤。那架势,就算有人抓着一头奶牛不让它动,他们都不可能叉中奶牛。

但我认为所有喝威士忌的人都知道,有好的酗酒和糟糕的酗酒——不是喝酒的人,而是喝醉的经历本身——而他们大多时候是好的酗酒。他们不是纵酒狂欢之徒,真的,不是一连喝上几个星期,而是只在周末喝酒的那种人,因为他们坚守家庭传统,遵循那几乎神圣的规矩。他会说他要去猎松鼠,这意味着他会喝得烂醉,或者说他要去猎兔子,这意味着他去打牌,然后喝得烂醉。他从来没有出去太长时间,晚上总是记得回家。如果你问一些女人,在一个不完美的世界里,她们会嫁给什么样的男人,答案就是这样的男人,不会错。

他大多在她工作时喝酒,因为不想让她不开心,从而浪费掉和她在一起的开心时光。而如果一个喝酒的男人娶了一个绝对禁酒的女人,那么当他喝醉时,就没有任何办法来缩短彼此的距离。起初他不会在她面前喝醉,但是她从镇上回来,或是打扫完房子回来时,会抓他个正着。那样子就像走进厨房、从孩子的口气中发现他偷吃了饼干的那个严厉妈妈。

但是在他爸爸的家里,世界的秩序是落后的,或者是颠倒的。大多数人回家是为了变得清醒,为了恢复神志。但在这个家里,当他关上门,他非但没有把酒锁在门外,反而将它锁在屋里。在和他们一起生活的第一年快结束时,她逐渐输给了他的家庭传统。他重新加入父亲和兄弟们的酒桌,围着那些酒罐转悠。

对那种私酒有记忆的酒鬼们说,那酒有些特别,简直不可思议。它像海洛因那样令人上瘾,让人除了啜饮、吞咽和倒酒之外,很难以真正的快乐和热情从事任何其他事情。随着一个个周末在混沌中过去,他每次会多花一点时间喝酒。星期天晚上,有时他会踉跄着将制服从衣柜里拿出来,小心翼翼地挂在车后座的钩子上,然后朝东南方向开往梅肯,重新回归海军陆战队员的身份。

一天下午,就在他刚去过基地没几天,一位朋友给她带来一份报纸,上面写着海军陆战队员查尔斯·布拉格在前往梅肯的基地途中受了重伤。他开车撞到桥栏杆上,头部和胸部受了严重的伤。他在医院住了几个星期,又花了几个月来康复,虽然海军陆战队认为他已经康复,可以归队——如果说卡洛斯可能不懂骨折这类医学问题的话,但他在汽车事故方面可是个行家——他说,我父亲胸部和肋骨骨折的伤会伴随他一生。卡洛斯说:"他连走路的样子都不一样了,动作也不一样了,你可以看出来他坐下来时得调整自己的重心,因为他伤得太厉害了。"他吃阿司匹林像吃m&m's巧克力豆一样,而且找到了喝酒的新理由。现在它成了一种止痛药,虽不如吗啡那么好,但很接近,足够接近。

"人们说朝鲜战争让他精神崩溃,其实是那次事故的原因,他受了很重的伤。在那之后,他就再也没有太清醒的时候了。"卡洛斯说。

他们在一起生活的第一年就这样过去了,他骨断筋折,疼痛难忍,靠药物勉强维持。从一开始,他们就只在他周末休假时才能相见。在他们结婚一周年纪念日临近、她的肚子渐渐隆起时,她突然意识到,假如将那些日子加起来,他们真正能用来了解对方的时间还不满一个月。

"我嫁给了一个陌生人。"她说。

就像在她之前的亿万女性一样,她相信有了孩子会让他安定下来。有一段时间,确实如此。他给她买了一件在医院穿的孕妇服,为未出生的孩子买了一条小工装裤、小衬衫和四双小袜子,全是蓝色的。他确定会是一个男孩,一定是,那是他的孩子。

但奇怪的是,无论她怎样告诉他,他对她有多重要,他都不怎么相信。我现在明白了，这不是他独有的情况。他生活在一些男人对女人普遍存在的不安全感中，那种疑惑只是因为他们无法弄清楚女人们在想什么——如果要为他辩护的话，那有点像试着用玩具望远镜和一支粉笔在"黄箭"口香糖的包装纸背面，将宇宙的结构图绘制出来。

只有她对他的爱是不够的。

只是无时无刻地让他知道她爱他是不够的。

必须将对他的爱表现给他看，让他明白这一点。

他在基地遇到了新麻烦——我们不确定是什么事情——军官们取消了他接下来的几次休假。他最后一次回家时，也就是她几个星期内能见到他的最后一次，她还得干半天的活儿：打扫一位女士的房子。她为了能和他共度一小会儿时光，尽她所能飞快地赶回家中。但屋子里静悄悄的。她从一个房间跑到另一个房间，叫他的名字。她跑过起居室，检查厨房，从一间卧室冲到另一间卧室。她记得自己在家里转了一圈，头晕目眩，坐在床边哭了起来。然后，她注意到在一个漂亮的旧红木衣橱的前面，贴着一块纸板。

那是我父亲的一张便条。

马克：

  对不起。我今天不得不离开。如果我不按时报到，他们会把我送进监狱。我会写信给你，在可能的时候来看你。我爱你。

查尔斯

"那只是一小块纸板,"她说,"它七八厘米宽,十二三厘米长。"她坐回床上,手中拿着那块纸板,又哭了起来。五分钟过去了,也许更久。

随后,在她身后,那个巨大的旧衣橱的门缓缓地打开了,我的父亲穿着制服,显得格外英俊,蹑手蹑脚地走进房间。

"嘿。"他说。

她转过身来。

他只是站在那里,面带微笑。

她一时忘记了生气,忘记了这场恶作剧的残忍。

"你去了哪里?"她问道。

她问了五六遍。

她应该再次抡起拳头,朝他那该死的鼻子打去。

但她只是用双臂紧紧地搂着他,直到他真正该走的那一刻。

那天晚些时候,我母亲、她的哥哥威廉和嫂嫂路易丝开车送我父亲去梅肯的基地,他们将他送到半道的罗阿诺克,剩下的路让他坐公共汽车过去。回家的路上,她哭了一路。

当他们开车进院子时,只见他正站在前门口。

他微笑着。原来,他在那个公交车站搭了一辆便车,然后赶在他们之前回到了杰克逊维尔。第二天上午,他还只能算擅离职守,到了下午便成了一个逃兵。

"你疯了吗?"她问道。

"我就是想回家。"他说。在她耳中,这听起来像是哪个小男孩给的理由。

"他们会来抓你的。"她说。

但他就那么留了下来,偷得几天在家的日子。治安官和他的副手们前来找他，一次，两次，更多次。他们从来就没有很认真地找。这是联邦政府的事，他们自己手里还有一大堆活要干。他躲进林子，躲在亲属家，躲进衣橱。"我从来没弄明白他为什么不想回去，"她说，"你爸爸有时候会做些没头没脑的事，只是因为他想那么去做。有时候他做事情时并没有好好想过。"

他最后还是被戴上手铐带走了。

当然，为了一时的快乐将前程搭进去是不负责任的，但如果他说的是实话，也许他说的确实是实话，那是因为他实在无法忍受离开她。

1956年9月11日，当他的第一个孩子出生时，他正在诺福克的军事监狱里服一年的刑期。

她写信告诉他，他们有了一个儿子。

他们又每天给对方写信，这让她保持理智。他写下对她的思念，将那些思念封在一个信封里。他在信上签了同样的落款，并在邮票底下留下了与当年同样的秘密。

他于1957年2月20日被免除军职，退伍文件上写道："出于光荣退伍之外的原因。"他回家时，儿子山姆已经五个月大。他的车转上车道时，我母亲跑着出去迎接他，因为当时还怀有希望。尽管他带着醉意、跟跄着从车里出来，她仍然很高兴。那男孩就在屋里，他们一起走进去看他。我的父亲弯下身子，把儿子从床上抱起来，就在那时，一个细小的酒瓶从他口袋里滑落出来，掉在地上。

"我还记得当时看到的标签，"她说，"我现在还能记得，是四玫瑰牌的。"

★ ★ ★

刚发生的那一幕就像一个征兆,那时她是相信征兆的。

不管它是不是诅咒,之后所有事情的趋势基本上一路下滑。他无时无刻不在喝酒,甚至打破了只在周末酗酒的家庭传统。一个人喝到连星期三和星期六都分不清楚时,他就真真切切迷失方向了。有时,他会给她一些钱,但通常只是为了让她自己管好自己,擦一次地板收一份报酬。他会从家中彻底消失,然后再一次出现,洗劫完她的钱包之后,又一次消失。

接下来的几年里,他们的生活是以一种分居加和解的惨淡模式展开的。她不肯放弃。她从他身边逃离,然后又跑回他身边。他保证会好好做人,然后在日落之前就违背他的诺言。在万般无奈和羞耻之中,她向政府申请了福利救济,这样在他消失时家里还能勉强维持生活。他可以在漫长的几个月里将他们忘记,独自生活,仿佛家人并不是自己的亲人,而是什么当他突然想起来时就可以从衣橱里随意拖出来的东西,就像某种样式的鞋子。

她不得不卖掉她拥有的一些东西,好让她自己和我哥哥不挨饿。

她把结婚戒指卖给妹妹埃塔娜用来偿还债务,把他买给她的漂亮雪松木柜子卖给哥哥威廉用来换粮食。对实实在在的银币,她攥得紧紧的,不舍得用,只有在孩子生病时,她才会拿它到药店换一瓶止咳糖浆。

我出生在1959年的夏天,恰好在这一困境之中。

在外面的某个地方,他在纵酒狂欢,驾车兜风。

但是，正如老话所说，那是另一回事。

★ ★ ★

和山里来的很多人一样，信仰和迷信在她的脑海中交叉而行。她屈膝跪倒，祈求拯救，求上帝感化她男人的心，或者至少唤醒他的良心。她仍然在咖啡杯的杯底、天空的云彩、方块J和红桃Q中寻找征兆。要说有哪个女人需要预见未来的话，那就是她了。

她去见了萨迪。

每个工厂镇、管道车间镇或煤矿镇都会有那么一个会算命的人，那人通常是个寡妇，在她们的缝纫室或厨房里做生意。她们的小房子表面铺着石棉壁板。她们在门廊上挂一块自制的胶合板标牌或在院子里插一块木板，上面写着自己的姓名或电话号码，加上一句"看穿命运"，而且总是粗糙地画上一只眼睛，一只能洞察一切的眼睛。我的母亲从来没有想过，如果那只眼睛真能洞察未来的一切，那些女人为什么不从那些倒霉的石棉壁板房子中搬出去。但是她那时有更多的事情要操心，所以她把熨衣服得来的零零碎碎的钱搜罗到一起，然后去了皮德蒙特，让人给她算算自己的未来。

作为一个神秘兮兮的算命的人，萨迪说得不多。她既不年轻也不衰老，身材丰满，穿着家居服迎接对自己的未来好奇的人们。她住在杰克逊维尔往北沿21号公路大约十五分钟车程的地方，位于皮德蒙特一条普通的劳工阶层街道上的一座白色小屋里。萨迪能告诉你未来，或者至少告诉你，她看过一个手掌纹路或翻过一副扑克牌时在她脑海中闪现的东西。我母亲说,萨迪的毛病是"她解释得不是非常非常具体",所以她经常在离开萨迪的房子时,和她进去时一样,都困惑不解。萨迪算一次命收取两美元,也许是因为她觉得两美元的酬劳只够一点暗示的钱,也许那只是向未来瞥上一眼,但不足以让通往未来事件的路途上的那扇门洞开。

人们用铜板和银币支付给萨迪,等待着发现前面有没有任何希望,或者有没有警告,因为事情总能变得更糟。萨迪像模像样地洗着她那副破旧的扑克牌,通常不会太过友好。她是一个工厂镇的先知,为劳动女性服务的先知,必须说些她们命中有许多爱情和财富的话,才能赚到钱,才能让客人不断做回头客。但这一天,萨迪没有告诉我的母亲她想听到的东西。

"我看到你和孩子一起在蹚水,"她指着我说,"我看到很多水。"

我妈妈点了点头。

"是什么时候?"她问道。

"等你老了的时候。"

萨迪就说了这些,但已经很多了。我母亲会活很长时间,还能看到山区以外的东西。

萨迪洗了洗牌,然后发出能预测今后的日子的牌。

"我在你的命里看到了写作。我看到你在书写……很多很多的字。"她告诉我的母亲。

我的母亲写过诗,而且会写一辈子。

萨迪又洗了一次牌,从桌子对面将翻过来的牌弹了过来。

"我看到你在绕圈圈,"她告诉我的母亲,"我看到你年轻时做的事情,老了以后仍然在做。"

"什么样的事?"我母亲问道。

但萨迪只是摇了摇头。

"它没有说。"她说。

"请告诉我,"我母亲说,"关于我男人的事。"

萨迪洗牌又发牌,然后又洗了牌,再发牌。

没有什么不好的事,没有邪恶的预兆。

牌里根本没有他的踪影。

一些人已经在外面的门廊上等着看他们的未来。

"她就那样把我的心悬起来了。"我母亲说。

在那之后,她又去找过萨迪一次,但在她确立宗教信仰以后就没再去过。"因为《圣经》上说,除了主以外,没有人知道未来。我那么做是错的。"她告诉我。我告诉她,如果世界上每一个算命者都要下地狱,光新奥尔良一个地方就可以把地狱填满了。"至少她没有说谎,没有告诉你,大家最后全都幸福快乐地生活在一起。"我说。

我相信萨迪不是骗子,确实不是。我相信她在扑克牌中搜寻未来,并尽自己所能把看到的说出来。有时候生活会随机转向,与她预见的相符,有时则没有。但在一件事情上,她是一语成谶。

她在那些牌中寻找我的父亲,在我们的未来里没有找到他。她手中的那副扑克牌没有热到冒出火星,然后把那座房子给烧了,此事本身算得上一个奇迹。

★ ★ ★

当然,并不是一切都那么糟糕。当我还是个小男孩的时候，我对他的第一印象明亮而美好。我记得母亲在炎热、刮风的日子里晾晒白色的床单。她一边干活一边唱歌，但是我记不得是什么歌，床单像船上的帆一样鼓鼓的，偶尔会被一阵狂风吹得啪啪作响。我手里抓着一把黏稠的东西，我相信是野草莓。她让我去草地上坐着，免得我摸到床单，把它们毁了。我看到一辆汽车在碎石车道上靠边，轮胎嘎吱作响，停在一排常青树后面。那些树木现在高达九米，但在当时，一个男人，即使是一个矮小的男人，都可以从树顶上向另一边偷看。当时，我似乎看到一只巨大蠢笨的动物的脑袋，我相信是一只熊，从树的上方盯着我，然后消失了。过了几秒钟，它再次出现，慢慢向侧面转去，向我展示一个侧面，然后沿着成排的绿树向前滑行，只有头部露在外面。我吓得呆住了。在树的边缘，我父亲出现了，扛着我从未见过的一只巨大的毛绒动物——一只个头像他一般高的玩具熊。我相信那天是我的生日。

但他一直在变化。狂野是一回事。看那些关于野孩子的电影时，我们会笑他们，但也会欣赏他们。我自己就曾经是那么一个人。哪怕是一个粗心的男人，你也可以原谅他。但凶狠则是另一码事，他就是一个凶狠的人，而且他醉得越厉害，就变得越凶。他得到了梦寐以求的女人，然后又亲手将她毁了。我的小弟弟马克就是在那个阶段出生的，他于1962年11月10日诞生，那时我们周围的世界正变得越来越黑暗。

"查尔斯的问题是，他总是弄不明白如何在做一个酒鬼的同时，又当好一个爸爸。"卡洛斯说。

我母亲只是默默忍受这些。

与维尔玛不同,她从来不叫警察。

在这个可怕的世界上,存在着各种各样的黑暗。这个小镇上的老人们回想起自己还是野孩子的时候,会想到他们坐在广场上一家小餐馆的窗边,看着一个长着一张苍白圆脸的高大男人,开着他的警车从街上驶过的情景。他们记得这个男人苍白的脸会怎样转向他们,让他们的晚餐食之无味。他们可以在发薪日那天在那里嚼牛排,但嘴里的味道就像那是他们的最后一顿晚餐。

男 孩

(第十二章前的故事)

要期待这个男孩违反所有的科学原理,变得像我,这是个愚蠢的念头。我可以把他打扮得像我,给他剪一个像我一样的发型,藏起他的袜子,甚至教他说几句脏话,但他还是不会像我。我第一次偷看他的房间时就知道。那里有机器人、龙、怪物太空人,却没有一辆玩具汽车。

我在睡梦中都能看到车后面闪烁的蓝色警灯,我开过的车比我交过的女朋友还多。我这一生有过三辆科迈罗、两辆庞蒂亚克"火鸟"、三辆"野马"、三辆三手的保时捷和一辆1956年款的雪佛兰,还有一辆被认为"无论什么速度下都不安全"的1966年产的科维尔。年轻时,我不做有杂志上三围为36/24/36的模特的白日梦,想的更多的却是289、327、429这些车型,光是"半球燃烧"这个说法,就会让我激动不已。

当时，只要是带轮子的东西都会被我用来与别人比赛。成年之后，我曾两次开着银色的汽车到密西西比三角洲的直道上，挑战我那日益衰弱的神经。还是个男孩的时候，我骑过摩托车，甚至骑过轻便摩托车，为了增速，我还把消音器和踏板都拆掉了。

那女人两个大一些的儿子并不喜欢速度或汽车——他们从来没有看过引擎盖下面的东西。这对我来说，就好像进入青春期的男孩从未从上往下偷看过女孩的衬衫一样荒唐。

但这种情况在我的孩子身上是不允许发生的。他不可能既是我的孩子，又是一个骑自行车的人、一个行人、一个拿着公共汽车通票的朝圣者。

他得会开车。

要是我给这个男孩买辆摩托车，这个女人肯定会拿一把钝勺子掏出我的内脏。而事实是，我不会给他买摩托。现在的路上有太多傻瓜在开车。他们一边吹凉他们的拿铁咖啡，在小巧的手机中输入买菜清单，一边从停车标志前径直开过去。于是，我退而求其次，给他买了一辆高性能卡丁车。它的发动机之强大，可以将割草机射到月球上。

它之前的主人把它卖给我，是因为他老婆逼他卖掉这车。他最小的儿子在跨越一条大沟时翻了车，然后倒挂在那里，尖声叫妈妈。但说真的，一个你拉拉绳子就能启动的东西能有多危险？

对我来说，它看上去很安全。司机坐在一个钢管笼子里，系着全身式安全带，戴着一顶带有全脸护罩的头盔，以防低矮的树枝打到他，或是避开四处游走的金龟子。

男孩（第十二章前的故事）　　225

他系上安全带，戴上头盔，按下加速器。在那一秒，他决定了，人生只有两种速度——"停下"和"哇，飞吧"——噗噗地慢行有什么乐趣可言？他在院子里绕了几乎整整一圈，多节的后轮胎在草地上滑行，然后他在绳球杆周围急转弯时估算错了。

出事了。

他弯转得太急，擦边撞到了杆子，车蹿上了将整个杆子竖立起来的混凝土底座。他的车从侧面插了进去，跟传动链连接在一起的一个后轮悬空空转，马达发出刺耳的响声。男孩啪的一下解开他的安全带，弃车跑了出来，好像他全身着了火。

"你到底在想什么？"我问他。

"嗯，"他说，"我没想那么多。"

那个女人用一种无奈的神情看着我。

"你来收拾他的残局吧。"她说。

第十二章

罗 斯

★ ★ ★

　　你要是犯了法，就得跟罗斯打交道，一直打到那个传教士让你脱胎换骨。一旦罗斯认定你是个麻烦人物，那么不管有没有正当的法律文件，他都会罚你钱，把你监禁起来，羞辱你。他不介意在逮捕令上仿签法官的名字，只要那意味着能清除掉"社会垃圾"。如果你在他年轻的时候跟他干架，他会拽着你穿过沥青路走向他的警车，一路上都是你被他打掉的牙。他高大、健壮、皮肤很白——就像一台富及第牌电冰箱站在一双十二码尺寸的尖头皮鞋上——和蔼的圆脸上戴着一副黑框眼镜。他曾是一名职业拳击手，第二次世界大战期间在太平洋战场服役。他枪带上那把蓝色钢制点38口径的手枪对他来说只是个陪衬，那是一个不必要的配件，就像一个领带夹一样。罗斯可以用手指冲你一指,就将你曾经拥有的一切东西一并拿走。他上任后不久就给布拉格一家人定了性,因为他们违背了他对世界应该如何运作的看法。"他讨厌你爸爸,因为他没有办法让他好好做人。"我的母亲说。虽然这一点肯定是真的,但他们之间的关系不止于此。在1958年的一天,我的父母正在城里帮助我的外祖父查理·巴昂德姆给一间房子铺屋顶。他们低头看见罗斯,这个身高近两米、重达一百三四十公斤的男人,斜靠在雪佛兰的引擎盖上。罗斯一言不发,只是抬头向他们微笑了一下,然后在他伸出的几个手指上方竖起拇指,用他的指关节做准星,瞄准我父亲的脸,然后扣了一下那看不见的扳机。"砰。"他嘴里发出一声。

警长罗斯·蒂普顿曾在交际俱乐部作有关人道执法的报告,还喜欢通过将他不要的鞋子送给我的一些更温顺但酗酒的亲属来显示他的善心。但我父亲,这个刚从诺福克的军事监狱里放出来的年轻人,在他看来是一个既令人可怜但又心高气傲、他吓唬不了的白人。罗斯决心要让他对自己卑躬屈膝,将他压垮。于是罗斯在佩勒姆路与学院山交叉的路口,把他像狗一样拴起来,让他拿一把长柄割草刀干活。这样,每个人都能看到那些敢在罗斯管辖的镇上大摇大摆的家伙会有什么下场。

一个夏日,帮忙抚养过我的姨妈琼和姨夫约翰·库奇穿过小镇,看到我父亲被拴在人来人往的街上。他因公开酗酒和斗殴被捕,本应被判入狱,但是用劳动抵罚款的人通常并不会被拴起来。罗斯站在旁边,枪带高高地系在他的大肚子上。我的姨妈琼是个心思像玻璃那样脆弱的小女人,见状无法忍受。她的双眼在猫眼眼镜后面喷着怒火,大踏步地走过去和警长论理。

"你不该这么对待这个小伙子。"她说。

"我必须这么做。"他说。

"你为什么要把他用锁链拴起来?"她问道。

"他会逃跑。"他说。

我父亲在他的小姨子面前,既羞愧又无助地割着石茅。

"难道不是吗,兔崽子?"蒂普顿说。

我父亲的眼睛从地上抬起,望着罗斯,但罗斯始终不看他一眼。他一辈子都在和坏家伙打交道,这个小崽子没什么特别的。

"这样做是不对的。"我的姨妈琼说。

但此时此刻,只有罗斯才有资格说什么是对的。

吃晚饭的光景,我父亲停下手中的活儿,拖着锁链从亲戚朋友和完全陌生的人面前走过,在祖玛小餐馆买了一个瘪瘪的汉堡包吃。黄昏时分,罗斯打开枪套,将一只手放在他的手枪上,直到我父亲将长柄割草刀交还给工具保管员,然后拖着脚镣走回监狱。在牢房里,他杀了罗斯·蒂普顿一千次。

这样的情形持续了好几年。我们这些孩子都被妈妈背在身后进过市政厅,每一次她都要交上几美元来保释他。

如果准备一直好好做人,你所在城镇的警长是谁跟你没多大关系。除了在同济会[1],你不会看到他。但是,如果你知

---

1 同济会(Kiwanis)是一家旨在加强社区和儿童服务的社会慈善组织,于1915年在密歇根州底特律市成立。

道自己迟早会干坏事，知道干坏事是你做人的一部分，那么谁是警长就变得很重要。二十五年来，罗斯管理着我们的小镇，受到了许多人的尊重，也让另一些人害怕，同时被跟我同姓的族人憎恨——因为罗斯不断提醒我们身上的"原罪"。

卡洛斯·斯拉特身上有一种别人能够感受到并且几乎可以看到的善良，他是相信我父亲比他度过的人生要更好的人之一。他相信如果加上一点运气，我父亲的人生会有所不同，并且按照多米诺骨牌效应，他生活中其他人的人生也会有所不同。这是一个很棒的想法。但卡洛斯、杰克和其他人都认为，1955年夏天开始的一系列事件，使得这个小镇几乎不再适合我父亲生活。那些事伤了他的自尊心，并加快了他的沉沦速度。按照他们的描述，这是一个可怕的故事，你可以看到厄运在其中不断翻滚，好像魔鬼一次次地亲自扔着骰子。

"这要说回我的哥哥埃弗里特，在只有一条腿的时候，他把罗斯打了一顿，引发了一场世仇，"卡洛斯说，"不过我猜还能追溯得更早。我想这可以追溯到罗伯特·邓特蒙枪杀怀特赛德警长那件事。如果邓特蒙当时没有扣下扳机，这儿根本不会有罗斯的位置。"

★ ★ ★

厂村及附近社区所有人都了解暴力，他们可以接受工厂里发生的事故，甚至也能接受一定数量的谋杀，因为有些人就是如此。但有些事情是不可能调和的，D. E. 怀特赛德警长被杀一事，甚至到现在还是笼罩在这个地方和居民心头上的阴影。怀特赛德在厂村长大，理解他们并平等地对待他们，而他们因为酒醉后的一次暴力事件失去了他。D. E. 怀特赛德，大家都管他叫怀蒂，是一个性情随和的高大男子，脑袋光光的，像一只煮鸡蛋，是一个受人尊敬的共济会支部成员。怀蒂和妻子玛丽共有五个孩子：佩姬、夏洛特、桑迪、比尔和杰克，所以怀蒂在休息的日子就会开一辆卡车去拉玉米，挣些外快。他扔醉汉就像扔饲料袋一样轻而易举，但是当他的孩子被刮伤或烧伤时，他又会像一个老奶奶那样温柔。"我记得是他在照顾我们。"他的女儿桑迪说。1955年的夏天，她才十岁。

"我们跟怀蒂之间从来没什么过节，"卡洛斯说，"当我们十几岁的时候，他看到我们在某个地方闲逛时，会说'孩子们，我得到那里检查一下这栋楼，如果我回来的时候你还在这儿的话，我会拿鞭子一路把你打回家'。他脱下帽子向维尔玛致意，与鲍勃和男孩们握了握手。"他与我父亲相处得很好，以对待一名退役军人应有的尊重对待他，尽管他是在牢狱中结束自己的兵役的。"那个警察的特点是把你爸爸当人一样对待，"杰克·安德鲁斯说，"他对待每个人都一样。他对待厂村男孩与城镇男孩或大学男生的态度没有任何不同。"他还记得有一次，在广场上举办琼斯爷爷[1]和菜豆先生[2]参演的大奥普里巡回路演。两个醉酒的厂村男孩一直在扰乱演出，直到怀特赛德一把抓住他们，像卡通片的情节一样把他们的头

---

[1] 琼斯爷爷（Grandpa Jones）是班卓琴演奏家和"旧时代"乡村和福音音乐歌手路易斯·马歇尔·琼斯（Louis Marshall Jones，1913—1998）的艺名。

[2] 菜豆先生（String Bean）是创作歌手、喜剧演员和半职业棒球运动员戴维·阿克曼（David Akeman，1915—1973）的艺名。

第十二章　罗　斯

撞在一起，然后将他们带了出去。他的独特之处是，他并没有把所有来自厂村的男孩都赶出帐篷。他爱憎分明，这对他们来说是最重要的。

他被厂村里一名店主杀死这件事，即便到了现在，对于怀特赛德的儿子比尔来说，仍然与1955年6月19日那天，还是一个七岁的男孩的他在前廊上听到噩耗的那个时刻一样，令人感到不可思议。他听到电话铃响，然后看到母亲尖叫着冲出纱门。"那件事发生得太荒唐了，"他说，"星期一，那个男人杀死了爸爸，而他们原本约好星期三一起去钓鱼的。"

警方报告中说怀特赛德因为关于水管的争执而死，但如果你相信事物不断崩溃的原理的话，那么，他是因为时代的剧变而死的。

朝鲜战争快结束时，厂村所在的传统社区已不复存在。工厂不再为厂村供电，不再为工人提供住房。1955年，工厂切断了对那片居民区的供水。城市建设将厂村挖了个底朝天，取出旧线路并铺设了新线路。而人们则抱怨着，诅咒他们要为上帝创造的免费自来水掏钱。

人们的心境本来就够灰暗了，许多工人将他们生活中的变化归咎于新上任的工厂老板。工厂的工人们开玩笑说，当老板死时，六个穷人抬着他的棺材向坟墓走去，他会从棺材里坐起身来。"你给这玩意儿装上轮子，"他会告诉抬棺的人，"这样你就可以裁掉五个这样的伙计。"在一个由纽约投资者组成的新控股集团的支持下，老板们实行了减员和增加劳动强度的措施。当订单减少时，老板就让工人下岗，而当他们接了大单时，就让工人加班加点累得半死，只是为了看一下机器到底能转多快。

然后，不可思议的事情发生了。

工厂倒闭了。

由于另一位业主准备收购这家工厂，本来大家会赋闲几个月，但在那紧张的几个月里，这个地方出现了令人恐慌的局面。对于厂村的店主们来说，这敲响了致命的丧钟。其中一位店主叫罗伯特·E. 李·邓特蒙，他是一个身材瘦削、皮肤黝黑、脾气不好、喝酒会喝得烂醉的男人。他在一间小棚屋经营一家商店。店门前有一个百事可乐广告牌，形状是一个巨大的瓶盖，固定在棚屋侧面。他脾气暴躁，平时在工装裤的围兜里装一把点 22 口径手枪。他生气的时候，像喝水一样喝威士忌，有时即使不生气也喝酒。他告诉客户，谁来动他的水管，他就用枪打谁。

他和怀特赛德相识几十年了。这是一段奇特的友谊——一个人声音刺耳，性情急躁；而另一个默不作声，性格平和——但他们俩都喜欢钓鱼。星期三早上如果天气好，他们就会在黎明前见面，并在他们小时候钓过鱼的池塘和河流里钓鱼。

到了 6 月，邓特蒙商店的水龙头不出水了。J.T. 马里布尔是一名议员，也是该工厂的资深机修工。他告诉《安尼斯顿星报》的记者，邓特蒙异常愤怒地给他打了个电话。"我告诉他，他找错人了。我们（厂方）不再管厂村里的水了。他却说'我限你早上六点必须放水'。"邓特蒙似乎下定决心要让时光倒流。

第二天，也就是 6 月 19 日早上，马里布尔把这个电话的事告诉了市长 J.B. 瑞安。瑞安派了一群城里的工人来到厂村，将商店附近的水管堵上了。当城里的工人罗伊·威尔克森、威廉·巴恩韦尔和罗伊·"托特"·特纳出现时，邓特蒙正在把酒当早餐喝。当工人说他们只是想找到旧管道的位置时，邓特蒙回答说："说这些都是白搭，你们别想把它挪走。"三个工人回到市政厅，告诉他们的主管：店主邓特蒙不让他们施工。

商店那里，邓特蒙正在向一位销售西瓜和甜瓜的农产品推销员路易斯·斯奈德为了水的事大发牢骚。邓特蒙一边抱怨着，一边将手伸到柜台下面掏出一盒子弹，开始填装他的点22口径手枪——那是一种穷人的枪，点38口径的枪打一发需要花费一毛钱，但点22口径的只需一分钱。

市长瑞安打电话给怀特赛德，让他过去跟邓特蒙好好谈谈，但怀特赛德警长说还是等待更加明智。"爸爸认识那个人，"桑迪说，"他知道那个人的脾气。他说'让他冷静一下'。"但瑞安坚持要他去，于是怀特赛德开车到商店，威尔克森、巴恩韦尔和"托特"·特纳开着镇上的卡车跟在后面。邓特蒙穿着一身褪成近乎白色的工装，剃得短短的头发闪着油光，站在外面。当怀特赛德从他的车上走下来，后面跟着三名城里的工人时，邓特蒙向他打招呼。

"你这是什么意思，警察？"他醉醺醺地说。

怀特赛德二话没说，径直走向邓特蒙，准备搜查他身上是否携带了武器。当他走到近前时，邓特蒙掏出他的点22口径手枪，直接朝怀特赛德的胸口开了一枪。像一粒橙子籽那么小的子弹，从怀蒂的警徽下方射入，撞到了一根骨头，然后弹入他的心脏。

"杀了他,'托特'。"怀特赛德说了一句,然后死了。

特纳和其他男人没有动。一只狗过来开始舔血,在场的一名目击者踢了它一脚。"你再踢那条狗一次,"邓特蒙说,"我会让你的下场和他一样。"

尽管子弹留在怀特赛德宽宏的胸中[1],但它的影响和冲击面却是广泛的。"他们给邓特蒙判了终身监禁,但我当时不知道终身的意思实际上是七年。"比尔·怀特赛德说。那枚子弹摧毁了他的家庭。玛丽·怀特赛德心碎了,她在电影院的那份工作无法让五个孩子有吃有穿,并得到足够的照顾,县里让孩子们住到寄养家庭去。"那个人,"比尔·怀特赛德说,"夺走了我所拥有的一切。"

镇上的工人在厂村里铺设了新的水管,但很长一段时间,当人们看到街道上新增的蜿蜒的红色泥土"疤痕"时,就会联想到墓地。1956年,联合内衣公司收购了这家工厂,并将它更名为联合棉纺厂。恐慌仿佛从未发生,只不过像一场糟糕的梦而已。市政府聘请了比尔·哈里斯来当警长。他也了解厂村,甚至本人也在工厂里工作过。在厂村里,人们说再也找不出第二个像怀蒂那样正直、坦率地对待他们的人,但比尔·哈里斯也许可以算一个。可是厄运还在继续翻滚,哈里斯同年就死于心脏病发作。在1956年10月,这份工作落到了罗斯手上。他举起右手,发誓要以专业、公平和正直的方式履行其职责。"请上帝助我。"他说。

看着他的样子,你会以为这个小镇雇了一个只会敲打人

---

[1] 此处为双关语,原文是"big heart。"

的膝盖、打破人的脑袋、智商和萝卜别无二致的红脖子警长。但实际上罗斯不是那样的。

他是一个充满矛盾的人。

罗斯1912年出生于安尼斯顿，十几岁时就是一名受人尊敬的次中量级拳击手。他每天都在第十三街和摩尔街交叉口的鲁本斯坦健身房里练杠铃，和他的陪练伙伴对打。那时他很瘦，脚步轻盈，出手很快。他在十八岁时成为职业选手，没过几年就击败了杰克·泰勒，并赢得南部重量级冠军。他最艰难的比赛，是在成为重量级选手以后挑战人人畏惧的以死缠烂打著称的杰克·约翰逊。罗斯赢了那场比赛，但在击打约翰逊的头时将自己的双手打骨折了。

第二次世界大战爆发时，他作为治疗师加入海军。他进入医疗队，在太平洋最血腥的战场，在瓜达尔卡纳尔岛、布干维尔岛和新乔治亚岛服役了五年，先后隶属于海军陆战队第一师、第三师、第四突袭队以及海军工程部队。他步履艰难地穿过丛林里的淤泥和浸透鲜血的沙滩，用宽阔的肩膀扛着流血和精疲力竭的战士，要么看着他们死去，要么帮助他们活下去。

"罗斯这个人总有两面性，"杰克·安德鲁斯说，"他有邪恶的一面，也有另外一面。"

战争结束后，他在安尼斯顿铸造厂当工头，然后给县警长索克·佩特当副手。他通过在禁酒的县里追捕经营私酒生意的人，一路晋升，当上第一副警长，并且顺理成章地成了杰克逊维尔警长的人选。他接管了这个部门，底下只有三名警员和一辆警车，除非再算上他们与管理自来水、下水道的部门共用的那辆。他每周工作六天,每天工作十二小时,每月薪水一百五十美元。罗斯就靠着那些不起眼的种子,成就了一个丰硕的果园。

他在办公桌前经营一项贷款业务,贷出十美元要求还十五,而且收罚款从不记账。镇上的穷人都知道,他们要用向罗斯借来的钱来支付罗斯征收的罚款。市长和议员们在城界划定和游行路线的议题上争执不休,法官们在"拉迪加"烧烤餐厅吃午饭,而罗斯掌管着街道。他把脚搁在桌子上,任意提高和降低罚款的额度,根据他的情绪处理案件,或者早点把你放走,或者按照他认为的必要的时间将你关在监狱里。镇上的老人们说,他是一名旧时代的警长,为了维持安定秩序,可以按照自己的意愿行事。

但罗斯是有信仰的。他相信传统家庭具有的活力。当他的父亲L.P.和母亲埃尔茜去世时,他保留了他们在安尼斯顿的房子,将它维持在他们离世时的状态,自己则住在杰克逊维尔广场边上一座空置的混凝土房屋里。他没有家庭、没有妻子、没有孩子,却向公民俱乐部和学校传讲他对家庭价值观的看法。"预防犯罪应该从孩子出生的第一天开始,在家里,在教堂和学校……整体环境会影响他,特别是在早年阶段,"罗斯在他的演讲稿中这样写道,这些演讲稿刊登在《安尼斯顿星报》和《杰克逊维尔时报》上,"父母应该和孩子在一起相处足够长的时间,让他明辨是非。这个目标最好通过父母和孩子之间的相互理解来完成,而这种理解只有通过父母与孩子之间的亲密关系才能实现。"

在厂村和与之相邻的较贫穷社区,母亲们用十分钟的休息时间为婴儿哺乳,并从天亮前一直工作到天黑。他亲眼看到田园牧歌式的社会正在破产。

其中有一个家庭比较特别,他们似乎生活得非常随性。

他们随意违反法律,仿佛法律是写在啤酒瓶背面一样,让人不屑一顾。

他们之间不可避免地发生碰撞。当他刚刚在杰克逊维尔有点起色时,就暂时失去了一个警长在一个小城镇,特别是在一个工业城镇必须拥有的威望。他不再那么所向无敌,不能再大摇大摆,甚至连自己的帽子也丢了。我父亲最大的堂兄埃弗里特·斯拉特就是这一切的原因。"罗斯本来就认为我们是社会垃圾,"埃弗里特的小弟弟卡洛斯说,"但当埃弗里特把他收拾了一顿之后,他恨透了我们。如果埃弗里特的腿没有断的话,很难说他会把罗斯打成什么样呢。"

★ ★ ★

罗斯应该知道那个小伙子的生命中有太多的魔法,光明的魔法和黑暗的魔法混在一起。这是一个被炸到太平洋里但毫发无伤,却在去厨房拿一碗牛奶和玉米面包时被打残的小伙。等到罗斯挑战埃弗里特时,他早已经从海中奇迹般游回来,用假腿跳过舞。他是所有人见过的最英俊、最快乐的残疾男人,只有一个女人可以让笑容从他的脸上消失。而这一切真的让人感到那么意外吗?

埃弗里特从来没有告诉人们他经历的奇迹。他从未解释在"艾奥瓦"号战列舰炮塔上的炮弹爆炸后发生了什么——他翻筋斗似的掉进海洋深处。在事情发生后，他的母亲埃尔多拉收到了战争部来的一封唁函。但几个月后，他从佩勒姆路上走了回来，她在山脉大街的拐角处看到了他。"嘿，妈妈，"他说，"是我呀。"

他身上没有留下一点伤痕，没有被烧伤或划伤过，仿佛天使在半空中抓住了他，并将他一路带回了家。许多人开始相信这个说法。

他简直就是米开朗琪罗雕塑的大卫像，只是多了点雀斑。他身高一米八六，体重超过一百公斤，一块块发达的肌肉在身体上起伏，让他看起来像大理石那样坚硬。他有一头金红色的头发，无时无刻不在笑，就像知道自己生活在额外奖励的时间里一样。

他回乡后结了婚，但婚姻并不幸福。一天晚上，经过与妻子的又一次争吵后，他回家晚了，让她给他准备一碗牛奶和面包。他推开门走进厅里，他的岳父就坐在那里，手里拿着一把单管16号口径霰弹枪。老人扣动了扳机，但哆嗦了一下，那一枪将埃弗里特左腿膝盖以下的部分毁掉了。

"但他和她还一起生活了几年，"卡洛斯说，"感情并没有好转。"

田纳西·威廉姆斯曾经写道，一个独腿、好看的小伙，身体缺少了那一部分使得他更像一座雕像。埃弗里特正是那样。他仍然瘦削、精壮，还能挂着T字形拐杖跟两条腿的男人赛跑，直到退伍军人管理局为他安上了一条木腿。不久之后，埃弗里特和他的妻子在亚历山德里亚路附近又被卷入一场争斗。当罗斯的巡逻车驶入院子时，卡洛斯和他的兄弟雷德正好在那里。罗斯喜欢在有女性在场时逗英雄。

卡洛斯和雷德试图让埃弗里特平静下来。

"这事我包了,小伙子们。"罗斯说。

他小心翼翼地走向埃弗里特。

"我们走吧,孩子。"他说。

"我什么都没有做,罗斯。"埃弗里特说。

"等你冷静下来,孩子。"罗斯说。

"我不跟你一起去。"他说。

罗斯抓住他的肩膀,埃弗里特猛地挥拳击中了这个高大男人的脑袋侧边,罗斯踉跄了一下。"但是当他挥拳时,他木腿上的皮带开了,他的假腿从裤腿里掉了出来。"卡洛斯说。

埃弗里特在"艾奥瓦"号上的时候也曾是一名拳击手,但是他没办法只用一条腿摇摇晃晃地跟罗斯硬碰硬。于是他猛地向前扑了过来,双手抱住罗斯,把他扑倒在地。

这是一场在泥地上展开的公平对打。罗斯倒在他的身上,埃弗里特用一只钢铁般的手臂卡住了警长的脖子,开始用他腾出的另一只手猛击罗斯的脸。罗斯挥拳反击,你可以听到拳头像打鼓一样落在对方的肋骨和头上,但埃弗里特把罗斯掐到脸色发青,同时用拳头猛砸他的脸。

卡洛斯和雷德在一旁看着。

"我们这家人,"卡洛斯说,"是不好欺负的。"

但是,由于担心埃弗里特会杀死警长,或者罗斯会用枪在他们的兄弟身上开一个洞,卡洛斯和雷德用力将他们俩分开了。警长用手捂着自己的喉咙,开车走了。卡洛斯和雷德将埃弗里特和他那悬垂的木腿塞进了罗斯的警车后座。即使是罗斯,也不能以自卫为借口射杀一名在自己的警车里的男子。罗斯别无选择,只能开车将埃弗里特送进监狱。为了以防万一,卡洛斯和雷德开着车紧随其后。

罗斯过于尴尬,没法对一个在泥地里揍了他一顿的单腿男子提出什么像样的指控。无论如何,流言还是一如既往地传开了,人们都在窃笑。

在此之后不久,埃弗里特的房子疑似被人烧毁了。他和妻子分了手,拖着那条木腿居无定所地流浪。他拥有的魔法,不论好的还是坏的,都从他身上褪去了。他在年纪尚轻时就死于严重的心脏病发作。

在被狠揍了一通之后,我们可以很容易地推断罗斯会毫无理由地欺负我们家族的人。但那并不是事实,事实是我们家的人总会给他各种理由找碴。警察会开着车在他们的院子周边转悠,因为有机会当场抓住他们违法。"他曾因为一瓶冷水把罗伊带去监狱——因为它看上去像私酒。"卡洛斯也承认,在其他任何时间,瓶里可能就是私酒。如果鲍勃试图按照自己的模式行事,试着醉醺醺地驾马车在厂村里转,罗斯会派他的手下带着枪过去拿人。你可以有很多理由对一个男人开枪,但绝不应该因为醉酒驾驶马车开枪打人。

"当你逮捕一个人时,"罗斯告诉交际俱乐部的成员,"你通常会给自己制造至少五个敌人:被捕者本人、他的亲属以及他亲密的朋友。"但他说,一名警官应该平等地对待所有人。"你不能像推土机一样横行霸道地对待你的同胞。给他一个公平的待遇,然后你就没有什么可害怕的,也没有什么可惭愧的了。"

要争取他的宽大,你只要对他叫上一声"先生"就行。但有趣的是,这个简短的称呼就像鱼刺一样卡在有些人的喉咙里,吐不出来。鲍勃和他的儿子们从来没有对罗斯说过"先生"二字。

在我母亲第一次去将我父亲保释出来之前很久时,维尔玛就去赎过她的男人。

要真正描述出那个小女人的尊严是件很难的事。她自己缝的裙子被围裙遮住一半,她的脸和羞耻被帽子遮住,手中装零钱的钱包里装着仅够把鲍勃保释出去的钱。她站在罗斯的办公桌前,因为他从来没让她坐过。他懒洋洋地坐在椅子上,两腿像树枝一样搭在桌面上,鞋子的底部对着维尔玛。东区的女士们走近时,他会站起来,但他从不为维尔玛起身。

他滔滔不绝地训斥她,好像是她而不是鲍勃喝醉了酒,做了愚蠢的事。有一天他说得太过分,言辞太刻薄,她用尖厉的嗓音叫他下地狱。

"你知道我是谁吗?"他咆哮道。

没有人会顶撞罗斯。

"我是罗斯·蒂普顿。"

然后他站起身来,这样他就可以俯视她。

"你知道我是谁吗?"她说,细小的声音颤抖着。

"谁?"他轻蔑地说道。

"我是维尔玛·布拉格。"

她气得发抖,站在那里,直到他让她离开。

他最鄙视的就是一个人醉醺醺的样子,尽管他把那些人关起来之后,回到家里,他也会喝上几口私酒贩子当作贡品留在他门外的成瓶威士忌。布拉格家族的人虽然在工厂上班,却拥有他没有的一切。他们的女人很漂亮,他们的生活虽然并不富裕,但还有不少盈余。他们的汽车冒着烟,但闪闪发光。他们住在厂村的房子里,却戴着领带。更糟糕的是,他们对他理所当然拥有的东西并不买账。他没有办法让他们害怕他。

我父亲把和罗斯的周旋当作一场游戏,一个在魔鬼的势力范围内与之共舞的机会。在1950年代中后期,他进入一段自我毁灭的时期,任何醉酒的时刻都有可能让他浑身冰冷地躺在尸检台上。这些违规行为已在我的记忆中变得模糊不清,但我母亲记得当罗斯的车出现在院子里时,他撞开门,穿过房子,猛冲向后门,一脸欣喜若狂的样子。这对他来说像是在玩捉迷藏。夜里,当我父亲看到罗斯的车向他的车后逼近,他就会用脚猛踩油门,加速离开,然后关上车灯,在街上熄灯狂驶。他一旦摆脱了罗斯车灯所及的范围,就会穿过曲曲折折的小街,在一条泥土路面的小巷里停下,或者将车尾朝后倒进一家陌生人的车道,将车熄火,一个人坐在那儿,心怦怦乱跳。香烟橙色的亮光在黑暗中忽隐忽现。

这种举动对任何一个男人来说都是愚蠢的,特别是一个有儿子的已婚男人,但他就是这样一个人。我猜这能让他觉得自己还活着,而罗斯就是他的引信导线。

"他走进门时总说,'我把罗斯比下去了'。"我母亲说。

那个年代不像现在,警车可以把你团团围住。杰克逊维尔警局当时没有其他车,尤其是在下水道出现紧急状况的日子,所以警察不得不派一个人走一趟,将他带回警局。罗斯总能找到他,就像那天他开着车来到我父亲、母亲和外祖父在屋顶上工作的那座房子前面一样。他发射了一枚看不见的子弹,然后走到梯子前,在那里静静等着。

杰克·安德鲁斯说:"他总是告诉所有人,查尔斯是多么可怜,有人应该把他带到树林里打死。"有时候,我父亲喝醉酒或跟人打架,甚至有时什么都没做,罗斯也会走过来。他虽然是一个大个子的人,却能轻巧安静地移动,然后勾了一下手指。我父亲只要有可能就会逃跑,如果被包围就会打架。但是罗斯只是将他从地上一把拎起来,朝汽车侧边撞去,然后把他像个孩子一样关进监狱。

"罗斯的肚子很大,但动作非常敏捷,而且他知道怎么动拳头。查尔斯没有一丝逃跑的可能,"杰克说,"他可以干掉两个你爸爸。"

他在拘留期间从来不殴打或鞭打他。

他从不让他挨饿。

他只是在光天化日下铐着我父亲。

"罗斯想要征服他,"杰克说,"他要的就是打垮他的意志。他讨厌别人不服从。如果你不畏缩、不低头,他就不满足。可查尔斯偏偏不那么做。他把你关进监狱或劳动改造还不够,他必须从精神上打垮你。但他无法打垮查尔斯。"

在我父亲没有被关起来的一天,罗斯在镇上看到了我的母亲。

"你的丈夫怎么样?"他问道。

"他在上班,他挺好的。"她说。

"好吧,我知道他对你们不好。"他说。

他脱下帽子致意。

"如果有什么我可以做的,你就给我打电话。"

过了一段时间以后,这就成了老一套。

我父亲和杰克当时喜欢在小镇奥哈治附近的库萨河里用钓鱼线捕鱼。他们会用洗衣液罐和尼龙绳做捕鱼工具,再将任何有臭味的肉当诱饵挂在线上。第二天,他们会把线收回来,线上可能会有莓鲈或鲇鱼——总有什么东西会上钩。有一天,钓鱼线不见了。他们在附近注意到了捕兽陷阱。有一个名叫约翰逊的人是罗斯的好朋友,那是他们知道的唯一会在附近设陷阱的捕兽人。

约翰逊将皮草卖给百货商店,并为罗斯提供鱼,换取偶尔的好处。"无论他惹了什么麻烦,罗斯都会把事摆平。"杰克说。约翰逊头发花白,平头,身材粗壮,最出名的是以笑脸迎人,"然后突然朝你身上捅一刀",杰克说。

"于是,我们去了他家,我和查尔斯,我们俩当时都喝了酒,"杰克说,"只喝了一点点。"

他们在沙发上找到了约翰逊。

"你们想干什么?"他说。

"你知道那条钓鱼线吗?"我父亲问道。

"我知道很多钓鱼线。"他说,然后笑了起来。

"好吧,那条是我们的。"我父亲说。

男人的笑容消失了,但他没有动,只是躺在那里。

"我们看到你设的陷阱,就在那附近。"我父亲说。

约翰逊不理睬他,仿佛他不存在一样。

他是那么漠不关心,看上去可能想小睡一下。

"你是躺在那里不动呢,"我父亲说,"还是我把你弄起来,再把你打趴下再说?"

当我的父亲用拳头往下击打时,约翰逊跳了起来。一声脆响过后,那个男人蜷缩在地板上,捂着他的脸。我的父亲穿着一双尖头牛仔靴,用他的脚踢那个男人的脑袋。

"哇!"杰克说,抓住了我父亲,半抱着把他拽出了门。

"你要干什么,把他踩死不成?"杰克说。

"对。"我父亲说。

我父亲的脸色通红、扭曲、丑陋,但他任由杰克将自己推进车里。杰克说,在我父亲的想象中,一定是看到了那些鱼在罗斯·蒂普顿家厨房的煎锅里吱吱作响。

我父亲知道罗斯惹不起,他最多只能把他的朋友们打得灵魂出窍。

后来,罗斯较真起来。我的老家关于不法行为有两种定义:它们与重罪或轻罪无关。真正重要的是,依据你的罪行是否需要将你遣送外地,或者在家乡坐牢。你可能会因偷一台车载收音机而被遣送,也可能在停车场用一把修屋顶的弯刀将某人开膛破肚却不用被遣送。如果没被遣送,你就会在镇上的监狱里坐牢,这样你的妈妈还可以来探望你。但是,如果被遣送,你就要去县里的监狱或劳改机构。过去,警长可以酌情决定你在哪里蹲监狱,当时就是那样。大约在1959年,罗斯把我父亲遣送走了。

刑期只有几个月,罪名是醉酒驾驶,但那是一所不同的监狱。在县里,那些瘾君子整晚都在尖叫,在地板上撒尿,手里拿着用熔化的便携式梳子做成的小刀在地板上磨着,直到它们像针一样锋利,像骨头一样坚硬。我父亲躺在自己的床铺上,听着其他男人的牙齿因为严重的酒瘾戒断反应咯咯作响,看着他们来回晃荡。而事实上,他自己也同样酒瘾难耐。穿着工装裤的威士忌走私犯和穿着尖头皮鞋的毒贩们——有白人也有黑人——目光穿过牢房相互盯着看。而我父亲是一名模范囚徒,努力工作,赢得狱方的信任。他可以不戴镣铐穿过监狱,推动拖把,清空垃圾。越狱时,他只剩下几个星期的刑期。没有人知道他当时为什么要把钥匙拿走,也许只是为了在那些将他送进牢笼的人的伤口上撒一把盐。

后来,重获自由的他和杰克来到日耳曼泉公园,两人坐在他的车里,一边听着收音机,一边吸着烟。我父亲正在酝酿彻底打垮警长的计划。

他制订了一个简单的计划。他和杰克准备在深夜里打电话给警局调度员,称有两个不良青年正在日耳曼泉公园里乱扔垃圾、摔碎啤酒瓶、大吵大闹。罗斯平日里会让囚犯打扫公园卫生——这是他最得意的项目,他听到这个消息肯定会很生气。罗斯会一个人冲过去,因为他对付不良青年不需要助手。"我们会准备好棒球棒,藏到一边。"我父亲说。等罗斯踏出车外,他们就砸他的脑袋,打断他的腿,把他拉下来,打断他用枪的手臂,然后把他打死。

杰克只是在黑暗中看着我父亲黑色的轮廓。
"我们不能这么做。"杰克说。
"为什么不呢?"我父亲说。
"因为他们会把我们送上电椅的。"杰克说。
"我才不在乎,"我父亲说,"我就是要宰了那个狗娘养的。"

男人喝醉了酒讨论打打杀杀的事，在这个地方并不罕见。如果你不是在谈论女人，那你一定是在谈论杀人之事。杰克花了那一夜的大部分时间劝说我父亲不要报仇，提醒他应该为了什么活着。杰克非常肯定罗斯很难被干掉，他要么会开枪打死我的父亲，要么将他活活打死，要么让他牢底坐穿。那想法实在太疯狂了。在第二天还要上学、上班的夜晚，我的父亲本应回家跟他的妻子和孩子们在一起，而不是待在外面和杰克一起策划刺杀警长的事。

杰克劝了一整夜。

电椅并没有吓到我的父亲，但是终身监禁把他吓住了。

杰克谈到那个话题时，着重讲到刑期是无穷无尽的。

他告诉他，到南边佛罗里达州界边上阿特莫尔的监狱，有很远的路要走。穷人有时候没办法过去，因为买不起汽油。

"你会永远都见不到玛格丽特。"他告诉我父亲。

他说，到那么靠南的地界的人们，都会被遗忘。

"当然啦，他绝对会动手的，"杰克回想着，说道，"你爸爸可不怕死。"

他只是不想就此消失。

★　★　★

当我出生的时候，我的父亲已经经常浑身颤抖不停了。他从没有停止痛恨罗斯，但随着生命力渐渐衰弱，他已经完全不是罗斯的对手。认识我父亲的人仍然责怪罗斯加速了他的沉沦，我觉得我也是这么认为的。但事实是，罗斯从来没有打垮我父亲。他是让威士忌和结核病给打垮了,虽然酒精和病痛赢得也很艰难。

在罗斯警长的职业生涯即将结束时,地方检察官鲍勃·菲尔德对罗斯的生意往来的调查正在结案。这项调查是由曾经担任大陪审团的公民个人、警察和退休警察敦促发起的,因为他们感到"体系可能正在崩溃之中"。菲尔德说,杰克逊维尔的主要缺点,似乎是警官在法院管辖范围以外对案件的定性方式,并且,虽然已经发现蒂普顿曾经在法院待审诉讼清单和逮捕证上仿签过法官的姓名,并凭借自己的权力决定罚款数额等罪行,但他认为这些行为不存在犯罪动机。不过,他表示,杰克逊维尔警局是他知道的唯一不用规范程序记录证据的警察部门。厂村里的人听后都笑了。因为在这个地方,什么算证据,还不是罗斯说了算。

罗斯·蒂普顿做警长一直做到六十八岁。1981年6月17日,他退休时,亚拉巴马州以命名罗斯·蒂普顿日为他送行。人们写信给《杰克逊维尔时报》赞美他,感谢他为贫困的犯罪受害者送钱、为饥饿的狗提供食物,还有一些被他送进监狱的人为他将刑期合理均分而向他表达感谢。第十大道的费伊·普利切特-伦弗罗写道:"谢谢你周一早上从自己的口袋掏钱支付的很多罚款,让一个父亲或丈夫在把家里的买菜钱浪费在酒上之后还能去上班。谢谢你为那些贫穷的人购买的衣物和食物,照顾我们镇上那些酗酒成性的人。当年轻人因为犯了小事被捕时,你为他们想其他办法解决,还带孩子们去钓鱼。还要感谢你成为我们的朋友。我的家人们希望退休能带给你快乐和满足,也盼望你得到主赐予的平安。"

在我父亲逐渐衰弱的岁月里,杰克仍然偶尔与罗斯发生冲突。他当时已经结婚,在工厂值第三班,尽可能将一块钱掰成两半花。他的车仍在使用旧牌照,希望没有人会注意到。结果,罗斯注意到了。他告诉杰克,在他买新牌照前,不准把车开出自己的院子。杰克告诉罗斯,如果他开不了车,他就无法上班。"我有两个孩子要养。"他说。罗斯告诉他,那他只好走路上班。不过后来他让人捎话给杰克,说他觉得开那辆车上班是可以的。"我就是想说这个,关于罗斯的两面性,"杰克说,"有邪恶的一面,也有别的东西。只要他拥有凌驾于你之上的权力,他就满意了。"

★ ★ ★

我跟罗斯·蒂普顿只打过一次与犯法相关的交道——如果不算上我开车时做的那些事情。那是夏天的一个工作日,我大约八岁。我走到日耳曼泉公园——就是我父亲曾经策划杀死罗斯的地方——在那里自娱自乐。我在一个秋千上摆荡,然后对着一棵树扔石子,直到我热得需要到冰凉的溪水里去蹚水。我还是无聊得要命,于是便找了一些甜瓜大小的燧石,开始在水中筑起一个新的水坝。

"你在做什么,孩子?"一个低沉的声音传来。

我抬头看到了我在河岸上见过的个头最大的男人。他穿着白色衬衫和黑色裤子,两条裤缝上都有一道竖直的黄条,还戴着一条粗粗的黑色枪带。我见过他几百次,但他从未和我说过话。

"你不能筑坝拦住水。"他说。

"我不知道。"我说。

"那你现在知道了。"他说。

停车场里没有车,所以他一定想知道我是怎么到那里的。

"你住哪儿,孩子?"他问道。

我指着罗伊·韦布路对面艾娃的小房子。

所有人都知道,我们从父亲那里逃出来后就一直住在那里。

"你是查尔斯·布拉格的儿子?"他问道。

"是的,先生。"我说。

他什么刻薄的话都没说,也没有说关于我父亲的事情。

"你把那个坝拆了,然后把石头扔出去。"他命令道。

"好的,先生。"我说。

他转身走向他的警车,那是一个戴着厚片眼镜的老人,用他虚弱的糖尿病足轻柔地走着,但我还是吓得要死。我扔掉一两块石头,一等他离开,就飞快地跑了。过柏油马路前,我只稍稍停下来向两边看了看,接着就冲过马路,飞奔过院子,猛地打开纱门,磕磕绊绊地冲进闷热的小屋。

"罗斯·蒂普顿要把我关进监狱!"我喊道。

我母亲告诉我别犯傻,到外面去玩。但她告诉我,暂时不要再到那个泉附近玩了。我躲在灌木丛中,看着警车在砾石停车场里徘徊。过了几天,我觉得我安全了,他们忘记了我的罪过。但是现在,在了解罗斯之后,我也更了解我的父亲了,我知道过了这么久,我终于让他赢了一回。

他让我们家族中的一个人叫了他一声"先生"。

男 孩

（第十三章前的故事）

男孩穿着黑色燕尾服站在我身边，拿着戒指。他一直在笑。我想他再那样笑下去，头会从脖子上掉下来。

当那个女人的二儿子挽着他可爱的母亲走过红毯时，我已经单身二十年了。对于那个男孩来说，这需要勇气。我想他们俩都需要勇气。

后来，在皮博迪酒店的屋顶上，一个节奏蓝调乐队一直演奏到夜里。酒店边的那条大河在黑暗中奔涌而过，宽阔而沉默。男孩一直跳舞，直到最后一个低音音符落地，他的衬衫下摆露了出来，脸上满是汗水。他跳了电动滑步和芬克鸡[1]舞，可能还有布加路舞。那天晚上，没有什么比那个男孩和

---

[1] 芬克鸡（funky chicken），街舞中的一个动作，舞者双手置于腰部两侧，脚下不断交换重复。

他跳舞的样子更能给老人们留下深刻的印象。我不知道那天晚上是什么让他变得如此灵动,但即使他当时在担心有关我的事,担心他如何适应新的一切,也并没有流露出一丝一毫。他只是在屋顶摇摇欲坠的面儿上将所有的焦虑撕得一干二净,并且认为最后一切都会好起来。

按照婚礼的程序,我需要在最后一刻下来,来到新娘前面。

拿秒表的人是一个非常称职的、不能说是专横也算得上武断的朋友,他叫达纳·罗森加德。

我提前了几分钟从房间下来。

"现在没到你的时间,"他说,"走开。"

我转身走回电梯。

我现在还可以逃离这场婚礼。

没有人可以说我没有作出真诚的努力。

我最好的朋友之一,克里斯·史密斯,目睹了刚发生的事。

"你叫他走了?"他难以置信地说,"你已经把他困在这里,但你居然叫他走开?"

可我还是回来了。

现在我站在那里,看着那个男孩跟着《野马莎莉》的歌声起舞。

在一大堆朋友和亲戚的喧嚣中,我回忆起我度过的最后一年单身汉生活。我用洗碗用的洗涤剂洗头和洗衣服,把两者都洗得干干净净,散发着柠檬香气。我从来不穿熨过的衬衫,甚至不希望有一件熨过的衬衫。大部分时间,我仍然住在酒店里。有些晚上我在山脚下母亲的小屋里住,有些晚上住在莫比尔湾附近的一座房子里,有些晚上在塔斯卡卢萨和朋友一起住，屋子里有一台装满无数馅饼的神奇冰箱。我的衣服到处散落，所以我可以轻装出行。我的邮件堆得齐腰高，那里面没有什么不能拖延的东西，哪怕是账单。我用一把点22口径手枪猎杀水噬鱼蛇，以此来让自己放松。我写了些东西，在蒙大拿州一条波光粼粼的河畔跋涉，在迈阿密赚了不少钱，还在新奥尔良度过不少日子——直到洪水将其中那么多东西冲毁殆尽。然后，我在这场婚礼中被俘虏了，但那份狂野仍然留在我心中。

这一年，我们增加了一个新的洗衣房。我打了流感疫苗。我把那辆像詹姆斯·迪恩那样的银色汽车卖了。

他们在婚礼当晚拍了上百万张照片。

而我从未拍过照片。我只是觉得我会尽可能久地记住我看到的一切，然后等老糊涂了，我不需要坐在家中，在颤抖的膝盖上摊开一本相册，想知道相片上面那些人究竟是谁。

但我想要一张那个男孩跳舞的照片。就算我把他的名字忘了，我想我看到那张照片时也会很高兴。

"那是谁家的男孩？"一些怪老头可能会问。

"我不确定，"我会回答，"但你看他跳得多棒。"

第十三章

达拉斯

我父亲的运气在 1962 年和 1963 年间到了头。

他原本可能在那个时代的日常暴力中就被杀了，但杰克相信是上帝保护了我的父亲，让他有最后一次机会与我的母亲在一起，与我们在一起。

"我认识的一个亚特兰大的男人卖的手枪很便宜，周六晚上有特价。我准备去亚特兰大买上几支，然后我到在安尼斯顿开的马刺服务站，把它们放在车后备厢里转卖，"他说，"有一天，我和你爸爸从亚特兰大带了几支手枪回来。我开着那辆 1956 年产的雪佛兰，是棕色和古铜色的——你爸爸很喜欢那辆车。嗯，当时开始下雪了，只有一条比较好的路可以去亚特兰大，就是那条 78 号公路。那条路挺危险的，而且我们越开，雪下得越大，路上除了我们之外，一辆车都没有。我猜其他人更加明智。嗯，你什么都看不到，我对查尔斯说，'我希望这条路不要被冻住',但它真的冻住了。我们开到小山的顶上,什么也看不见,结果对面开过来一辆半挂式卡车。为了躲过它,我将方向盘别过去,那场景就像我们在电影中看到的那种慢动作。我们的车开始往路边滑,滑到了那座山陡坡的那一边。'坚持住啊,'我说,'我们要掉下去了。'"

"我眼看着我们的车滚了下去。车停下后,我说的第一句话是:'查尔斯,你还好吗?'他告诉我他还行。'别把那扇门踢开,杰克,因为我已经从这边把门打开了。'我们爬了出去,雪下得很厉害。我看着你爸爸说,'我们要冻死了'。但他只是笑了笑。就这样,我们爬回到路面上。正在那时,我听到一辆车开过来的声音。那是一辆黑色的雪佛兰,车里坐着一个老人,戴着一顶帽子,就像人们过去常戴的那种宽边帽,帽檐拉得低低的,遮住了脸。我猜他大概有九十岁的样子。他问:'你们去哪里?'我告诉他,我们要去牛津,他说:'我把你们送过去。'他穿着深色衣服,戴着黑帽子。回家的路上,我一直在猜想,那位老人为什么会在这种时候一个人出现在那条危险的山路上。他就在那溜滑的道路上开车带我们回家,让我们下车,而我甚至没问一下他的姓名。"

"当他开车离开时,我告诉查尔斯,'我相信那是一个天使'。他只是又笑了笑。'你信这个?'他说。'我信。'我说。但你的爸爸不相信天使,我不相信他信。但是你知道的,《圣经》说你不必向上帝祈祷派天使,'因为你会不知不觉地接待天使'[1]。"

---

[1] 出自《圣经·希伯来书》第13章第2节:不可忘记用爱心接待客旅,因为曾有接待客旅的,不知不觉就接待了天使。

就在大约那段时间,他把我们带到了得克萨斯。

那是 1963 年。一天晚上,我父亲回到家,神志清醒地说:"玛格丽特,你愿不愿到达拉斯去?"他们兄弟几个在达拉斯一家大型汽车维修店找到了稳定的工作,那薪水足以改变一家人的生活。似乎布拉格家的所有人都在计划一夜之间搬到那里。我母亲盯着地板。他这是在叫她离开娘家,离开她的姐妹和因失去丈夫而憔悴不堪的母亲,去跟随一个随时可能自我毁灭的人,一个任何一天都有可能选择不去上班,或者打开一瓶用于社交的啤酒,然后一整年都醉醺醺的人。但是他在桌子上方探过身子,握住她的手,告诉她,这是他们的新起点,是他们在一个自由自在、没有亲戚非难和警察迫害的地方,在一个没有人知道或留意你以往过失的大城市里重新开始第二次人生的机会。他说他在这个地方待够了,厌倦了这个小镇。他没办法开车到商店去买一包香烟,因为总会在那里碰见罗斯叫他下来,走直线。他连一公里都没法开,因为他那辆破车会在某个十字路口熄火,让他难堪。那天晚上,他对她承诺了很多事情,承诺他会坚持上班,过上让他们都为之骄傲的生活,承诺他不会在家里、在她和孩子们的面前喝酒,承诺一次不会喝太多的酒,也尽量少喝几次。但他过去答应过她很多事情。在那之后的几天里,他都保持着清醒,向她表明他是认真的,向她证明她这次可以信任他。每天晚上,他都求她跟他一起去,开始一段新生活。她终于屈服了,但是他们离开的那天,她太过紧张,以至于给那时还是婴儿的马克穿上新衣服后,拿起行李箱就走了出去,把马克忘在了床上。

"他们催我快点、快点。"她说。亲戚们忙乱、流泪、道别。博特·沃尔开车送她和三个儿子去安尼斯顿的公交车站，但倒霉的是，半路上他车里没油了，所以他们不得不多花些时间。"就这样，我把山姆放到车上，然后是你，然后我坐进去以后说，'我们走吧'。就在那时，布拉格奶奶把头伸进车窗说道：'玛格丽特，亲爱的，你不把宝宝带上吗？'"

我们凭着一种信念，乘着公共汽车跨过半个国家。山姆那时七岁，我四岁，马克只有一岁，我会整小时地盯着窗外的沼泽、稻田和松树林，盯着广阔的茶色的"大海"——现在我知道那是庞恰特雷恩湖——盯着数不尽的牛和看上去像铁恐龙的油井。我会一直盯着看，直到我睁不开眼睛，然后爬到地板上，睡在妈妈的脚下。这辆笨重的公共汽车只开了两天，但在我听到公交车司机宣布"得克萨斯州达拉斯到了"、我们下车踏上火热的沥青路之前，那似乎是一次伟大的旅行、一次大规模的探险。我母亲每公里都在想，他会不会在她还没到达拉斯之前就崩溃了，他会不会把我们忘了，他做过那样的事情。但在那个巨大的停车场，他就在那里冲我们挥着手。

然后，最神奇的事情发生了。

他信守了自己的承诺。

我们住在属于自己的房子里，那是一座有着宽敞门廊和门廊秋千的白色小木屋。每天下午3点半，我们都能听到冰淇淋车叮叮当当的音乐声逐渐接近。我们以前从未见过冰淇淋车。我母亲有一个钱永远花不完的零钱包，里面是满满的硬币。她会把钱交给我的兄弟和堂兄弟，然后用手拉着我，把我带到冰淇淋车侧面的镂空门前，对里面的人说，"请给我两个冰淇淋"，就像我们是上等人那样。我会尽快吃掉我手里的，然后她会把她手里的半个冰淇淋也给我。

我感觉像是穿过了一扇神奇的窗户。前一天，她还拖着骑在一个装棉花的口袋上的我，摘一整天棉花只能挣一美元加一点零钱，第二天，我们就坐在门廊的台阶上吃起了冰淇淋。

"你还记得那辆冰淇淋车吗？"四十二年以后，她问我。

我点了点头。

"其他孩子，整条街的孩子都坐在那里吃冰淇淋，因为我家有最好的台阶，又大又宽。"她说。当他们跟着山姆一起跑去玩时，会把冰淇淋的包装纸留在台阶上。当他们离开后，我会帮她把它们捡起来，如果那上面有残留的巧克力，趁她没看见，我会把它舔掉。她抓到过一次，并且告诉我再也不许那样做，因为那太恶心了。但我那时才四岁，那可是巧克力啊，你应该懂得那种诱惑。

当时我感觉每户人家的前院都为一个派对而装点了起来，现在我才知道那只是得克萨斯州一个选举年的夏天的缘故。红色、白色和蓝色的竞选海报似乎覆盖了每一家的草坪，其中大部分是支持州长约翰·康纳利[1]的。他会在即将到来的秋天与总统约翰·F.肯尼迪一同乘坐敞篷车。

我记得我们一家在那里的点点滴滴。我记得在达拉斯动物园里，我走在父母之间，我母亲背着我的小弟弟马克，而山姆不断绕着圈跑来跑去，因为他刚刚透过篱笆瞥见了一头

---

[1] 约翰·康纳利（John Connally，1917—1993），曾任美国海军司令、得克萨斯州州长和美国财政部部长。1963年肯尼迪遇刺时，康纳利也坐在肯尼迪总统座驾里，他在枪击中受了重伤。

活的大象,这终于让他忘了自己应该是一个严肃的大男孩。我记得看到了猴子,但不记得是哪种猴子,只记得它们闻上去像某种我说不出口的东西,真的,它们到处扔自己的大便。我记得还看到了狒狒或者是猩猩,由于某种原因,它们的屁股通红发亮,一根毛都没有,让我母亲不由得喊道"哦,主啊",并把视线移开。出于某种原因,我仍然清楚地记得父亲那天穿的衣服。他的短袖衬衫上印着小小的棕榈树,深色的裤带高高系在腰部。他一直都很时髦。我们那时都打扮得很时髦。我记得自己透过一片像森林一样密密麻麻的腿盯着一只大猫,记得我举起一只手向我父亲伸去。他没有轻轻地抱起我,只是伸手抓住我的手臂,因为他是如此强壮,径直将我举过了头,让我坐在他的肩膀上。他知道我不会害怕,也不会尖叫,因为我是他的儿子。

他每天早上都早早地去上班。他是走路去的,因为那家店离家只有几个街区的距离。如果我年纪再大一点,我会对此称羡不已。在汽车文化中,去比邮箱更远的地方就得开车。走路去上班会让一个人心存谦卑。

整整两个月过去了,每个星期五,他将薪水支票兑成现金交给我母亲,那些钱足够维持生活,买衣服、菜和冰淇淋。

"我们很好,"我母亲说,"我们都过得很好。"

这一切对她和对我而言都一样神秘。她从未见过这样的城市,甚至从未去过伯明翰。买菜的地方,一家超市,真真切切几乎就在街对面,与过去相比,生活方便了太多。

超市里的牛肉,一块块厚厚的红牛肉,只要我们想要,就能吃到。我们早餐吃牛排、烤饼和肉汁。维尔玛过来待了一段不短的时间,晚餐时便有了维尔玛做的巨型肉饼、牛肋排配土豆和洋葱,还有夹着西班牙淡味大洋葱和黄色奶酪的自制汉堡包。"我的意思是,那是你见过的最棒的肉,"我母亲说,"我和查尔斯会一起去逛商店,我们以前从来不那样。"

晚饭过后,父亲和兄弟们会到后院里,或坐在屋子后面的台阶上喝一点啤酒。私酒贩子的节奏似乎终于在这里被打破了,他们在下午喝一两瓶啤酒就停,除非是周末,那时可能喝一瓶到六瓶啤酒。但醉的程度再也不像以前那么丢人,再也不是那种痛苦的、折磨人的、让她想要找到一个地洞钻进去的醉法。

"那时他做得很好,"她说,"他真的做得很好。"

我希望我能回忆起更多的事。

山姆在这个街区里探索,和与他年龄相仿的孩子们一起玩球和捉迷藏,直到他在街上发现一家养老院。在那里,老人们会坐在椅子上晒太阳、讲故事。此后,他就把所有的时间都花在那座房子里,一边听故事,一边点头,学习如何削木烟嘴、卷香烟或填烟斗。"起初我很担心他,因为我害怕那里的一些老人脑子会有问题,但他们不是,他们只是上了年纪。"他们很喜欢这个男孩。我的哥哥是在释放自己的天性,他大概本来就是一个被困在年轻皮囊里的老人,老人们会为他拿来一把椅子和一瓶可口可乐。从远处看起来,山姆就像是他们中的一员,我的妈妈说,只不过他腿短了一些。

街角处有一家自动洗衣店,但她洗完后,仍然把湿衣服拖回家,挂到绳上去晾干。她从来不喜欢用烘干机烘干的衣服,因为它们闻上去就像从机器里出来的，没有微风和太阳的气味。我父亲和她一起去洗衣服，仿佛他想起了为什么他想和她在一起，和我们大家在一起，并希望再次和我们在一起。他也从来没有在一个大城市生活过，但是当她看到她不理解的东西比如鸽子时，他会笑话她。她之前从未见过这类高傲的城市鸟类，那些可以免受霰弹枪报复的鸟类，而她第一次听到它们咕咕叫时就惊慌失措。她说："我以为有什么人在殴打老人，那声音听起来太可怕了。你爸爸拉着我的手把我领到窗边，指给我看所有在屋顶上喧闹的鸽子，并没有嘲笑我。真是的，我从来没见过鸽子。我不知道它们会发出那么难听、不自然的声音。"以后，她也没喜欢过鸽子。

那段日子在两个月后结束，原因是一张五十四美元的福利支票。

"也许我应该对那种生活有更多的信心。"她说。

这种生活是一个美好的梦想，但不可能持久，也不可能那么真实。她在等待不可避免发生的事情，比如哪天他夜不归宿，比如哪天早上他在床上翻个身，叫她打电话给他的老板说他生病了。她等了两个月，很有可能会永远等下去，或者也可能不再等待，就此相信他的承诺。但是就在此时，老家出了一件事，她必须尽快做出选择。

在她生活的大部分时间里，她仅有的赖以生存的钱就是她采摘棉花、给别人熨衣服和打扫房屋的收入，那从来就不够三个男孩的吃穿。但她还能拿到每人十八美元的福利救济金，我们三个人一共五十四美元，这就足够了。但福利救济机构给她写了信，寄到她母亲家，询问她的近况。

如果她和丈夫在得克萨斯州生活，而且他又有工作，那么他们就会停发救济金。你无法向官僚机构解释生活中的现实情况，没错，她现在是在得克萨斯州，没错，他现在也有工作，但是这一切可能会因为一声开酒罐的脆响或一个被打开的酒瓶而分崩离析。7月下旬，管救济金的女士来到艾娃的家。

"她在哪儿？"她问艾娃。

"她在外面。"艾娃说。

"外面哪里？"

"在得克萨斯。"艾娃说。

"我在房间里踱来踱去，亲爱的，"我母亲告诉我，"我日复一日地踱来踱去，一遍又一遍。"最主要的因素纯粹是内疚感。艾娃从来没有把一个女儿丢到那么远的地方，每天都写信给她，催她回家。其他亲戚也这样做，他们不相信她给他们讲的关于摆满廉价牛肉的超市和挨家挨户上门出售冰淇淋的童话故事。他们恳求她回家，这些善良的人总是在她和自己男人关系变坏时把她接回来。他们不相信他能改邪归正，最后，连她自己也不相信他能做到了。

她告诉他，她准备回家了，尽管看到他有些伤心，她心中有些不忍。"我不知道该怎么做。"她说。她必须按她认为对孩子们最稳妥的方案去做。

起初，他很生气，但并没有伤害她，甚至没有大喊大叫。

他恳求她。

"求你了，再坚持一下。"他说。但是她并不是因为这次他让她失望了才想离开。她是因为之前发生的所有事情而离开的，而他却无法理解这一点。

"我们过得很开心，"她告诉他，"你做得很好，但我得回家了。"

"我不会把你送回家，"他说，"我不会给你买车票。"

因此，她写信给她的母亲并让她寄了支票过来，然后在便利店把它兑现，并买了三张回老家的公共汽车票。

在我们离开的前一天晚上，他再一次请求她留下来，还给她买了一大束鲜花。他第一次买这东西。

第二天早上，她躺在床上，权衡这两个月的幸福与这八年里发生的所有事情，然后走到电话旁叫了一辆出租车。

她选择了保证能拿到的五十四美元。

但她先把那些鲜花放进了冰箱，因为她觉得在那里，它们可能多活几天。"我一想到它们会枯死，心里就烦。"

"我们离开时，他正坐在门廊的栏杆上，"她说，"他看上去很受打击。"

在我们离开后不久，他在得克萨斯找了一个女朋友。我的妈妈知道这事，因为多年后，当维尔玛给她看一些家庭照片时，不小心翻到了那个女人的照片，并快速地将它藏到围裙下——只是还不够快。他告诉人们，他计划重新开始，甚至可能在那里再成个家——他真应该那么做。

他本应该留在得克萨斯州，本应该和那个女人过上一种良好、干净的生活，再生一轮男孩，并在"孤星州"[1]幸福地生活下去。

但没过多久，他就跟在我母亲后面回家了。

---

[1] "孤星州"指的是美国得克萨斯州，因其独特的历史和州旗上的孤星而得此别名。

男 孩

(第十四章前的故事)

　　她仿佛将一枚七八厘米长的大铁钉砸进一个像我这样的男人的心里，那颗心正最后一次微弱地、趋近停止地跳动着。

　　"你能从学校把孩子接回来吗？"女人问道。

　　我都四十六岁了，还要和人拼车开。

　　起初我很害怕会在去接他的途中撞倒六个傻乎乎的孩子，因为每当放学铃声一响，他们就会从门里猛冲出来，仿佛是被一门大炮轰出来的一样。他们都穿着同样的该死的校服，所以对我来说每个人看上去都很像——至少起初是如此——如果我弄错了怎么办？我总是害怕会迟到，或者他会消失在恶劣的天气里，或者上了哪个陌生人的车——哪个比我还要陌生的人。

　　但是我总能毫无困难地逮住他，我们会去"音速小子"快餐店，作为给他的奖赏。女人明令在先，男孩只能喝一小杯饮料，也许是某种冰沙，这样他就不会"浪费了他的晚餐"。

这听起来像是令人匪夷所思的话,就像她是从一台1963年黑白电视的喇叭里冲你说的话。

但我艰难地学到了最好的应对方法,就是做一个点头娃娃。

很少有人会在点头时遇到麻烦。

我知道男孩喜欢看到我的车出现。我在后视镜里寻找他,他看到是我的时候就会咧开嘴笑。

"嗨,里基[1]。"他总是这么说。

除了他和我的母亲,没有人能这么喊我。

"让我们好好款待自己一回。"我总是说。

快餐店就在附近。

"你想要什么?"当我按下那颗神奇的糖果色按钮,那一端发出"你好"的声音时,我总是这么问那个男孩。他会尽职尽责地提出不过分的要求,他就是那样一个好孩子。

有一天,大约是我们在一起生活九个月后,我按下了按钮,等待。

等待那个红色按钮响应的三秒钟仿佛有一辈子那么长。

"有什么可以为您服务吗?"里面的声音说道。

"我想要一份一点三升的根汁汽水加香草冰淇淋,外加一个玉米热狗。"男孩说。

我只是看着他。

"拜托了!"他说。

"你妈妈不允许。"我说。

"可是,"他说,看了一下卡车周围,"她在这儿吗?"

---

1 里基是瑞克的昵称。

我想了一分钟。

"好吧。"我说。

过了一段时间,我们玩的把戏还是被发现了——我发现这个男孩有某种一意孤行的向他母亲承认自己所有过错的心理需要——她说我应该对此负责,说她的儿子没有得到一个继父,反而得到了一个共犯。

我告诉她,我会做得更好的。

不久之后,当我们开车穿过城区时,另一名司机差点撞到我们。孟菲斯这里的人开起车来就像上帝坐在他们身边一样。

"我知道瑞克会说什么。"他从后座说道。

"什么?"她问道。

"他会说:'这该死的傻瓜到底以为他在搞什么鬼?'"

然后,他只是咧嘴一笑,为自己的杰作感到骄傲。

她盯着我。

"怎么啦?"我说。

"别装傻。"她说。

我知道我此时需要一些挖苦、一些怒气,才能摆脱这种局面。

"真为你感到难为情,"我对男孩说,"你听我说过什么,并不代表你就可以说那些东西。比如我能吸烟,你却不能吸烟。比如我能喝酒,你也不能喝酒。你是个小男孩。你不是我。"

他笑得更灿烂了。

他的脸颊上留着根汁汽水的残迹。

他的校服上有污渍,我不想去猜那是什么。

他的天使光环向一边歪斜着,悬在他头上。

在咆哮的过程中,我突然大笑起来。这笑不是对着我面前的那个男孩,而是对着很久以前曾经是个男孩的自己。

我那时也许五岁,正在门廊上玩塑料玩具士兵。突然,院子里挤满了奶牛。原来,邻居家养的赫里福德牛在铁丝网上找到了一个空隙,然后游荡到我们的花园里。

"我应该干掉那些该死的奶牛。"我父亲说。

"干掉那些该死的奶牛,爸爸。"我学他的口气跟了一句。

他大笑起来,妈妈假装要抽我。我跑过去躲在他身后,从他身上像里奇·里卡多穿的那种阔腿裤的一条裤腿边朝她咧嘴笑。我那时从未认真想,为什么那个蓝领阶层的男人穿得那么好,好像他富有的朋友发出的邀请都在邮路上丢失了似的。无论如何,那是我这辈子最后一次跑向他,寻求保护。

最后,他没有对那些入侵的奶牛开枪,而是跳到泥地上,找了一些石头,冲牛扔了过去。他一次都没有打偏,一次都没有,直到他引发了一次牛群踩踏事件。

回到当下,我把车窗摇了下来,感受吹到脸上的风。

我发现以这种方式,我能想起更多的往事。

那女人和男孩一定想知道,我刚才的思绪飘到哪里去了。

第十四章

兜 风

1965年夏天,他回到老家,我母亲把他带了回来,但得克萨斯州空气中的那种魔力,不论那是什么,都没有吹到东部这么远的地方。这将是我们在一起生活的最后一年,也是噩梦般的一年。但至少,如果我们死了,我们都会享受苏丹一样的葬礼。

我母亲为我、山姆和还是婴儿的马克都上了一份葬礼保险。每月花费一美元,如果我们其中一人死亡,保险公司将支付三百美元。每个月的第一天,一个名叫迪伊·罗珀的男子会来敲门,从我母亲手里拿走一个信封,写下一张收据,出于客气稍微聊上一会儿。有时我的父亲也在那里,他在中午时坐在桌子旁,两肩之间有一道细细的起皱的疤痕从他的汗衫透出来。他手里拿着一杯威士忌,我母亲称这杯子为"弹壳杯"。(我认为她的意思是弹片。)"你得对这个小伙子耐心些,因为他经历的事情是你和我都没法想象的。"迪伊·罗珀告诉她。而她也礼貌地告诉他,是的,先生,她会的。我那时六岁,病恹恹的,身体虚弱,肤色几乎是半透明的。我记得自己总是生病,但不记得有多么糟糕或多么频繁。哮喘和流感一得就是几个礼拜甚至几个月,最严重的是百日咳。我的祖母和外祖母用上白色威士忌混合捣碎的薄荷给我治疗,用药膏擦拭我的胸部,而我仍然无法呼吸。只有一个办法让我可以喘得上气,那就是吹从我父亲那辆快报废的破旧汽车的窗子里灌进来的风。

"你不会和孩子一起在车里喝酒吧?"我母亲每次都告诫他。

即便一点点酒,也可能让他撒酒疯。

"我不会。"他说了谎。

我母亲记得,她只允许我去过一两次。我记得我们开车在外面的世界里环游。父亲会把我放在前排座位上,靠着副驾驶座旁的窗户,然后我们就出发。我们沿着山路一直开进佐治亚州西部,汽车广播大声播放着蓝草音乐和得州摇摆乐。车里似乎总有五个啤酒瓶——总是五个——在后排地面上滚来滚去,叮当作响,剩下的一只棕色酒瓶握在他的右手里。开车时,他总是把左手手腕随意搭在方向盘上。他会把那辆破车一直开到散架为止,然后当车座向下坍塌时从上面跳下来,就像一个印第安人从垂死的马身上跳下来一样。我会把车窗摇下来——如果是夏天的话,全部摇下来,如果天气凉的话,就摇下一半——然后风会灌进来,充满我的鼻子和喉咙,直到我平静下来。如果他已经喝掉四五瓶啤酒,就会让我把脑袋和肩膀从车里探出去,我就一直那样坐上好几公里,直到我上下牙齿打架。有时候他会紧紧抓住我的裤子后面，防止我摔死，但大部分时间他是不会抓着我的。

我那时还没有开始怕他，还没有一直在害怕。

我还不太懂事。

"你会给他吃的吧？"我母亲总是问。

"见鬼，当然会了。"他会回答。意思是，好像她认为他连完成这么简单任务的常识都没有。然后他会跑进某个加油站，从里面出来后递给我一包黄金芝士条和一大瓶皇冠可乐，敷衍一下。

这是在我记忆中他会与我对话的唯一地方。我猜在我更小的时候，他跟我说过儿语，但是在这时，他会把我当成有些常识的小大人儿跟我对话。

"你在学校里读些什么？"他问道。

"迪克和简，还有斑点狗那些。"我说。

他问我斑点狗是母的还是公的。

我告诉他，我不知道。我记得这件事，是因为他认为这事特别有趣。我想这是我第一次意识到喝酒对人的影响，在让你送命或至少把你送到地狱之前，它可以让你变得开心。

我们在黑暗中一公里一公里行进，他口齿不清地给我出拼字题。车头灯每隔一两秒钟会照到一个路牌，当路牌消失在黑暗中时，他会让我拼写那上面的字。

路边的城镇和大一点地方的地名很容易。

"拼一下 Broomtown。"

"拼一下 Ringgold。"

"拼一下 New Moon。"

河流的名字就难些。

"拼一下 Tallapoosa。"

小溪的名字近乎不可能。

"拼一下 Choccolocco。"

他在颠簸中穿过 Ketchepedrakee、Enitachopco 和 Tallasseehatchee。

我们甚至试都没有试一下那些词。

我想我应该很庆幸，在那些狭窄的单车道和双车道桥梁上，他的车头灯从一个护栏左闪右晃到下一个护栏时，我们没有撞死哪个路人。我擅长拼写，不管是在汽车里还是任何别的地方。我讨厌数学，因为它乏味，而且一旦落后，你就会一辈子落后。我在一年级的第二天就落后了，从那以后就一直落后。但是我可以在每小时八九十公里甚至近百公里的车速下拼写，即使他把车错开在道路的左边时也照拼不误。

有一天晚上，警察在皮德蒙特将我们拦停了。我记得那件事，因为我唯一能看到那个警察的部分就是他的手电筒光束、他的腰带和佩枪，以及他站在那里时将手放在枪上面的样子。我的父亲可能有过驾照，但他当时没有带在身上——那个年代与现在不同，法律在当时更像是建议。他问我的父亲是不是一路喝酒，还用手电筒直直地照向那些瓶子。我这辈子一直都想知道他为什么不把那些空酒瓶扔掉，反而把证据都保留了下来。"没有，"爸爸撒了谎，"那些都是旧瓶子。"

"你爸爸路上喝酒了吗，孩子？"他问道。

"呃嗯。"我说。

我想知道他们有没有专门用来关小男孩和侏儒的小监狱,还是我们都会去大监狱。我看过一个电视节目,那里面的小孩子偷偷摸摸地从监狱的铁栅栏挤出来。我告诉自己应该有那个勇气去尝试。

但他还是放我们走了。他们经常这样做。他们甚至会帮助一个开着车的醉鬼,告诉他应该直接把车开回家。

有时我们只是去买啤酒或走私威士忌,有时候去车身修复店或修车店领取他的薪水,有时去接他的父亲鲍勃,顺便带他去兜风。他们会听收音机(老人喜欢欧内斯特·塔布),并且要么将一个能装四五百毫升的自制威士忌酒瓶递来递去,要么一小口一小口抿着一瓶用棕色纸袋包裹到瓶颈的啤酒。我有关我父亲最持久的回忆之一是和那个老人联系在一起的。我们开车穿过皮德蒙特,经过那个山坡墓地——那里陡峭的程度会让你纳闷,他们是否得把人竖着下葬——我的祖父鲍勃正抓着一只用爆米花袋遮住了一半的酒瓶。

"别把啤酒露出来,爸爸,"我父亲说,"我们在城里。"

"我知道怎么喝该死的啤酒。"鲍勃说。

在那之后很长的时间里,我一直相信,只要你有一只足够大的棕色纸袋,就可以掩盖《圣经》中所列的任何原罪。我希望他们能按人的尺寸制作那袋子。我会在车后的行李箱中带上一只,或者睡在里面——只是为了保险起见。

每当他让老人下车时,我心里总是很高兴。那是属于我们的时间,我和我父亲的时间。在寒冷的天气里,他会将玻璃窗留出一点点缝隙,把暖风开得很足,这样我的双脚和双腿一直是温暖的,而同时一股像钻头一般寒冷而又清新的空气会钻进我的肺里。

"你有女朋友吗?"他问道。

"有。"我说。

"她叫什么名字?"他问道。

"这是秘密。"我说。

"为什么?"他问道。

"她还不知道她是。"

他哈哈大笑,喝了酒继续开车。

他从不带山姆或我的小弟弟马克——与一个需要依赖他的婴儿相比,他可能更愿意独自与一条毒蛇待在一起。我的外祖母艾娃和祖母维尔玛,或者姨妈和姨父们会照看他们。这听上去也许不怎么合理,但我相信他把山姆留在家里,是因为他相信我的这位哥哥能看透他,并会提出异议。我觉得他不会喜欢在开车时被那种不赞同的目光凝视他的侧脸。而我,则会为了一瓶皇冠可乐背叛两个人——我的母亲和哥哥。

他带我去看过斗鸡,至少两次。我见过鸡在后院争斗至死的场面,所以斗鸡对我来说并不恐怖也不神秘。像许多厂村男孩一样,我已经开始用外皮覆盖物的类型对生命进行等级评价。鱼或蛇身上的鳞片算不上高级,有羽毛的生物也好不到哪里去。当我的祖母叫我"去给我们捉一只鸡来"时,我会从门后拿起扫把,从门廊跳进后院。我会扮演上帝的角色,选择我认为最美味的那一只,然后追上它,猛击它的头部或颈部。过后,我就去玩自己的,直到拔了毛、油煎过的鸡变成鸡块,与烤饼和肉汁一起再次出现在餐桌上。所以,对斗鸡中出现的死亡提出异议就显得有些虚伪。我想那些被做成晚餐的鸡没有受多大痛苦，但如果我可以选择如何死去，我宁愿做一只斗鸡，而不是礼拜天晚餐上的一道菜。

他有可能根本不想要我们——他的孩子们，但他肯定不想要弱不禁风的、没有胆量的男孩。我相信，他带我出去是想看看我会出息成一个什么样的男孩。我一生中从来没有因为哪只该死的鸡流过泪。他甚至有一次让我骑在他的肩膀上，让我能看得更清楚。在那样的情景下，我没有特别注意到钱是怎样从他手中流失的，以及那意味着什么，也就不足为奇了。他把房租的一部分押在一只有斑点的多米尼加斗鸡上，然后把剩余部分全押在一只橙黑相间的公鸡身上。他将用来买牛奶和面包的钱花在不到五百毫升一罐的纯威士忌上，将交电费的钱用来买三四升一罐的罐装酒。

我们会在家里其他男孩已经上床睡觉后才回家。我母亲有时在长途货车休息站的餐馆上夜班，但如果她在家，她会坐在那里或在门廊上等我。我会爬到我和山姆一起睡的床上，想要把我看到或听到的事情告诉他，但是他会叫我安静睡觉。然后我会清醒地躺上几个小时，直到听见火车的声音。铁道就在附近，夜间的火车能像安眠药一样让我沉沉睡去。

当然，我不知道情况会变得多糟糕。我的哥哥山姆是了解的，他很清楚父亲醉酒的程度，而且能看到毁灭的日子越来越近了。

我父亲在那年失去了我家的所有亲人。

但他首先失去的是他的大儿子。

＊＊＊

世界上只有一类特殊的人，才能忍受斗狗的残忍。我在冷酷的男人中间长大成人，但只有我父亲能够扼杀他天性中的良善，来看待斗狗坑里的一条狗，我相信他只能在喝醉的状态下那么做。那是一种凶猛的搏斗，直到其中一条狗认输，开始为生存哀号，好像是在乞求那一圈围观的强壮男人放过它，把另一只狗的下巴从它被撕裂的喉咙或变形的腿上撬下来。那本来不应该是一场以死亡告终的战斗。两只狗，斗牛犬也好，杂种狗也好，或是其他品种的狗，在一个浅坑或谷仓或灌木丛下的一块方形地方被放开，互相撕咬，直到其中一条狗试图退出为止。问题是，有些狗不会认输，而另一些狗不会停止对那些认输的狗施虐，所以有些狗会在比赛结果判定前受伤过重、面目全非而当场死亡，或在回家的路上死在卡车的车斗里，还有的狗在那一圈把坑照亮的灯笼或车灯范围外，因手枪射出的子弹而彻底摆脱痛苦。

在州界线上总会有一场战斗，因为那条无形的边界似乎比其他地方更能接受更大程度的凶残。我父亲总在养狗，养那些伤痕累累、只有一只耳朵的野兽。它们在恶劣的环境中生活，拼命地拉扯伐木链条。直到某个晚上，他会用一条六十厘米长的铅链钩住它们的项圈，然后将它们拖走。它们见到我们会扑上来，但从来没有在我看到的地方咬过父亲，好像把他看成它们中的一员。我们再也没见过它们，所以我猜他斗狗从来没有赢过。

1965年秋天，他打开汽车副驾驶那边的车门，一个美妙的东西跳了出来。

它是一只拳师犬,是我见过的最漂亮的狗。它身体的大部分都是棕色的,但胸前有一丝白色,脸的周围有一圈黑色。它有一双棕色、机灵的眼睛,一根短短的尾巴总是甩个不停,不仅是摇摆,而几乎是在震动。尽管长着一条那么可笑的尾巴,它却是一副很有尊严的样子。它有一双天生的眯眯眼,这让它看上去总像在思考什么,尽管它可能只是在想所有狗都会想的东西——狗饼干。它和我那个还是婴儿的弟弟一般高,当别人叫它"待着别动"时,它站得有模有样,高昂着头,就像一只表演犬。即使我试着在院子里骑它,它也从不低吼抱怨,而是快乐地追逐我们。它的肌肉在皮毛下起伏,摸上去硬邦邦的。它跑起来时,像一只硬橡胶玩具——超级球一样,在地面弹跳。

从它由车上跳下来的那一秒起,便成了山姆的狗。关于它,没有什么神奇的故事可讲。这条狗没有用牙齿将我的哥哥从沼泽中拽出来,或者在被一只熊咬伤之后爬回家,带领救援队员去解救挨饿的孩子们。它不过是一条好狗。我母亲和我一起坐在租来的摇摇欲坠的房子的前廊上,看着山姆和狗在马路对面的玉米田里到处乱跑。他们累了就一起躺在门廊上。那只大狗仰面朝天,爪子伸在半空中,好像死了一样。

"疯狗。"山姆说。

老是那句话。

"疯狂的老狗。"

我们从来没有搞清楚父亲是在哪里找到它的。但是了解酗酒、赌博男人的人都知道,他们会把各式各样的战利品带回家——别人的结婚金戒指,便宜的手表,门廊里的家具,生锈的自行车，扳手和成套的套筒工具，西装外套，牛仔靴，旧轮胎，汽车电池，立体声扬声器，后面还挂着电线的汽车收音机，六把"星期六特价"小口径手枪——其中三把还装着子弹，皮夹克，狗，但从来没有猫。我们认为它是他赢回来的战利品。如果它是他偷回来的，对我们来说也无所谓。他给了我那个严肃的哥哥一份礼物，让他能开怀大笑。

"你可不能拿那条狗去斗。"我的母亲告诉我的父亲。

"我不会的。"他答应道。

就像我说的那样，它不是一条神奇的狗。它并没有让一切好起来。我父亲对我母亲越来越恶劣，但有一段时间，我们并没有太注意这一点。我父亲的自尊心不断丧失，最后完全放弃了工作，就靠我母亲从福利救济支票里提出的钱过活。他现在醉醺醺地过着日子。一天晚上，他蹒跚地走进家门，用大大的笑脸迎接我的母亲，门牙不见了。她最喜欢他的原因之一就是他洁白完美的牙齿，而他出于恶搞把它们拔掉了。他说那牙齿在很久以前的一次车祸中被磕松了，一直感觉不舒服，但是牙医说它们可以保留，没有理由拔掉。他喝醉了，让人把牙齿拔了，然后跟着她在那个凄凉的房子转来转去，不停地微笑着。

那时我生病了，不得不待在屋子里目睹那件充满恶搞的事。山姆和狗往外面跑，不去理会那个恶搞的事。

"那条狗的名字叫什么？"四十年以后，我问我母亲。

"我不知道它有没有名字。"她说。

"我们和它在一起待了多久？"我问道。

"三天。"她说。

在和其他一些喝酒的男人的聚会上,一个年长的男人告诉我父亲,他在我家的院子里看到过那条狗,并且要赌双倍的钱:他的斑纹斗牛犬可以让那条狗输得很惨。我的爸爸告诉他不行,那条狗是宠物。那个男人告诉他,只要其中一条狗认输,他们就会立刻叫停。我的爸爸说不,那只拳师犬是条小宠物狗。但他喝得越多,那个提议就显得越合理。一天下午,他把狗装进车里。我的母亲在后面恳求他,而山姆只是坐在台阶上,双臂抱着膝盖。他不是一个爱哭鬼,当时不是,这辈子都不是。他只是坐在那里,等到天黑过后很久,等着爸爸把他的狗带回家。

第二天,我父亲的车咆哮着开进车道。他打开一扇后车门,将拳师犬从后座上抱起。狗没有叫喊或呜咽,一定是休克了。它的内脏都被咬得露出来了,脖子和那张聪明的脸上的皮肤不仅被撕开,而且被撕得四分五裂。它的黑眼睛看起来像弹珠一样坚硬,它的胸部以一种抽搐、恶心的方式起伏着。我想要抚摸它,但它身上到处都是血,根本没有地方可以下手。

山姆跑了过来,僵住了,脸色变得煞白。我的母亲试图去拦他,遮挡他的视线,但他那时已经是一个大男孩,年纪大到不能再用围裙遮起来。她后来告诉我,他的样子就像被人捅了一刀,只是没有摔倒。

"他只是站在那里,目不转睛地瞪着狗。"我母亲说。

我的父亲,宿醉未醒,身子有一点歪斜,一言不发。

"你为什么还把它带回来呢?"我妈妈低声问道。

即使在那种时刻,他也不是那种你会冲着他尖叫的男人。

"我不知道该拿它怎么办。"他坦白道。如果他是清醒的,也许他知道不该把它带回家。

然后一件从未有过的事情发生了。我那一向温柔顺从的母亲叫我父亲离开。她走到他跟前，站在他拳头所能及的距离，双手垂在身体两侧，接受任何可能会发生的后果。她看着他充满血丝的眼睛，命令他远离她，远离我们。"带上狗。"她说。他怒火中烧，但没有打她，而是将狗捞起来，抱在怀里，然后离开了。

"我把他赶走了。"她说。事发四十一年后，她听起来仍然有些惊讶。

山姆在那之后失踪了一段时间，一天或更长时间。他躲在一棵树上。

"那时他才九岁，但比你记得更多。"我母亲说。

我记得它。男孩会记得狗。

这件事从来没有困扰过我，不像对他的影响那么大。

她说："山姆比你敏感得多。"

她不是说话刻薄，只是太了解她的儿子们了。

我不知道那狗后来怎么样了。如果我父亲的脑袋是清醒的，一定会用锤子快速把它解决了。他以前做过这事。我们的文化中对于狗有一种残忍。矮小的狗被拿来往树上撞，流浪狗被捆在袋子里，从桥上扔下去。我不会这样去做，不能这样做，但当时狗的待遇就是如此。在这种背景之下，我的父亲可能只是开车经过一个又一个走私酒贩，想要赊点酒，而那条狗可能在受尽苦难之后死在途中某个地方，他就将它往杂草中一扔了事。

她最终还是心软了，他回家了，但她从未原谅他对儿子的所作所为。那种事是无法弥补的。

他的人生朝着一无所有的方向沉沦下去，同时将我们都拖了下去。在那种境地，他甚至还愿意拿自己儿子的心在坑里赌博。也许这样，他就可以揣着口袋里的现金回家，向那些男人和他自己的家人表明，他比现在的样子要更好。难道那不值一条狗的生命吗？"他只是需要交上一次好运。"她说。而那条狗成了他拥有的唯一的筹码。

我没有意识到，除了在那个年代里我们忍受的所有恨意之外，那次特殊的伤害在我哥哥心里持续了多久。从那以后，我们俩一起埋葬了五十条狗。"但那件事始终留在他心里，"我母亲说，"虽然他现在老了，如果他想到那件事，他还是特别生气，以至于无法忍受。这就是为什么他几乎不会谈及你爸爸，因为这会让他想起那条狗，还有你爸爸对它做的那些事。"

在很久很久以后，一天晚上，她拿起电话，拨了七个号码。那号码总是从 435 开始。如果不是因为我一直在浪迹天涯，她永远不会拨打七位数以上的号码，而她打的每一个号码都会以 435 开头。

"山姆？"

几秒钟后，她挂断了电话，叫我。

"它的名字是'洛科'。"她说。

★ ★ ★

那就是我无法粉饰我父亲形象的原因，因为那条狗，以及那件事对我哥哥的影响。我哥哥花了大半辈子时间在路边解救我。多少次,我系着一条令人讨厌的领带站在那里,在他的扳手滑落、指关节被我的破车的引擎叶片划破时,我无能为力地为他打手电照明,看着他弯着腰,身上沾着黑色油污工作几个小时,让我的车能再次发动起来,让我能够去追逐一个更干净、更轻松的人生。"别弄脏了。"当我凑到引擎盖下试图帮忙时,他会赶我走。我有时会说,我哥哥是我长大后想成为的人,但那不是真心话。对我来说,他工作得太辛苦,做人过于正直。在我人生中有些时候,我可以在我的笔尖上让我真正关心的事跳舞,而山姆则不然。他总是去感受自己想感受的东西,宁愿站在黑暗中,听他的狗跟踪浣熊,而不去跟人交谈。三十多年前,为了一条我不记得名字的狗,他抛弃了我们的父亲,将他跟垃圾一起扔出了他的世界。

当然,那件事还有更多的意义。那条狗给了他一个可以泄愤的出口,比那时发生在我们身上的其他事情更容易记住。那是大三轮车失踪的一年。我写的每一个词都让我越来越接近这一时间点,而每写完一页,我都意识到我着力塑造我父亲的形象的目的,只是为了再一次将其粉碎。

在他和狗一起离开的那个晚上,她为了让我们逃离他,开始储存一角、五分和一分的零钱。

"我爱过他。"她告诉我。我这一辈子都没听她说过这句话。

这就是为什么她每次逃离后,又跑了回去。

她说:"如果我一个人的话,本来是可以永远逃走的。但我无法把你们都带上,一块儿逃。"

我告诉她,我猜有些人生来就不是做爸爸的料。她回复说,她觉得那可能是对的。他一辈子都没唱过摇篮曲。但是在我们离开他之前的一个晚上，就在那个时刻，他正好变回了我们希望他成为的样子，如果我对他有更多的信心或者对自己的生命更加珍视的话，我愿意相信，他这辈子所做过或经历过的所有事情，都把他带到了那一时刻。但我不相信那是真的。我只相信，有时候，你需要另类的男人来做另类的事情。

★　★　★

山区南部的冬季是一个索然无味的时节，一片灰暗、潮湿、乱糟糟的景象，没有北方干燥的降雪或墨西哥湾沿岸的明澈的阳光。周二还是潮湿而温暖的天气，周四早上的气温能降到零下八九摄氏度，周五晚上就可能结冰。我一直讨厌这里的冬天，不是因为寒冷或结冰，而是因为灰蒙蒙的天色，还有下个不停、一次可以下一星期的细雨。冬雨将地面变成一片汪洋，令树叶贴在汽车挡风玻璃上，就像湿透的厕纸。就是在这样的天气里，在一片混沌中，我在春园那座冰冷的大房子里生了一场大病，我们从得克萨斯回家后就一直住在这里。

我们已经完全停止开车外出兜风的活动。父亲很少再有钱买汽油。就像那个打开的车窗真的有什么疗效一样，由于不能兜风，我的呼吸问题变得越来越严重。我的小弟弟马克在地板上玩耍，母亲整日整日坐在我和山姆共用的那张床边，揉我的胸口，给我哼歌。有时候她整晚都坐在那里，只是看着我，手指放在我的胸前，感觉它的起伏。我相信即使她已经在直背椅上睡过去，也能通过触摸知道我是不是停止了呼吸。一个深夜，就在她带我去皮德蒙特看医生的前一天晚上，我微弱地喘了半口气后,窒息了。浓稠的液体像残留的橡胶或混凝土,堵塞了我的喉咙和鼻子,完全阻挡了我的呼吸道。我母亲尖叫着把我像婴儿一样从床上抱了起来。我的父亲当时已经上床睡觉,他光着脚走进房间,问她发生什么事了。

"我们得带他去医院。"她说。

车开不了。那栋阴森森的老房子里没有电话,从来就没有过。

"你得做点什么。"她求他说。

我的脸色已经开始发青,他从她手中把我接过去,抱着我跑到厨房,把我放在桌子上。他抓起一盒盐,往一只手上倒了一把。我在恐慌之中紧紧地咬住牙关,当他用空出来的那只手抓住我的嘴,试图将它撬开时,我的牙齿紧咬在一起。最后,他举起拳头,往我的牙齿上砸去,我张开嘴尖叫,但发不出声音。他把盐往我的喉咙灌进去,然后用手猛地合上我的嘴,我抽搐着,在他的怀里痉挛。

"你这样会把他弄死的。"我的母亲告诉他。但他只是更加努力地把手往下压。当他终于抬起手时,我极其用力地吐了出来,堵塞我喉咙的那一团东西向外猛喷出来,然后我就能呼吸了。

他一瘸一拐地把我交给我母亲。

"好了。"他只说了一句话。

他回去睡觉了。

她一整晚都坐在我身边。我坐在一把直背椅上,她试着摇晃我,尽管我已经是个大男孩了。

我们在那之后不久离开了他。不管我是活还是死,都结束了。她当时已经怀孕,不久之后就失去了第四个儿子。我责怪他，因为他让她的人生如此艰难。

"但他救了你的命啊。"我母亲告诉我。

我应该更好地记住这件事。

"他确实救了。"她说。

"他看上去对这事并不高兴，不是吗？"我说。

这些年来，我一直认为他试图伤害我。现在，正如我哥哥从不原谅他的本性和那本性所造成的后果，我也知道了，但如果他是任何其他类型的男人，比如说一个更温和的男人，我那次必死无疑。他们会围在我身边，一个丈夫和一个妻子，看着我以一种尽可能悲惨的方式死去，我的哥哥会跑上一两公里去打电话叫救护车，而救护车会来得太晚。

男 孩

（第十五章前的故事）

让我来说说我的男孩。

当我说出让他母亲皱眉头的话的时候，他会感到好笑，就像前几天我注意到他的身高。"你知道接下来，"我告诉他，"你会和放荡的女人们到处跑，跳布加洛舞。"

"老天。"女人听后叹了一声。

"他不知道放荡的女人是什么。"我说。

"我知道的。"他说。

"不，你不知道。"我说。

我看着他。

"你真的知道？"

他的母亲希望自己不在那个地方。

这让我们俩都很开心。

他不喜欢看到我痛苦的样子。我受过伤的膝盖和脚部都有关节炎，所以我走路经常跛脚。有一天，我的关节像扎了玻璃碎片一样疼痛难耐，我瘫倒在汽车旁。我感觉到他的手放在我的肩膀上。"你没事吧？"他问道，脸上显出恐惧之色。

"我很好。"我说了谎。

我挺直了身子，走了进去。

我不希望那个男孩看到我软弱无力的样子。当他第一次见到我时，他以为我身高三米，刀枪不入，我希望永远都是那样。但有可能他已经看出我精力衰竭，只是因为太体贴而没有明说罢了。

这是当你在人生这么晚的时段才有了一个男孩时付出的第一个代价，但这不是最后的代价。

事实是，他的情形正在改善。随着我们在一起生活的第一年迅速过去，他十一岁了，正在成为我希望他成为的那种男孩。他再也不会因地毯擦伤或需要小睡一会儿而哭鼻子。

可能这女人是对的。他只是正在从一个小男孩变成大男孩。

我给他买了弓和箭，教他射箭，也告诉他永远不要用来射我。我哥哥山姆射中过我的手，一生中被箭射中一次应该就够了。我的侄女给他买了一把BB枪，因为所有的男孩子都需要一把枪，而光是为了看到他妈妈脸上惊愕的表情，就值得承担此举带来的所有潜在风险。

我甚至让他在我妈妈的农场里用一把点22口径步枪对着锡罐射击。他的手臂太短，还不能完全够到扳机，前方的准星像醉酒一般晃动不稳。但是当他扣下扳机时，那只罐子跳到了空中。我这一生中没看过几次纯粹的快乐时刻,当时我就见到了一次。(我很确定他开枪的时候闭上了眼睛,但不管怎样我都拍了拍他的背,并宣布他的新名字是"神射手迪克"。)

在池塘边,我教他用 Zebco 202 鱼竿钓鱼,教他如何轻轻地晃动鱼竿,让橡胶鱼饵在水底跳舞。可他不知道我是有史以来最糟糕的渔翁,我没有告诉他。但我还是让山姆为他展示了那些精巧的要点,让这男孩能真的钓到鱼。

当他在家时,马克教他玩牌技巧。我向他展示了如何在打扑克时作弊,如何把 J 牌藏到他牛仔裤的腰带里。

"你不是真的在教我,"他说,"我刚抓到你作弊了。"

我喜欢看到活生生的他。

他走路的样子很滑稽,好像他的脚有什么不对劲。但是,当我们走过停车场时,他从来不跑到我前面或者落在后面,他总是和我一起走。

他有像艺术家那样的长长的手指,而不是像我那样的小手。他有一头棕色的头发。我给他剪过一次,剪得还不错,而第二次剪得让他看上去像是《三个臭皮匠》里的莫。他至今对此仍然有点不高兴。

他的眼睛像他母亲。他的视力接近完美,能看清一两公里远的东西,甚至更远。

他的牙齿会变得完美无缺,与现在相比有天壤之别。

我们没法让他一直剪指甲,更不用说保持指甲的清洁了。我告诉他,他看上去像一个带有那种长指甲的大腿舞者。他不知道大腿舞为何物,所以这么说没关系。

到十岁时,他还不会吹口哨,但他后来学会了,现在总在吹口哨。也许到十二岁时,他能吹出正确的音调。到那时,我的头痛就会缓解。

有时,他仍然因为过敏而呼吸困难。在冬天,他有慢性咳嗽,痰会从肺部深处咳出来。我告诉他,他是所有男孩中痰最多的,以此掩盖我的真实感受。我从不相信我听到一个孩子的咳嗽声会那么讨厌。

他老忘事。他记不得关上卫生间的门。有一次我走过,看到他正在上厕所,一副若无其事的样子。

"我的老天。"我说。

"怎么了?"他说。

他会忘记做作业,忘记换内裤。

那个女人强迫他学钢琴,但是他的心思不在那上面。尽管这样,他还是把它敲得砰砰响,仿佛对它生气那样去敲打它。我知道当一个孩子在演奏教堂音乐时不应该讨厌他,但上帝恕罪,我当时可真讨厌他。

随着他年岁渐长,我等着他用说唱调、重金属或塑胶唱片排行榜前四十名的歌曲来折磨我。但有一天,他听到了强尼·卡什的歌,他的人生就此改变了。我听到他在自己房间里唱着《摇摆起来》和《福尔瑟姆监狱蓝调》。

他唱得很好。他的音色很深沉,发声有力。他在车后座上唱,对着狗唱。我最近站在厨房里,看着他在院子里边走边唱。那是我生命中更美好的时刻之一。

我们在圣诞节时送了他一把吉他,还有一本正版的强尼·卡什歌集。也许有一天,我们会在美国乡村音乐之都纳什维尔的大奥普里舞台上看到他,但我不知道强尼本人现在是否还能在纳什维尔演出。我告诉那个男孩,那些新人看上去都是些一见有人挥拳就会逃得远远的孬种。

"只见牛仔帽,不见牛。"我告诉那个男孩。

他点点头,好像他明白我的意思。

他喜欢吃烤三明治,嚼所有气味不好闻的口香糖,还有馅饼。

我们在车里玩馅饼游戏。他问我更愿意要一百万美元还是一块馅饼。我告诉他我要一百万美元,必须是真正的好东西才能击败馅饼。

他还没有喜欢的女孩。

"她们为什么讲话那么快?"他问道,"我听不懂她们在说什么。"

"那不要紧,儿子,"我说,"即使她们慢下来,你也不会懂。"

他仍然喜欢他的小推车,但希望我在遗嘱里把那辆银色汽车留给他。

十一岁前,他都相信世上有圣诞老人。他说他十岁的时候就不再相信了,但我们都对此心知肚明。

他爱我的母亲。我担心他也会把她看成一个从月球背面来的怪物,但他没有。每当他说"是的,女士",她就会再往他嘴里放上一块烤饼。每当她这样做,我就会想到海洋世界里的那些动物。

他爱自己的母亲胜过任何东西,胜过空气。

他说她"邪恶",我说她"心怀恶意",我们窃笑。但是,当她真的立起规矩,也就是看到孩子做错事情(比如不去做六年级大部分的作业),任何母亲都得下狠手的时候,整个宇宙都会停摆。她仍然可以让他哭,但现在已经没有什么其他事能让他流泪了。

有时我不得不与她站在一边。

有时我会假装站在她这一边,直到她跺着脚,恨恨离去。

然后我会冲他摇摇头。

"女人嘛。"我会说。

"就是。"他会说。

第十五章

一个朋友

他本应该住在肺结核疗养院里,腿上盖着一条温暖的毯子,由一位梳着蜂窝头、工作服里揣着《圣经》小册子的坏脾气大个子女人照看着。而事实上,他反而开着一辆老旧的白色庞蒂克车在城里颠簸。那辆车发动机的气缸运转和点火不同步,方向盘在他那如二号铅笔一般细的手指之间震动。当他转动方向盘时,深深地吸了一口烟,气息在嘴上叼着的香烟边颤抖,发出像羽毛在纸袋里沙沙作响一样的声音。"他会开着那辆车到这所房子前,车里只有两个汽缸在运转。他带着一大瓶伏特加酒或一些西格拉姆酒。他会说:'杰克,那瓶酒还没有开过呢。你想喝多少就倒多少。'查尔斯不想让我喝他喝过的酒,总是非常小心以免把结核病传染给我。我会在杯子里倒上一点酒,他则拿上酒瓶坐在门口,因为那样他能呼吸得更顺畅。我会说,'查尔斯,我给你做点东西吃吧,做点汤什么的'，因为我知道他喜欢喝金宝的番茄汤。但他什么东西都不吃，不想让酒喝起来没味。他只是坐在敞开的门前和我聊天，一直喝到一滴酒不剩。"那辆庞蒂克破破烂烂的，满是凹陷和锈蚀，应该是1974年产的，因为南方的劳工阶层用汽车的年份来标记他们一生中的重要时刻。有时听他们说话或当他们正在寻找恰当的字眼来讲述一段回忆时，会发现那些事可以和一辆黄色的奥兹摩相比，或与一辆浅蓝色的迈锐宝联系起来。生活从我们身边匆匆掠过时，伴随的标记是一份份的解雇信，而不是文凭、出生证或圣诞卡片。而在杰克·安德鲁斯的余生中，每当他听到庞蒂克车气缸不同步的声音，他就会想到我父亲的自我沉沦。

"他是自己把命断送掉的，而且他清楚自己在做什么。"杰克说。见证我父亲自我沉沦的过程本该是件糟糕的事，但是就像酒精在毒害我父亲那样，酒精也让杰克变得麻木，让他能够忍受这个过程。小口小口地啜饮到人的心脏停止跳动，需要很长时间，似乎杰克和我父亲在他生命结束之前回放了他们的整个人生。那应该是种享受。杰克会拿出一把吉他，弹奏《相思蓝调》，他们会笑话自己还是小男孩的时候空甩不存在的鱼竿，假装钓鱼。但没过多久，每一个酒瓶塞子开启的声音听上去都像是打开枪保险的声响，杰克为了取暖，啜上几口，跟随他的朋友穿越他们共同度过的时光。他们不算老人，两人都还不到四十岁，但是再也不会有他们在一起的未来了。所以他们就像养老院里的两个老人那样回忆往昔，心里明白那就是所有发生过的事。他的死亡是那么确定，就像它已经发生似的。"你听过人们谈论关于守灵的事吗？"杰克说,"这样说吧,我想那就是我们当时在做的事。"

在我父亲人生的最后一年,他唯一关心的、维持生命的东西就是酒精。他靠着那里面的糖分迈开他的双脚,激发他的思绪,而他体内其他的一切都因为疾病萎缩了。结核病挤压了他的肺,肝硬化吞没了他的肝脏,而他残忍地迫使杰克眼睁睁看着他死去。但杰克并不这么认为。他很清楚没有任何办法可以拯救我父亲,如果让他离开,让他在别的地方默默死去,就会打破他们穿着从斯坦伯格百货公司两美元买来的鞋,脚踩金属鞋跟在人行道上踢踢踏踏走路的青春岁月里彼此许下的承诺。

杰克说:"我们到最后谈到了很多关于灵魂的事情。我们认为它就像正在飞转的电扇的叶片。你看不到它,但你相信它就在那里。"

杰克确信他是有灵魂的,但不确定它的目的地是哪儿。

我认为最好相信你没有灵魂,而不是认为它会在地狱里被焚烧。

在谈到最后几天的事时,杰克经常抹眼泪。对南方男人来说,哭是可以接受的。当你心痛欲碎时,可以流泪,但是上帝为证,你最好不要发出任何声响。我没有跟着杰克一起哭。在听到他们一起干的好玩的事时,我和他一起笑得很开心,但是我仍然会把我听到的一切与我和父亲一起生活时的事放在一起来看,并且想知道那个男孩、那个男人——我母亲深爱的那个当时还英俊潇洒、刀枪不入的男孩身上究竟发生了什么。在他的人生分崩离析之际,他把我们——他的孩子们留在这块光秃秃的岩石上,眼看我们生活无着却视而不见,而且从不相信他做错过什么。

我把这些想法告诉了杰克。

"嗯……事实并不是这样。"杰克说。

"我记得我们在你父亲去世前不久谈论过所有的事情，"杰克说，"但他主要是谈你的母亲。他谈到过玛格丽特，也谈到过你们这几个孩子。"

我这一辈子都认为，他在去世前说不准为什么又想起了我们，就像我们在孩提时每隔几年他会再次想起我们那样。我在1975年某天的一小段时间里与他见面时，我们已经有九年没见了，然后他就死了。但杰克告诉我，他多年来都会整夜整夜地谈论我们。而当他说到这些事情时，他哭得那么凶，以至于几乎不能把酒瓶子送到嘴边。

"为什么？"我问杰克。

"因为他憎恨他生命中发生的事情。"杰克说。

"他为自己感到难过？"我说。

"不是。"杰克说。

他闭上眼睛，想要更清晰地看到他的故友。

"他为自己所做的事感到愧疚。"

杰克一生中有过很多悔恨的事，犯过很多错误。

"但我从来没见过一个男人为他所做的事情感到那么愧疚。"

我年轻时写过，听到我父亲说他感到愧疚的话，我根本不相信。

我现在比那时年长了。

我还是不相信，不完全相信。

他们分手几年后，我母亲去找他要钱，帮助抚养他的儿子们。他没有理会她。然后，在她姐妹们的催促下，她找了一个律师。于是我父亲来见她和她的姐妹埃塔娜和璜尼塔。

她们都是漂亮的女人,他进了门就诅咒她们。"你们看起来就跟三只多米尼加鸡一样。"他说,然后往桌子上放了一张十美元的钞票。后来他又给她寄过一张十美元的钞票。这就是他给过的全部:二十美元现金,养育三条小生命。

一个人在一切为时已晚时说自己为过去所做的事感到愧疚,就像坐在轮椅上说自己曾经跳踢踏舞跳得多出色一样。都坐在轮椅上了,随你怎么说。

"这事你可以相信。"后来我把杰克与我分享的内容又讲给卡洛斯·斯拉特听,他听后说了这么一句。

"为什么?"我问道。

"因为杰克没有理由撒谎。"

杰克不需要先提升我父亲的形象再去爱他。

他不管怎样都爱这个人。

这是我所能了解的他曾经感到悔恨的所有信息,除非他能自己从坟墓里爬出来,将电费账单付清,为我母亲再去偷一束鲜花,将那辆报废了的玩具三轮车上的凹痕砸平,然后再给我哥哥买一条该死的狗。

"他会坐下来聊你们所有人,他会不停地哭。上帝啊,太多次了。他一直在受折磨,都崩溃了,"杰克说,"主啊,他可真爱你的妈妈。"

我听说他有过一个新的女人,并且在他去世时或去世前不久,是和一个名叫诺比的女人住在一起。"诺比对他很好,"杰克说,"她确保他想吃东西的时候有东西吃,也确保他有足够的酒喝。但是他心里除了你妈妈从来就没有别人。他想要一个家,想要过得幸福,但他知道是他自己把一切抛弃了。"

所以我没有听过他责怪任何人，除了他自己。但他知道关于你们的一切，你们做过的所有事情。"

我知道父亲曾与朋友的朋友和亲戚的亲戚们交谈过，远在不为人们注意的距离之外，隔着两三层的人际关系来了解我们的近况。有一次，一个男人想要追求我母亲，他先去找我父亲请求他的许可。"这件事我没有发言权，"我父亲说，"但如果你动我的孩子们一个手指头，我就杀了你。"

"他谈你谈得最多了。"杰克说。

我用拇指指指自己的胸口。

"是的，就是你。他知道你做过的所有的事情。"

我做的事情并不多。我输过一次拼字比赛，赢过一场演讲比赛，摔烂过一辆上好的摩托车，同时把一条腿烧伤了，打篮球时把同一条腿弄骨折了两次，然后又在同一辆该死的摩托车上弄折了我的锁骨，不过是在不同的街上。我在和一支名为杰克逊维尔商人队的球队打棒球比赛时，打出了两次场内本垒打，但那只是因为他们的外场手手臂力量弱。尽管我父亲知道我进过急诊室，在报纸上见过我的照片，也没有给我打过电话或给我写过信，或以任何方式与我联系。一直等到最后，除了说声再见，说什么都太迟了。

"但他全都知道。"杰克说。

杰克说，他认为他已经离得实在太远，没办法再尝试参与其中。

他只是个喝得醉醺醺的、衣衫褴褛的男人。

"他不知道该怎么做。"杰克说。

杰克说自己曾叫他给我们打电话。

"他们不会相信我说的话,"我父亲告诉他,"说到底,他们会把我看成一个狗娘养的卑鄙小人,不会记得我做过的一件好事。"

在我们彻底离开他后,一次,杰克去看他。我父亲正在种雪松。在我老家,有很多方法亵渎上帝。你可以在新年那天打扫房子,那会把你的前途直接扫到门外。或者,让鸟飞进你的家里,那意味着你爱的人会死。而最糟糕的诅咒是种雪松。没有人会去种雪松树,除非他们准备去死。

"等这些东西长得高到可以遮挡你的坟墓时,你就会死。"杰克告诉他。

"这种事你是从哪儿听来的。"他说。

"我都听了一辈子了。"杰克说。

我父亲笑了。

"就像他知道唯一能杀死查尔斯的东西,是查尔斯本人,"杰克说,"当他下定决心离开时,他就那么去做了。"

那天晚上我们俩聊了很久,杰克和我。

最后,他陪我走到门口。

"谢谢你。"我说。

杰克让我随时去找他,不只是我需要听什么故事的时候。他似乎还有别的话要说,那是一些他羞于从记忆中翻出来的东西。我猜想那是一段自白,尽管他没有做错任何事。

在我父亲的生命快结束时,杰克家里的电话响了。当时午夜早过了。

"杰克,"他说,"你会来接我吗?"

"当然,"杰克说,"你在哪儿?"

"我在医院。"我父亲说。

杰克不知道该说些什么。

"他们把我送到结核病疗养院了。"

"你想让我帮你逃出来吗?"杰克说。

"是的。"我父亲说。

"查尔斯,他们会把我关到牢里去的。"杰克说。

"我想回家。"他说。

杰克仍然可以想象出那天半夜他在医院房间里,电话紧紧贴着耳朵的样子。三十年后,那场景仍然刺痛了他的良知,让他伤心。

"他们不会让我带你出去的,查尔斯。"杰克告诉他。

"我只是想回家。"我父亲说。

他们聊了一会儿,我父亲咳着,那时他整天都在咳嗽。

"我那天没去。"杰克告诉我。

我告诉他不必为此内疚,在这件事上他已经仁至义尽。

在我父亲生命即将结束时,杰克开车经过他曾叫我父亲不要种的那些雪松。"它们长到一人高了。"杰克说。它们投下近两米长的阴影,但我父亲并不相信那个说法,我也不相信。你活着活着,直到被伤痕累累的肺里的积液呛住,直到肝脏变绿。然后你会死去,乞求和祈祷还能再续一口气,在平静中、凄惨中或可怕的痛苦之中死去。你在睡梦中死去,或在惊恐中死去,怀中抱着天使死去,或脚上被地狱之火烧灼着死去,或者死了进入一个永无止境的虚无之中。或者,你只是厌倦了在没有被你早早丢弃的那些东西的情况下继续活着,然后你会在回忆中死去。若是幸运的话,至少还有一个好朋友惦记你。

男 孩

（第十六章前的故事）

那女人说得没错。

那个小男孩正开始隐去，就好像我们把他留在太阳底下太久了。

他曾是一个衣衫不整的顽童，可以被轻易抛到半空。忽然之间，他买起了衬衫，担心起自己的发型。他变沉了，抛不动了。

女孩们咯咯地笑着给他传纸条。

他开始关心头发上是不是沾上了煎饼渣。

他长到了十二岁，然后是十三岁，再后来，那个小男孩消失了。

至于我？我已不再是他身边最酷的人。

"没有冒犯的意思，瑞克，但我要回房间去看电视了。"有一天他告诉我。

他进了初中的篮球队。在我去看的第一场比赛中,他跟着首发队友走上球场,尽管只剩下三个男孩坐在板凳上,但我还是很自豪。当他年纪还小并且在教会球队里打比赛时,他会往看台上看我一下,朝我挥手咧嘴笑。但现在他整个是一脸公事公办的样子了。

"别大吼大叫,让我难堪。"他在一场比赛前告诫我。

在我去看的第一场比赛中,他在抢篮板球时把一个男孩重重地放倒在地,没有用下流手段,只是打法上咄咄逼人,而且到第三节就被罚下了场。

他仍然去浸信会夏令营。在他十二岁的那年夏天,他带着一个新的战利品回到家中。他被称为最高明的老千,让他母亲大大地失望了一回。

他并不无助,也无奢求。

他完全成了我急切盼望得到的那个儿子。

我错过了女人的二儿子的这种转变,或者说几乎错过。我从来没有真正认识最大的那个男孩——我出现时,他上大学了。但是我在二儿子身上看到的东西足以吓我一跳。他准备和女孩约会,准备开车。他在高三整个学年里,只穿橙色的衣服——那种能让你脑袋涨痛、眼睛受伤的橙色——因为他是田纳西队的球迷,或者因为那是他的星球上唯一的颜色。他认为家庭作业也是选修的,但他可以告诉你1973年田纳西大学橄榄球赛的第四节得了几分。他相貌英俊、金发碧眼、魅力十足,讲话滔滔不绝,但是也能几天几夜不吃不睡,在深夜还在练习打鼓,并且问我类似"墨西哥湾有多深"之类的问题。

"这么说吧,它深浅不一。"我说。

"哦。"他说。

那个女人有一次告诉我——她一定是发烧了——我可能必须和这个儿子聊聊人类的生殖系统。我告诉她,绝对不要。但是他有一天晚上用一个问题难倒我了,可能是个关于男孩的生理问题——还是关于女孩的生理问题,见鬼,我忘了——我一直耐心听着,等到我知道他问题的大致内容之后,就打发他去睡觉了。

他和来自孟菲斯的其他人开车的路数一样,都像早上一醒来就醉醺醺的。我们的婚礼过去几个月后,他加入其他橙色人流,离家去了诺克斯维尔,我解脱了。在他去学校之前,我本打算检查一下他的头上有没有长出触角。

但是,如果我的孩子,最小的儿子,也穿一身橙色,或者问我关于爱的生物学难题,我该怎么办?

如果他变得更加干净,更加刚强,但更加陌生怎么办?

我对她所有的儿子做了一件那个女人做过的事。

我假装什么都没有发生。

那并没有阻止变化过程。但是,那个小男孩会时不时地从那高大笨重的身躯里面向外偷看。在那张精致的脸背后,在那双大脚上,我还能认出当年的他。

在去往海岸的长途车程中,我们仍然玩他最喜欢的游戏。那个男孩想成为一名海洋生物学家,想研究鲨鱼。在我们兜风时,他让我提出并回答有关大海的问题。

"哪种鲨鱼最快?"他问道。

"鲭鲨,"我说,"来一个难的。"

"你知道独角鲸的角是用来做什么的吗?"他说。

"不知道。"我说。

他对此有点沾沾自喜。

我反击了。

"海参是蔬菜还是——"我问道。

"它是一种虫。"他说。

"好吧,见鬼。"我说。

一公里又一公里就这样过去了。

"我爸爸和我,我们也玩过这个。"我告诉他。

他很高兴。

他问我知不知道浮游生物是什么。

"很小很小的虾。"我说。

不知怎么的,你就是知道这种事情。你知道,因为电视遥控器消失在够三个男孩玩的废弃玩具里,而你和一个男孩,一个小小的男孩,坐在一起看过上千个小时的《自然星球》。你学会了忍受酸苹果泡泡糖的气味和一个男孩的陪伴,而他在翻来覆去寻找让自己舒服的姿势时会捅到你的肚子,再告诉你,你的身体靠上去很"舒服",不是出于恶意,只是陈述事实。然后,就在你习惯了所有这些,不怎么在意这些的时候,所有这一切都消失了,你曾抛向空中的那个小男孩现在像个大男人一样站在你的身后,当你转过头想对他说些什么时,你发现自己正平视着他的双眼。

第十六章

阿 门

别人没有告诉你的事情，其实也能塑造一个人，它们塑造了他走过一生的方式。我把杰克说的话告诉了母亲，说我父亲直到去世的那天还那么爱她，她听后只是点了点头。这对她来说并不是新闻。他在生命的最后一年里，每天都要给她打电话，告诉她这一点。但她从来没有告诉我，因为那已经不再重要。他恳求她让他回家，让他再试一次。"他想复婚，但我不想，"她说，"我确实考虑过，真的考虑了。"但是为时已晚。"医生说他还能活三年到四年，但他连一年都没有活到。"我在他的生命走到尽头时见过他一次。那情形就像看着一座正在被烧毁的房子。

★★★

人们说他当时的体重不到四十五公斤,我知道他讨厌这一点,讨厌人们看到他那副落魄的样子。我母亲曾在1975年冬天他离世后去他父母家吊唁,我父亲的家人对她很好,他们一直都是那样。第二天早上,她问我们——她的儿子们——想不想参加他的葬礼。我当时在上十年级,山姆退了学,马克还是个小男孩。山姆十三岁就出去工作了。他把煤从泥里挖出来,让她能把房子烧暖。他看了看放在床上的好衣服,说:"妈,我不认识他。"但我认为那是谎言。我们一起走出了房间。马克是真的不认识他,甚至连他的脸都不记得,就出去玩了。

父亲告诉过我母亲,不希望他的葬礼上来很多人,只要有我们、维尔玛和鲍勃就行了。但是当天来了好大一群人。他还说过他不想系着领带下葬。现在我明白了,他会觉得一个人失去了昔日的容颜时,再在瘦弱的残躯上系根领带是荒唐之举。但不管怎样,他们还是在他身上放了一条领带。他就躺在那里,戴着一条夹式领带。不管生前是不是帅哥,死去的人是没有多少魅力的。但是在他们把他抬走之前,他的母亲把那领带从他胸前拽了下来。她的儿子想要什么,就能得到什么,只要那是她力所能及的事。

那条领带现在归我了。它躺在维尔玛去世后鲁比给我们的那只盒子里,里面还有钱包和骰子。我仍然不相信鬼魂,但在某种程度上那似乎挺好笑,好像他在试图以某种方式传递一条信息:如有可能,就在游戏中作假,因为对于一个穷人来说，运气就是个婊子，而且，不要担心别人会怎么想，因为等一切都结束了，那些爱你的人都会把你想成他们希望的样子，而那些不爱你的人也会这么做。

* * *

我希望这个故事有个不同的版本，但是我看不到那种可能性。我想象不出他会靠退休金过日子，唱着赞美诗，或排着队投票；我想象不出他会在步履蹒跚的年迈岁月，腆着小肚腩，戴着双光眼镜，为处方发愁，在沃尔玛排队等候的样子；我想象不出他会坐在一辆经济实惠的车里，在限速范围内行驶，警察会冲他挥挥手说，"你看，那儿来了个好老头"；我想象不出他会回到一座已经付清贷款的房子，墙上挂着他儿子们的照片；我也想象不出她会和他在一起，组成一个完整的家。但是现在我知道，他当年的确是想过这个版本的，对我来说，这的确是个能聊以自慰的想法。

男 孩

（第十七章前的故事）

在一个星期六的早晨，我的男孩和我一起走进了球场。我的双脚疼痛，膝盖也阵阵抽痛。而在那之前，我只是从停车场走进球场而已。

这个男孩从未打败过我。我块头太大，也太高了。但每一天他都变得更高大、更强壮，而我越来越老了。

"你想热热身吗？"男孩问道。

我摇了摇头。热身是不分输赢的比赛。你在拉斯维加斯洗牌或往老虎机里投币是不会热身的。我要把每一秒都实实在在地用在比赛上。

肌肉拉伤和韧带撕裂往往就是由于没有热身才发生的，但如果你知道自己的体能只能撑上那么几分钟，你就连一分钟都不能浪费。我们在这场比赛上押了十美元，同时也押上了我日益减少的自尊。

"开始吧。"我说。

他从来没有忘记我说过他不够刚强,不像我那样刚强。事实上,我并没有多么刚强。我甚至都不知道自己是否骗过了哪怕一个人的眼睛。但太迟了,有些事情就像一根刺扎在男孩脑子里。

他从球在闪闪发光的硬木地板上碰撞出的第一声开始,就铆足了劲向我冲来,刮过我的脸,跳到我的身上,踩到我的脚趾上。他两次摔倒在地,但身子立即弹起,好像组成他身体的材料是硬橡胶而不是骨肉。我朝他猛冲过去,但他用自己的身体牢牢挡在我面前,就像一根装了邮箱的木桩。我用肩膀猛烈地撞击他,将他撞得双脚离地,但很快我就极度疲乏,无法投篮,或者找不到节奏,连气都喘不上来了。

我笨拙地试图擦板跳投,他去抢球——似乎在抢球,他的指甲在我手臂上长长地划了一道。

"如果你再这样,我会狠狠撞翻你。"我对他说。但他一找到机会又会故技重演。我憋足最后一点力气向他撞了过去。结果,我经受的疼痛远比他严重。我耗尽了体力。

他只是一个十三岁的男孩,脚正在长大,八次投篮只能投中一次。如果我不是处在那种连穿袜子都能让我眼冒金星的身体状况,本来是可以打败他的,我发誓我可以。我的一个短距离跳投没有中,我们俩都跳起来抢篮板,但我不确定我的脚是否离开了地面。

最后,他没有幸灾乐祸或跳起舞来。

我过去赢了之后都会那么做。

他只是拿着球看着我。

"再来一场？"他问道。

"当然，"我说，"让我歇一下。"

我摇摇晃晃地走到一个长凳上休息，巴不得死在那里。我一直很喜欢一句陈词滥调——小心你许的愿会真的灵验。我踉跄着又打了一场比赛，他又一次把我打败了。

"你都没认真打。"他说。

他知道如何去伤害一个老人。

然后，我脸色惨白，蹒跚着走到停车场。

我的手臂环抱住他的肩膀，就像他小时候我对他那样做一样。

他的手臂环抱着我的腰。

我靠在他身上，我们一起走到了车跟前。

"好孩子。"我说。

我像一个老太太一样拍了拍他。

他也拍了拍我。

"你没事吧？"他问道。

"你没有把我伤得太厉害。"我说。

他咧开嘴笑起来。当他这样笑的时候，你还能看到那个小男孩的模样。

他没有消失。他永远不会。这个男孩的心永远年轻和柔软，或者至少我希望是那样。这个小男孩只是住在这个大男孩、这个年轻人的盔甲里。那里从来不隐藏、潜伏任何东西，那里从来没有任何不属于他自己的东西。

我们最早回老家时，他还是个小男孩。那是12月初，天气很凉。人们告诉我，别去池塘里钓鱼，连试都不要试，因为那个季节的鱼会非常迟钝,但男孩想钓鱼。我第一竿就钓到一条两三公斤重的鲈鱼——也可能只有不到两公斤,但这条鱼非常好,应该能让我们自夸一番。男孩问我,他能不能摸摸它,我说当然可以,他就用一根手指顺着它可爱的绿色鳞片向下移动。他对鱼很着迷。我试着把鱼钩取下来,但是那条鱼咬钩很深,钩子几乎扎进了它的肚子,我这一辈子一直都讨厌用那样的方式杀死一条鱼。我能看到他脸上带着一种类似恐慌的表情,我更加使劲了。如果那只是单个的钩子和蚯蚓,我就会把线剪断,然后把它放生,相信今后那钩子会自己生锈脱出。但我那次用的是一个"钓鱼头",上面有八个钩刺,如果鱼把它吞下呛住了,必死无疑。

"快去屋里找我的钳子。"我告诉他。他跑开时的样子就像我笨拙的手里捏着的是他的小命,而不是那条鱼的。

那个女人给他买了一条新牛仔裤,那条裤子在他跑的过程中掉下来两次,这在其他任何时候都会显得很好笑。那段路都是上坡,将近三百米,这对你来说似乎并不远,但你提着裤子去跑一下试试。

他为了拯救一条鱼的生命跑上高坡,把自己跑得半死。我跪在泥里,把仍然被钩住的鱼松开放入水中,来回摇晃。我一次又一次地试着将鱼钩弄出来,我的手指麻木、打滑。就在我快要放弃时,钩子脱了出来。我将鱼放入水中,它还活着。

我希望他当时能看到,看到那打转的泥浆,看到那条鱼飞快地游走。

但相反,当他心急火燎地跑过来时,我已经在钓下一条鱼了。

"不用了。"我说。

他的胸膛上下起伏,汗水从脸上流下来。

"它死了吗?"他问。

"没有。"我说。

如果它死了,他可能会哭,或者想要哭。

第十七章

循 环

当初那个两美元的预言应验了。算命人萨迪说过,我母亲的人生是个循环,我猜它确实如此。在她年轻的时候,她所有的幸福都取决于她收到的邮件。现在,到了晚年,她还在等待,她的生活在那个邮箱盖上摇摆。她每天要走上四百米来到邮箱跟前,然后沿着一条有红鸟交错飞过的车道返回。在经历了所有这一切之后,这些红鸟仍然和我们在一起。邮递员每天下午1点半开始送信,所以她就在那个时间开始这段行程。只是现在她年纪大了,要等到自己可以坐下来时再读信。现在,邮票底下没有任何惊喜,那里只有一个邮戳——是联邦政府出具的她最小的儿子还活着的证明。她祈祷这种日子能快快过去,对一个上了年纪的女人来说,这些日子都是被浪费的时光。

在她的小儿子最后一次出狱之前,他一直都在县里服刑,人病恹恹的，很瘦弱。但她过得很平静，他似乎也是如此。没有我们知道的催化原因，也没有福音，更像是他厌倦了原来的生活，决定安安静静地度过余生。她祈祷他真正结束那种曾将我父亲夺走的自我毁灭的生活，即使新生活无法持续下去也没关系。每一天都是天赐的礼物。后来，一项尘封已久的指控在法庭上重新出现，再次将他送入监狱。我的母亲与其说是心碎，不如说是震惊。"因为他改正得很好。"她说这话时，身体似乎在衣服里缩小了许多。他消失在阿特莫尔的州监狱系统里，我原来以为这件事会要了她的命——所有谈论母子关系的人都会这么说，但儿子们确实会以这种方式害死他们的母亲。

我一度相信我能用一座房子让她快乐起来。我以那座房子为框架写过一本书，那座房子是战胜在租来的房子里生活的一个象征。书出版后，人们从全国各地去那里拍照，因为这对他们来说具有某种意义。但即使住在州际公路高架桥下的冰柜包装箱里，她也会一样高兴，或一样悲伤。

在从自己的错误中吸取教训这方面，我从来不怎么睿智。我看到她一边在看一本房地产杂志，一边憧憬着什么。她把它放下后，我在其中找到带有折痕的一页。那上面的图片是一座红色的雪松木屋和一万六千平方米美丽的旷野。我们上了车，开了没几公里，然后转上一条长长的车道，两旁排列着树木。

另一所房子离道路太近、太大，而且有太多的灯泡要换。她梦寐以求的房子实际上是一栋小屋子，由切成方形的原木建成，外墙很坚固，颜色褪成蓝灰色，屋子里面仍然是鲜浓的棕红色。但真正重要的是那片土地。房子坐落在一道山脊的一侧，它的院子向下倾斜，直到一道篱笆和一片有星星点点白桦树的草场，不远处还有一个美丽的小小的养殖鱼塘。草场仍然处于未开发状态，到处都是一丛丛的黑莓。我们在那里坐了一会儿，山核桃会从头顶的树枝上掉下来，在汽车引擎盖上碰撞作响。皮毛油亮的牛群吃着齐肚子高的草，房子上方的山脊上是密密的阔叶树林。我了解，在她还是个小女孩的时候，我的外祖父就曾在那里酿威士忌酒。

我们去那里看了十几次。池塘很干净，里面全是鲷鱼和大鲈鱼。我第一次走到池塘跟前时，一只轮毂盖那么大的甲鱼穿过枯草和杂草，一头扎入水中，把池底的泥都搅了起来。黄昏时分，一只白鹭在浅水区徘徊着捉鱼吃。在这个海拔高度，白鹭很少见。

我把地契给了我母亲。

也许这次会有用。

也许甚至连她自己也相信这会有用。

我在秋天把房子买了下来。换季之后，青蛙会在树丛里大声唱，声音如此之响，以至于你不得不大声喊叫才能让人听到你说话。她会在黄昏时分沿着车道散步，聆听它们的乐曲。野火鸡走进她的院子，她怕它们肚子饿，拿玉米粒喂它们吃。过了一阵儿，等她走出门外，火鸡不再躲她，逐渐靠近她时，她就跟它们说话。鹿偷偷走向玉米，但当她推开门时就迅速跑开。一条被她起名为"红肚皮"的巨大锦蛇在车库里安顿了下来。我们买回鸭子和鸡，我冲那些掠食的负鼠、猎鹰和大猫头鹰身上丢石头。

那日子过得不错。早晨有矮脚公鸡的报晓，每逢黄昏有成群的鸭子——就像皮博迪酒店的那些鸭子一样——像往常一样从池塘里跋涉上岸，嘎嘎叫着，直到我母亲撒下一把新鲜的玉米粒。在春天，她用一根真正的木杆做的鱼竿和她自己挖的蚯蚓去钓欧鳊，钓上来的鱼有沙拉盘子那么大。在那里住下来后的第一个夏天临近时，她一遍又一遍地谈论，她多么想在儿子回家时能有一个真正的菜园，一个可以用来观赏的菜园。

在她的生日那天，我送了她两头矮种驴，它们和其他驴长得一样，只是比它们个头小些。当它们从拖车里冲出来时，我母亲放声大笑起来。矮种驴的特点是它们不知道自己矮小，它们往往认为自己很高大，于是便咬人、大喊大叫，来吸引他人的注意。我看到她爱抚它们，看到她用甜食娇纵它们，直到它们差点觉得自己成了云端的天马。

要找到一个完美的地方很难，但这里似乎就是个完美的地方。在日落时分，我喜欢坐在台阶上，看着落日，看着甲鱼游过宁静池面时留下的涟漪。有些晚上，我带着我的直柄式鱼竿，试着去钓一条我大哥钓到过一次的大鲈鱼。你得先把驴子赶跑，否则它们会在你转过身时悄悄上前咬你一口。所以我钓鱼时脑袋后面得长一双眼睛，然后抛竿，一直钓到天黑。我是一个伟大的渔猎民族的后代，在那个民族的文化里，一个不会捕鱼的人比一个不会换车胎的男人更可悲。

"我觉得我在这里的生活比以往任何时候都快乐。"她告诉我。这是我听过的最甜美的谎言了。

他们俩，母亲和儿子，倒数着团圆的日子，好像他们在墙上将天数刻下来一样：200，199，198……他从牢里给她打电话，但有时全监狱禁闭，他就没办法打电话。还有的时候，在他打电话时，她能听到从电话另一端传来的监狱中的声响：尖叫声、嘘声、撞门声，这可把她吓坏了。但每天都会有一封信寄来，告诉她，他没事。

随着时间慢慢流逝，她开始谈论他们要在农场里干什么活，就他和她两个人。

她领着我看了那个地方，那里有大片的杂草、密不透风的树丛和黑莓灌木丛，仿佛他们想要用上帝创造的最艰苦的一块地方来试炼他们。我担心的是那些黑莓灌木丛。它们像绿色的山核桃树那样坚硬而且根部比我的拇指更粗。"这里好像太荒了。"我对她说。但她说她可以轻松地把这里清理出来，她和马克一起干。这里将会是他们的菜园。

现在，他们每天的信中谈的都是关于土壤、种子和肥料的事。"他一遍又一遍地写下相同的东西，就像以前你爸爸写给我的一样。"她说。他们的信都是那么开头的："等我回到家……"

……菜园是第一位的。我想让你想想，我回家时你想要种什么。我和你会尽量每天都种一点什么。当我看到它们生长时，我会很高兴。我们要种豆子、黄瓜，还有许多许多西红柿、土豆和洋葱。我会给你种一小片南瓜，因为你说过你想要一些南瓜。妈，我努力只去想好的事情。有时这并不容易。但没关系，我很快就会回家。

我希望你只去想美好和快乐的事情。等我回家后，我们会一起做很多事。我想在山顶第二个草场上建一个栅栏门。我回家之后，我们会一起散步，到处看看，但我们的菜园是第一位的。我可以在下雨的时候，干所有其他的事情……

我在蒙哥马利度蜜月的第一天，向特赦与假释委员会提出请求，询问能否将他提前释放。委员会听取了我那位能说会道的律师的陈述，然后听了我的陈述——我试着告诉他们每多过一天，我的母亲就会多受一点儿伤害。书记员告诫我说绝对不要提妈妈的事，因为当自己的儿子被关在这种地方时，每个妈妈的心里都会受到伤害。在审议了大约十五秒之后，委员会否决了我们的请求。"现在对他来说这里是最好的地方。"一位委员会成员说。我走了出去，愚蠢而毫无意义地朝空气挥了一拳。我痛恨所有这一切，我心想，我痛恨这种世世代代的循环，痛恨一个人的命运总会被像一杯酒那样微不足道的东西所支配。

★ ★ ★

马克在冬天被释放了。那女人和我在65号州际公路上向西南方向行驶，沿着佛罗里达州界深入长着松树的荒野和平川。第二天一大早，我们来到一片平坦、单调的地方，等在菱形铁丝网的外面——这里一定是地球上给人感觉最荒凉的地方之一。当他走出来的时候，我发现这一年里他苍老了好几岁,也许还不止。我握了握他的手,就像他刚卖给我人寿保险似的,然后我们驱车回家。当汽车驶入车道时,我母亲从前门冲出来,但她一看到他就停了下来。他们俩在那里尴尬地站了一会儿,直到她伸出手搂住他的脖子,拍了他一两下。她只说了一句,"你的头发都花白了"。

★ ★ ★

现代世界、电子邮件、手机和所有的杂碎都被留在了菜园门之外。鲍勃的鬼魂肯定一直沉睡在这片土地上。我弟弟劳作时脸色苍白,不停咳嗽,吐掉的食物比吃下的更多,因为喝一辈子酒就会让人变成那样。他劈砍和剪除灌木丛,并将它烧得一干二净。她在他身边一起干,直到他俩都累得筋疲力竭。他披荆斩棘,用犁掀翻蛇窝,用锄头将蛇杀掉,并在菜地周围扎上铁丝网,让该死的驴子吃不到玉米。大约两个月后,他们就有了一片大约三十米宽、四十米长的空地,土壤不是红黏土,而是混有石块的山土,呈现出一片黄灰色。他们一起将地里的石块挖出来扔掉,将原来在那里的植物的根拔出来,劈开、沤烂,做土壤的肥料。5月份,他们种下在往来信件中提过的那些东西:白玉米、辣椒、红白土豆、萝卜、肯塔基"神奇"四季豆、黄菜瓜、秋葵、维达利亚洋葱、得克萨斯甜紫洋葱,还有名叫"更好的男孩"和"鲁特勒旧时光"的两种西红柿,并清出更多的地种南瓜和豌豆。那年有两个月雨水不足,他们就打水来浇灌植物。当我问他们为什么不干脆用一根长管子从房子里接水来浇地时,他们都带着诧异的神情看着我,就像我在叫他们作弊似的。

我外出工作了差不多一个月。回家时,我驶过菜园,把卡车停了下来。那里的一切——所有的一切——不只是在生长,而且是在茁壮成长。他们采摘了芜菁并装进有二十五升容量的贮藏罐里,洋葱也长了出来。所有东西都在开花或继续生长。当我和小弟弟并肩穿过一行行作物,我意识到,自己其实是一个装腔作势的人,一个冒牌的乡村孩子。开开皮卡和打打枪这些举动,与他对土地的了解相比,只是蹩脚的作态。与我不同的是,他跟家里的老人走在一起时十分留意周围的事,当我问他是怎么知道什么该做、什么不该做时,他只是又一次带着异样的神情看着我。"我一直都知道这些。"他说。

在菜瓜地里,他弯腰、伸手,将一朵开了的花掐掉,我很奇怪为什么他这样做——菜瓜开了花才能结出瓜来。"那是假花,开在一个很小很小的菜瓜顶上。如果你任由那朵假花在那里开,它就长不成菜瓜。你把它掐掉,才会有新的菜瓜长出来。"

他一行一行地给我讲解:得把刚冒出来的第一茬小辣椒摘掉,这能让整株植物长出更多辣椒,而不是只在一棵尚未完全发育的植物上长出一两个来;秋葵得把第一批豆荚和叶子剪掉;洋葱则是一旦开始生长,就得把那上面的泥土拨开,因为紧实的泥土会减慢或阻碍它们的发育。我告诉他,他们种的东西都特别棒。我说的是真心话。

"我一开始看到那些黑莓时,"他微笑着说道,"心里是有疑问的。"

我问他为什么要在这种事情上如此努力,但他从未回答。

"每一个见到这片菜园的人,都说这是他们见过的最漂亮的菜园。"我母亲说。

他们两个住在一起。在那房子里有一个属于我的房间,有线电视的账单上写的是我的名字。但是每当我和那个女人带着男孩来到这里时,都会有一种借宿的感觉。山姆、他的妻子特蕾莎和他们的女儿梅雷迪丝以及她的家人经常过来拜访,我们吃的就是菜园里收上来的蔬菜——油炸菜瓜、煮秋葵、新土豆、炖甜玉米——都是按维尔玛魔法般的菜谱做的。黄昏时分,我们去池塘钓鱼并且把驴子赶跑。我的姨妈、姨父和表兄弟们在能来的时候尽量过来。但光阴匆匆催人老,现在,我们的族人越来越少了。

我现在经常想起我爸爸家族的那些人。我最后一次看到的鲍勃,是1965年圣诞节期间的一个醉鬼,正和我并排坐在我父亲那辆车的后座上。当时他和维尔玛拌了嘴,威胁要用新的小折刀割她。"我告诉过你爸爸不要把刀当成圣诞礼物送给鲍比。"我母亲说过。但是他"吧嗒"一声把刀合上了,对我咧嘴一笑,将我的胳膊掐出青瘀,然后我们就像一家人那样开车兜风。至于维尔玛,我最后一次见到她,是在杰克逊维尔的殡仪馆。一个年轻的牧师告诉我们,维尔玛在垂暮之年曾来找他,告诉他,她从未得救。他告诉我,他俩在一起祷告,当她得救时,他和她在一起。但我觉得这位年轻的牧师一定把这件事搞错了。我想她从一开始就得救了。

他们最小的儿子长眠在他家附近一个我们很少去的墓地里。有一天,山姆过来拜访,浑身是汗,告诉我他刚去了一下墓地，把我们的外祖父、外祖母，还有他认为是真正的家人的其他人的坟头上的杂草清理了。"我走过去，把爸爸那边的草也清了，"他说，"我是说，反正我已经在那里了。"

我母亲家的菜园在整个夏天都很繁盛，进入秋天后结出果实，然后枯萎。在它凋零的过程中，我的小弟弟仍然很好，虽然看上去比他的实际年纪要苍老和憔悴些，但他生活在新近发掘的宁静平和之中，同时也让我母亲生活在其中。

他们一起打破了那个循环。"这一次，我们在那些信里写的所有事情都成真了。我们梦想过的一切都成真了，"我母亲说，"在这个世界上，这样的事情多久才会发生一次？"

★ ★ ★

下一年春天，他们重新开始。因为害怕草场上那些高高的草丛中会有蛇出没，我的兄弟们用割草机在她从院子去池塘和菜园的方向上各清出一条干净的道路。只用了一个星期，那路便被野花覆盖了。"妈妈走到哪里，哪里就都是鲜花。"山姆说。他说这话并不是为了听上去悦耳，事实的确如此。她的新伊甸园里有好几英亩的鲜花，但就是没有一朵玫瑰。

她祈祷这一切会永远持续下去。但即使对于一位老太太来说，"永远"也过于漫长。我的小弟弟又犯了事，摔倒了。但在他出事之前，她度过了一段多么美好的时光。那些日子里，她根本不需要去检查邮箱。

男 孩

（结尾的故事）

关于那辆银色跑车，有件好笑的事。

从来没有人将它买走。

这可能是因为当人们打电话询问时，我有时会忘了给他们回电。

我猜，我从来没有回复过任何要买车的人的电话。

那男孩说没事。

他打算开着它去毕业舞会。

"可你连怎么换挡都不知道。"我说。

"你教我啊。"他说。

他离可以拿驾驶执照的年龄还有三年，但早点学会开车并没有什么害处。

我们爬进车，我转动钥匙。

那声音，主啊，就在你的血液中低语。

那风，能将一个男人身上的铁锈刮得荡然无存。

我用脚踩离合器，让男孩坐在副驾驶座位上换挡，告诉他要学会辨别引擎轰鸣声的变化，就是那种咆哮声。他很快就弄清楚了，仿佛他天生就是干这个的。

我们当时在费尔霍普，那是夏日逐渐消逝的时节。我们沿着莫比尔湾漫无目的地开着，然后就在像针一样笔直的乡村公路上朝正东行驶，时速适度地控制在超出限速二十四公里。

"你知道，"我说，"如果你开起车来肆无忌惮，我会把你当自己的孩子那样抽你。"

他只是大笑起来。

"我是当真的，"我说，"你不许那样。"

"好吧。"他说。

"你还不太懂'后果'这个词的含义，"我说，"你的人生一直过得太安全、太安逸了……"在我意识到之前，我又一次深深陷入自己的情绪宣泄之中。我想我会一直这样下去，因为必须有人为这个男孩担惊受怕。

我换了低挡，轻轻踩了一下油门。发动机的音色发生了变化，变得顺耳了，路旁的电线杆就像围栏一样飞掠而过。

男孩迎着风举起双手，就像一个小孩那样。

有那么一秒钟，只是充满勇气的一秒钟，汽车在自己的意志下冲破空气、向前飞驰，我也举起了我的双手。